有一种力量，叫文学；

有一种美好，叫回忆；

有一种感动，叫青春；

有一种生命，在鲁院！

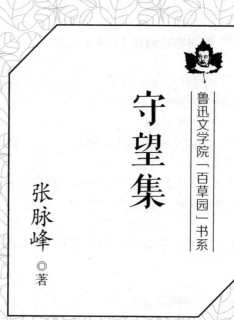

鲁迅文学院「百草园」书系

守望集

张脉峰 ◎ 著

SHOUWANG JI

江西高校出版社
JIANGXI UNIVERSITIES AND COLLEGES PRESS

我一定要让这片风，
吹向南方，
吹到你的身边。

图书在版编目（CIP）数据

守望集 / 张脉峰著. —南昌：江西高校出版社，
2017.7（2020.7 重印）

（鲁迅文学院"百草园"书系）

ISBN 978-7-5493-5681-2

Ⅰ.①守… Ⅱ.①张… Ⅲ.①诗集－中国－当代②散
文集－中国－当代 Ⅳ.①I217.2

中国版本图书馆CIP数据核字(2017)第158246号

出 版 发 行	江西高校出版社
社 址	江西省南昌市洪都北大道 96 号
总编室电话	（0791）88504319
销 售 电 话	（0791）88595089
网 址	www.juacp.com
印 刷	北京一鑫印务有限责任公司
经 销	全国新华书店
开 本	700mm×1000mm 1/16
印 张	17.5
字 数	216 千字
版 次	2017 年 7 月第 1 版 2020 年 7 月第 2 次印刷
书 号	ISBN 978-7-5493-5681-2
定 价	47.00元

赣版权登字－07－2017－772

C目录
ontents

心动如水

（一）

我一定要让这片风，吹向南方，吹到你的身旁。

就在今晚，天上的星星只有几颗，月光朗朗。我小小的书房中溢满浓浓的思念。

坐在窗前，静思。一些往事如风般，从半开半掩的窗外飞进。你一如从前般艳丽，从那册粉红色诗集里，姗姗而来。

我知道，今晚，你也一定在静静聆听我送你的那盘黑色磁带。

我说过今年春天去南方。南方的日子，是否也如今夜？

明天我就要启程了，明天的月会更圆。路还很远，我不知还要在月光上奔波多久。今夜，我静坐窗前，心动如水，想你，想你。

夜风凉了，我把温柔做成一件衣裳，让月光中的风捎给你。而，风，能一直吹到你的身旁吗？

（二）

今晚，我的思绪一如月光。

连日来，我一直被春雨以及雨后的凉风所困扰。或者，我是否真的要为翩跹的诗句，用红红一颗心，插上翅膀？

今夜无风无雨。独对清夜，我知道我用一生做赌注的祈盼，已如梦境。梦可以再做，而生命，却再不能重来。

坐在清凉的窗前，凝望静夜，倾听月光的声音。就这么短短的一夜，我经历了我的一生。

穿过这片静谧月色的进入我的梦境的是我守望一生的你的笑吗?!

春天的早晨

晴朗的早晨，阳光从窗外滑进来。我的心情也像三月的早晨，舒展而明朗。

把笑容映照在你的脸上，我就拥有了一个春意盎然的祈盼；把梦中的情节细述给你听，我就有了两个重叠的梦影；把你的气息留在嘴里，我就有了两个含露的花蕾；把生命之弦溶入浩渺宇宙，我就有了一片纯净的心空；把三月的目光投向至真与至美，你就是一枚温馨的朝阳……

用歌声追逐小鸟的翅膀，你就是春天的使者；用双手追逐雄鹰的目光，你就是希望与奋斗；用鲜花装点你的梦境吧，让这春的气息芬芳你的每一寸光阴！

颂　歌

　　就在清晨，春天的阳光照在爱人身上，敬意油然自心中生起。我谨代表我自己谢谢爱人，谢谢所有如爱人般默默无闻的勤劳的伟大女性，并让和平鸽的翅膀载去我真挚的祝福——

　　天亮了，鸽声也亮了。在窗外，漫游的白云间有几只和平鸽在轻轻自由飞翔。屋里已有阳光射进来，一大片一大片，落在房顶，并在墙壁上温暖地映现着春天。

　　不知不觉地，坐在桌前又是一个通宵。我停下笔，伸伸懒腰，端起爱人午夜冲的那杯咖啡奶再喝了几口。这是××出版社和我约定撰写的一部长篇，为此我定了一系列创作计划。但当我着手落笔后，才发现故事本身与我自己已是怎么也割裂不开了。我整个的身心都溶进了情节中，主人公一定是我的化身吧。笔再也不敢停下，天天通宵达旦。因此，在这部书背后，我真的要深深感谢那么多我爱和爱我的人。尤其是我的爱人，一位普普通通的女性，在生活上所给予我的照顾、关怀，这份爱，让我永不敢忘怀。我相信在这部书里面一定是能找到他们的名字……

　　阳光更加温暖，鸽哨声远远地在晴朗的天空里回响着。书的写作也已接近尾声。现在，爱人正坐在房外的小凳上不停地洗着衣服，有些散乱的秀发被春天的和风微微吹动着。阳光从侧面经过，给她美丽的身影镀上一道亮亮的光芒。

飘扬的心情

新年的脚步声还没有走远，尘封了三个季节的心情，因这场春雪的来临，又飘洒起来。

纷纷扬扬的雪，在春的傍晚，下得更急。风的影子，在雪的目光中闪烁着。一任这一片片亮色在无垠的天地间漫舞。

思念，因而浓烈起来，像酒，像火，像燃了半截的烟袅袅升起。玻璃以窗的方式沉默着。那朵生日玫瑰，紫红紫红的，静静的，在淡蓝的花瓶里，保持某种矜持状，守候一颗心。

因为雪的缘故，在今年的春天，钟情于热闹的我，天天在即将来临的清晨，推开一扇南窗，看那只祈望一季的活泼的鸟，如何飞来，并在我的诗篇中鸣唱。我等待着。

爱的权力

你把权力全都揽在手中，根本没有给我任何选择的机会……

在这个世界，除了你，我已经失去了所有的一切。

连续的几天不睡，想念你……整个人都昏沉沉的，思维里，除了你以外一片空白，仿佛自己游离于这个初冬的季节。

和你一起，总是觉得自己是一个清醒的傻子，在别人面前傻笑，受了委屈，在夜里偷偷地哭泣。我其实很脆弱，受不了一点点的伤害。既然爱，就会义无反顾……

坐在回乡的车上，心里面空荡荡的，像车窗外家乡初冬的田野，天上一丝云彩都没有，寂寥得让我不知所措。在这时想起你对我说的话，无形中给我莫大的打击，平静的温柔让我全身都好像在滴血。整个人忽地空了……

你在我眼里，是个非常好的人，我真的是爱你爱得太过认真，爱得死心塌地。为你痴为你歌为你撕心为你流泪……

人人都有过去，以及可能至死都不能说出的隐私和秘密，关于从前，再说已经没有任何意义。我也不敢说未来，未来太遥远，我不向你承诺未来，不敢对你承诺天长地久。但，我会面对现实，只愿陪你度过现在。现在的我很依赖你。

爱你是我的权力，你没有任何理由让我不爱你……

如此静谧的秋日午后

如此静谧的秋日午后，思念就像一杯打翻了的花茶，周围充溢着淡淡清香。

也许用信息就能解决我孤寂的心情，在月亮就要升起来的时候，我的思念会更加深沉。今年是双节同时过，国庆，中秋。这么巧合？抑或冥冥注定？真的希望能够在梦里见到你曾经的青春，你美丽的关心和爱抚。

见不到你的日子，我会很难过的。在这个时候，思念就浓烈起来。

就让思念堆积成一轮圆圆的月，当在一个人的夜晚，抬起头来，一定会看到夜空中，你的笑脸和如月光般深情的爱。

在这样的一个秋天

在这样的一个秋天，心情像叶子一样枯萎。

请让我在你的身边，能够很踏实很温暖地陪伴你，心如止水。而叶子，仍然一片一片地飘落在眼神之外，像凋零的桃花瓣。从前熙熙攘攘的游人，如今零零丁丁的影子。

无人喝彩。

这是一个久远的戏台，每个人都在扮演着不同的角色。自己，靠在一棵树的下面，静听。什么是幸福？什么是快乐？什么又是珍惜？

琴声幽怨着，一如我的心情。难道，真的就是这种结局？

没落处，有风，轻轻吹过，仍然像以往的那些时候，秋风凉啊，莫如我心。

阳光的手，从幕布的一角露了出来。耀眼的光，刺伤了我的眼睛。

凌晨至深夜，二十个小时的等待，换不回我的你。

流浪的日子总是这样，与漂泊为伍。再美好的事物，再澄清的天空，再动听的音乐，再迷人的风景，再伤感的心情，都会如花瓣，飘落在寂寥的孤独里。像天空中飘然而逝的云，永远不会也永远不会再重来。

是命中冥冥注定的悲哀么？

在这样的一个秋天，云说："好吧下辈子如果我还记得你，我们死也要在一起。"

秋

　　乡村。农民的希望熟了。田野是小说，晒场是诗，"黑脊梁"和
"漂亮姐"冒着滂沱汗雨贪婪地读着。

　　树上飘下储满散文的黄叶。天空中的云是街，大雁在街上匆匆
行走。

　　晚上农民的时间很难打发，总和墙壁上喜悦的影子谈心。眼睛忍
不住笑破肚皮的电影的诱惑，耳朵灌满正宗马派的豫剧清唱，心却飞
回家里播放《末代皇帝》的彩电……

　　疲惫的夜静了。屋外的月儿还那么不懂事，悄悄溜进农民甜甜的
梦里，与劳累捉迷藏。

　　我从乡村拾到了秋。

瞬间的华丽，流过我们青春的脸庞

> 如梦，如痴，如醉。为己，久长眠。惊醒，空一场，悔
> 恨，永久事。
>
> ——题记

这或许是游戏的结局，孤单的仍然是我。看着那些不切实际的朋友，不知道说什么才好。

是烦恼，还是欢喜？是空虚，还是虚荣？真的不了解。当我来到这个网络世界时，会是怎样的感觉？那是以友情撞击的火花，华丽的瞬间只留下了你们的美好，或许我真的不属于这儿。那略带痛楚的火花击打在我的脸庞……

回忆过去，自己做出的种种傻事，真的好不值得。把大部分的时间花在网络世界里，逃避着现实。相信这次的离去是坚定的。虽然对我来说很痛苦，但我必须这么去做，不会沉迷。因为一想到未来，一切都很迷茫的，是那种没有希望的。随着高中生活的到来，我感到一丝的希望。网络世界里有太多的不舍，有家族的欢声笑语，有游戏好友的热烈祝福，有弟弟们的呵护。我已经疲倦，含泪打下文章，你们要好好地活，勇敢地活。记住我永远的笑脸……

相信你们会走出现实的阴影，在露天的广场留下最美的脸庞，那是自然纯美的。不要再沉迷，一定要记住。那样会害了你们一生，网络世界只是我们一生中的一个过路休憩的客栈。

网络世界是美丽的，但它只是瞬间的华丽，悄悄流过我们的脸庞，而不会永久逗留在一天天衰老的笑脸上……相信再见后你们老却许多，而我成长许多。也许某些东西会改变，但我们的情谊永远不变！

又是一个七夕的日子

　　今天又是七夕！晚上，在雨中的山大校园里。很自然的，会在这样的日子想起你！即使回忆是幸福夹杂着伤痛和迷惑。你亲手毁了一份旷世的情！

　　你的灵魂安宁吗？是什么多年来磨硬了你的心，让你如此伤害真爱你的人！想不明白只能压在心底，只有在这样的情景，让我来不及防备就陷入了回忆。是你夺去了我的一切，以及我赖以支撑的尊严和梦想，是你给我留下无尽的思念和精神伤害，然后一走了之！我不知道在这样的自遣自虐中还会走多久，什么时候才能挣脱出来？

　　你制造的这一切是你所愿吗？你让我的日子无诗无歌从此辍笔！是何等的残忍啊！

　　一个梦想就此破灭！一个神话不再继续！

哭　雪

　　雪，纷纷扬扬的，在今年这个寒冬，撒满大地和村庄。

　　我站在家园，站在流经家园的那条小河的那座小桥上。雪披上了我的全身。

　　河水凝固于雪的真情。雪花儿，在河面上舞蹈，歌唱，然后消失。冷冷清清地来，清清白白地去。

　　雪一定也飘落在我曾居住过的那个小镇，和那间狭小的不为人知的蜗居，以及那条通往杏林深处的小路吧？

　　雪花为幸福的人开。我知道，雪。亲人都走了，可我幸福，我有一个家园可以驻守。是的。即使荒凉，空荡，一无所有。

　　雪，明年冬天，我能再找回你翩跹的情影么？

　　雪。让我痴恋和热爱一生的你啊！

倾城之恋

离开京城，在千里之外的城市里漂游，心依然想你。

时间应该是很难打动的神。就在昨晚，天忽地就凉了。风，冰冷地吹在脸上，让我防不胜防。单薄的我，在没有你的夜里，自己一个人蜷曲在床的角落，任孤独在梦中突袭。墙上可爱的小鱼，也凝固在画中。窗外，有猫儿，在走动。京城的风，也许没有这样凉吧？我祈求着上天，给千里之外的你带去温暖。

从一个城市，到另一个城市。心，仍留在你的身边。拥抱的感觉，让天气，也变成了一种无奈。吻你，吻你。什么是爱？什么是爱？

我在爱之间行走，徘徊，像车的轮子般，滚动。有时我像一片叶子，漂于世俗的波流之中，有时，又感觉自己在为某种信仰，去争取，去求，去努力！

和你一起，相知，相恋，相爱，相系，真的是我的福分。我有时很累，很苦，有时，又感觉到很幸福！很快乐！

世界上的事物，也许都已经固守了某种习惯，而我，却选择了另外的一种方法，在城市之间，拿青春和生命做赌注。仿佛，有一个声音，时时在催促着我，让我为你，不顾一切。

冬天转眼间，不经意地，降临在这个城市。现在，你我仍然有五百公里的距离。其实，距离不是理由，要知道，两颗心，已慢慢贴在一起。

风吹过，猫走过，鱼儿游过……倾城之恋啊！

想你的夜

在深夜，一个人醒着，想你。

朗朗的月光，水般，透过窗玻璃进来，映在我寂寥的床头。

这是京城的冬天，一个人的夜晚。

我从梦中醒来，梦中的你，仍然那么真实。

闹钟的滴答声，从隔壁的房间传过来，敲在我的心里。现在，你已经睡了。

你已经睡了吧？你离我有那么一段距离，让我在今夜，孤独地想你。

好想你，好想你……

寂寞，慢慢占据了我的思绪。

漆黑一片

我突然发现，自己是什么样的一个人。

在你眼里，我也许只是你生命路程中的过客。

虽然我很爱你，现在我却极度伤心。非常感谢你在这么多的日子里，带给我无比的欢欣与快乐。

我知道，自己仅仅、仅仅是一阵风，抑或是在你感觉到燥热时的一把扇子。

天凉的时候，就会把我放到一个从来都不会再去顾及的阴暗角落。

如今，是深秋了，我的心，已冷凝如冰。被你用沉默重重砸碎，又一阵阵如撕裂般的痛。

泪水，就是我流淌的血。在脸上肆意地滑落，不知道爱情和生命，会不会随着一起流干。

时间在一点点逼近死亡，我的眼前，漆黑一片……

天越来越凉了……

天越来越凉了……

像心情，冷得让我不知所措。

又是一个冬天……

去年的冬天，云用它自己温暖了我。这个冬天，心却冷得这样的厉害……

不知道，为什么？

天，渐渐黑了。在这个星期天，我在房间里，坐了整整十个小时……

能静下心，好好想想自己的人生么？还有爱情……

不知道，什么才是解脱？难道，是天各一方的放弃？

我的心，累了……

心，低落到了极点……

自己，找不到自己……

自己，会做什么……

天啊……

忧郁的期待

忧郁，悲伤，不被人理解，一个又一个讥笑与愤怒的面孔，忧郁、悲伤……脑子里乱糟糟的心里烦得很，眼里挂满了泪水。

曾几何时，我还是一个欢乐、自由、不知忧郁的孩子。望着天空，梦想白云般在蓝天遨游；站在山巅，梦想山一般情怀；看着大街上的行人，面孔都挂着友好的微笑。但，但经过思虑，经过自己亲身的经历，才知道，天空有时也会突然暴雨来临，狂风飞舞；才知道火山喷发，涂炭许多无辜生灵；才知道，善良的面孔后面有的藏着魔鬼般的恶脸，饿狼般的黑心。

我开始感到迷茫，便牵着你的纤手，与你同行。温柔的怀抱中我有点眼花，不由想象起过去的岁月，忍不住哭出了声。却疏远了心爱的你，因此你有点反感，我却也由此而生倦意，感觉人生难道就这样不平坦，不公道。泣对苍天，满脸苦笑。

什么时候我才能被理解？什么时候温存才能回到我的身边？什么时候我才能得到真正的爱？我在忧郁地期待着。

守望集

时间永远是我追赶不上的敌人

想一个人。一个人想一个人的时刻，是多么的寂寞。

就像现在，我在想你……

时间永远是我追赶不上的敌人。

我不知道自己还能够坚持多久，在没有你的日子，心，孤独得要命啊！

天苍苍，夜茫茫。

盼望爱到我身旁……

公园里的一幕

猫瞪着眼睛，对小鸭说着什么。

也许就是凝视、无语。

无语，其实也是一种注视。就像这只可爱的小猫，默默地看着新来的朋友。

朋友是一对小鸭，他们弱小的姿态，让小猫充满了温情。

猫，本来就应该是一位温存的孩子，在我的眼里，她温柔得让我心疼。在这个北风呼啸的京城，没有谁能够注意她的存在。我，与她一见如故。自此，再不能分开。

她的朋友，就是我的朋友。特别是这么可爱的小小的动物。

在公园的一角，静静看着他们。我的眼睛，湿润了……

雨　季

上个星期的雨，突然就下在了昨天。

中午时分，天突然就黑了下来，轰隆隆的雷声，透过窗户，让我心情郁闷之极。

说好了一天不见面的。心里却酸楚起来，雨，还没有下。想象着，在没有你的雨夜，孤寂的感觉，自己怎样才能承受。

现在，雨下起来了，哗啦啦地，楼顶的积雨，从窗外滴落着，经过。风吹着雨，敲击着厚厚的玻璃。

也许，我不该见你，或者，更不该想你。让自己默默消磨这一切吧！

从那里开始，就从那里结束。忘记自己！

下得楼来，任凭大雨泼在身上，让脸上的泪水与雨一起流淌……

在下雨的日子

今天一早，天就阴沉着。

六点半，从梦中醒来，闹钟掉在了床下面，声音几乎听不到。

去赶一趟列车，路很堵，心情也坏了许多。

时间一秒一秒地流失，像飘落的雨滴，附着在脸上，泪一般地晶莹着。

雨越来越大，不停了。为了赶这一趟车，汗水与雨水已经混合在一起。衣服贴在身上，又是冷，又是粘，陡然添了几分烦躁。

五分钟做好的事情，因雨，耽误了一个小时。人生，就是这样，不知不觉中，流失。

在路上，忽然有了你的消息，感觉却好了许多。哪怕一句话，一个字，都能够改变这视线中的京城。

中午时分，我坐在办公室里，敲着电脑键盘，写下上面这些文字。窗外，雨，仍然下个不停。

中秋随想

一

中秋佳节到了，我送你一个月饼。第一层：体贴，第二层：关怀，第三层：浪漫，第四层：温馨，中间夹层：甜蜜。祝你天天都有一个好心情，永远开心。

二

以真诚为半径，以尊重为圆心，送你一个圆圆的祝福。愿爱你的人更爱你，你爱的人更懂你。祝好事圆圆，中秋快乐，心想事成。

三

中秋节到了，送你一份 100% 纯情饼干。成分：真心＋快乐，有效期：一生，营养成分：温馨＋幸福＋感动，制造商：真心的朋友。愿天天开心。

四

值此中秋佳节之际，你的好朋友我在此祝愿你：福气多多，官运通通，寿命长长，喜事连连，财运滚滚。

五

又是一年月圆时，祝你：月圆家圆人圆事圆团团圆圆，国和家和人和事和和和美美。皓月当空，星光闪耀，中秋佳节，美满时刻。

六

中秋之际，愿我的祝福像高高低低的风铃，给你带去叮叮当当的快乐。如果你在梦中也会笑出声来，那一定是我带给你的。祝中秋愉快，合家欢乐。

七

如果我有一百万，我将送给你九十九万九千九百九十九元九角。我有一百万吗？没有，所以我只能用一毛钱给你发个短信，祝你中秋快乐。

纪念日

今天是一个值得我终身纪念的日子。

我是一个神。一个王。一个歌者。我拥有一座城市。……

好大好大的一座城市，在世俗的边缘。我精心呵护着，管理着，生怕敌人的入侵——我的卫兵和战士，还很青春，还没有与成熟接触过。我不敢让我的臣民受苦。

我只有独自一个人去，穿一身的盔甲，背上弓或弩。为正义，而战！

在这个时候，我的世界就有你出现了。

是在深秋吗？香山的红叶还没有红的时候，我的天已经红透了。仿佛是血，鲜血一样的红。

秋天，让我遇见了你。从此，我的生命里，没有了任何颜色。

你温柔地跳着舞，唱着歌，翩跹而至。让我这个王，防不胜防。

在那个夜，你俘虏了我。

今天。你攻陷了我唯一的城池，我心甘情愿地，放弃一切～倾城～与你的手相握。

双手相握，温暖一冬。

执子之手，与子偕老。

曾拥有却失去

如果溪流可以回头，时光可以重叠。那么，请你再给我一段年轻的生命。

为什么人总是在犯过许多错误之后，才会恍然明白，最初的一切才是美丽。

我已无权再要求上帝给我一段幸福，因为它曾经满足过我，却被我无知地抛掉。

在年轻人的眼中，我这般年纪的人大概很难体会他们火一般的恋情。但是我要说，我也曾有过真挚纯洁的爱情。你们大可不必相信。可是，我确实拥有过。

二十多年前，我正年轻。和你们一样，青春的血在奔腾，而且踌躇满志。那时，上山下乡轰轰烈烈的潮流也卷着我走到了那个远离城市的贫瘠的小村。

破落的茅草屋，荒凉的硬土地，沉重地打碎了我浪漫的梦，使我不得不每日在干涸的黄土地上流着汗，不得不每日面对阴暗的泥土墙寻找希望。就是在这样的日子里，她走进了我的心中。

她活了十九年，却从没有去过一次县城，从不知道什么叫电灯，更不知何物是电影。但是她会随口唱出甜美优雅的乡间小曲，她会绣出鲜丽的图案，她能听我讲一些毫无边际的话题，她能给我做出厚厚温暖的棉衣，她总是把最好的玉米饼给我，而自己只喝稀饭。她是村中最俊气、最手巧的姑娘。人们这么说，我也相信。她有清秀的双目，她有灵巧的双手。我能够拥有她，是不是世界上最幸福的人？我曾一度感激上帝对我的宠爱。

同来的知青曾善意地劝我：你娶了她会后悔的。我只是轻轻一笑，怎么会呢？我拥有了天下最贤惠、最善良的女子。是的，很快我后悔了。知青返城了，毫无留恋与急迫扎根乡村的雄心壮志也早不知丢落何处。是黑潮的草屋，还是流汗的土地？不知道，大家都走了，只留下我一个人孤孤单单。

村子的贫乏与落后让我害怕让我后悔。我向往缤纷的商店，电影院的画报，明亮的房间。我渴望。这种渴望灼痛了我，我无法忍受深夜的小油灯，太阳炙烤的土地，单调的白天和黑夜。她的温柔，她的关切，她的体贴，对我不再是一种享受，而是一种折磨。我无端地摔碗打盆。终于走向了不可避免的分离。我握着离婚证，心中所感受的并不是悲伤，而是热切的城市，明亮的房间。我根本没有意识到自己是得到或是失去。

光阴弹指间，岁月的严霜堆满双鬓，年轻时渴望追求的所谓幸福我已拥有。但是，我每每沉浸这种幸福时，心底总有些空虚与悲凉。我的小村——这个永恒真实的幸福却永远留在充满泪水的记忆里。

写在明天之前

一张白纸，本不需要写些什么；一种心情，也并不需要说出口。因为你知道，只有你知道……

明天，就要别离，十五个美丽的日子，十天相恋的时光，感谢上帝赐给我如此动人心弦的生命瞬间，使我黯淡的青春溢满了光彩，这一切，只因为有你。

人生之旅，我奔波得很累，孤独的时刻，只想找个哭的地方，我曾失去很多，承受人世间最大的不幸与痛苦，感情的路我也走得很辛苦，曾经爱过，曾经错过，却不曾真正地拥有，莫非这一生就要无助地漂泊？

一个偶然的机会，匆匆地与你相遇。那一天你用热诚拥住了我，从此，你便成了我的天空与大地，我的整个世界……，"到哪里找那么好的人……"，歌声环绕着你我，我第一次这么用心来歌唱，因为我感受到了真正的互爱的幸福，谢谢你和你给我的一切！

我该用什么来回报你呢？我的爱人，就这样把心交给你吧，把我的心带上，一同上路，好不好？不要再用猜疑的眼光望着我，像我一样把心中的疑惑驱散干净，好不好?！真心真意刻骨铭心爱一回，我今生无悔。我还奢求什么呢？命运终于向我展露了笑容，把我的心放在你的心上，我就获得了一个全新的生命，你所爱的是昨天的我还是今天的我？日日夜夜，把你相伴，分分秒秒，把你牵挂，我这是怎么了？为你神魂颠倒，为你痴迷，为你歌，为你笑，更愿意为你流浪！

　　这第一封情书，写在明天来临之前。"目送你离开，有无限感慨；对你的思念，永远不会更改……"

写给玲子

　　三百六十五天，一天比一天忧郁，一天比一天潮湿。发芽的思绪大片大片地霉烂、枯萎，世故的蚕被枝条有力地弹回，皱纹爬满流血的心壁，优美的季节又被宵梦击碎。

　　玲子，一秒钟很长也可以很短，哪怕一句冰冷的问候，裁剪一个比一个优美的动词，让我聆听一簇簇箫音。纵然欢娱的小鹿也无法在不毛之地短暂回眸，每当夜晚降临也都认真咀嚼完美的诗意。

　　我一路踏着落英等待的是你，美丽的歌唱给你。玲子。你的额头和眼睛收拢青鸟的翅膀，我如何纺织彩霞般的路程？面对现实，面对叹息，我收敛起那一束玫瑰花。

　　我知道，玲子，一切美丽都是过去，我的祈祷再多，也只能平淡得如天上的云儿般的，轻轻飘逝。玲子啊！

给你的信

一别数月，最近过得好吗？希望你健康快乐充实。

有一种友谊庄严而温柔，就像此刻提笔的感觉，感谢岁月，感谢生命，感谢你曾给我的一切！童年因有了田园与苦难而无悔，青春因有了诗与你而无悔！我深深地感谢！并真诚地祝福！

走过风雨之后，历经煎熬之后，现在风轻云淡，宁静祥和，我现在的人生境界是散文！每一次的挣扎都刻骨铭心，每一次的起飞都让自己感动！我在岁月里深深俯首，再一次感谢！和我一起感谢生命吧！

近况如何，身体好了吗？身在异乡为异客，珍重自己！人世间人情冷暖，总归还有朋友在祝福你。

我一切还好，先生待我极好，只是买房子经济紧张一些，我们走到一起也历经波折，我珍重我所拥有的，牵挂你像牵挂自己的哥哥，只有祝福的亲情，没有了爱恨情仇的私心杂念，这种纯纯的友谊的虔诚的感觉，希望你也如我，而且我相信你也一定如我，是吗？

我在学英语，准备学电脑，而且想改做助产士。我需要有根，需要长得枝繁叶茂才快乐，需要坚强独立的心灵与经济。一个人只有自爱了才有能力爱别人，爱别人会带给自己快乐。我希望自己是个好孩子，是位天使！祝福我，为我加油！我在苦痛中挣扎了很久很久，终于顿悟了一些东西，有一些事情很无奈，在这精神匮乏混乱的今天，我想跟着自己的心走，就像对诗的态度，我不会为稿费而写诗，只为心写诗！1968 年的诗居然炒得轰轰烈烈，诗歌现在真的是很悲哀！不知道你现在在写什么诗？改写报告文学或新闻稿吧！经济基础决定上层建筑，有钱了才能有闲做自己喜欢的事情！

这一年又要过去了，新的一年打算做些什么？祝你新年健康快乐，努力耕耘就有收获！新年与你同在，友谊与你同在，明天会比今天好！

好长时间没有给你写过这么长的信了，又是踩着西瓜皮溜冰，想象你看信的表情，会是会心的微笑吧！心灵无门，友谊才会有根！

祝福新年！

祝福友谊！

再给你的信

你好！如果我有什么行为怠慢或伤害了你，原谅我好吗？

看到你那副不卑不亢的神色，心里有种酸酸的感觉，记得小时候，受了大人的委屈，常有这种感觉。

说实话，我已不能忘记你了，每天都会想到你。

我现在既尊敬你又无可奈何你，我感到自己像侵略者，你是被侵略者，其实，一个国家遭受侵略，不无益处，孟子曰："国无外患，恒亡。"对你也适用。记得七月里有你的生日，可惜不知具体日期。倒好，在我看来整个七月都是你的生日。

寄给你一张卡片，不知你收到会不会笑，当你打开它，如果能够笑一笑，我也就如愿了。

给你说一下我的情况，休学半年多来，这段日子是我长这么大活得最好的日子，如果说我此生有什么事业，我的事业就是画画，我要把在人生经历中最使我留恋的东西画出来（包括你）。再过几年，我还想学习雕塑。

你现在正忙着复习考试吧，祝你取得好成绩！

给 X 的一封信

X：决定给你写这封信的时候，最痛苦最难熬的那段日子已经过去。

亲爱的 X，你知道是什么陪我度过了这样的日子？

我清楚自己！所以质疑你过得很好！

心迟疑了好久，很长一段时间了，我们这样"僵持"着。我不知道这样的"平静"我是该打破还是维持。我也不知道这样"患得患失"拥有你的感觉再失去，我会不会再陷入那种痛得彻骨的轮回。

可是，我真的不要自己再如此小心地去面对生命中最爱的你！一句思念的话也不敢多说，一句深情的话也听不到！没有爱情的热烈！没有朋友的透彻！那么那么地想你，那么那么地爱你，那么那么地想见你！却要违心地掩饰，这种掩饰窒息得让我喘不过气来！

天空最后一抹残红消尽，风很冷！

"……我想你……"

山风裹着我的思念在峰间回旋。

我用尽了所有的力气，千里之外的你可否听见？

MP3 不停地重复着你留下的歌，扯动我心里无尽的相思！

繁忙的时间可以打发，这样的空间和时间我怎么面对？

你用心良苦地退到我触摸不到的距离，我真的被刺上了成长的文身，却再也找不到昔日的你了！

我明白心可以疼，梦不可以再做！

你选择这样的方式，让我想你一辈子！

我必须说服自己放弃现实！

我开始在心里模仿女娲造人重塑昨日的你，我不能没有那样的你！

我不拒绝成长！也不放弃自己一生的爱！

重逢前你是一份不灭的希望！有希望路就不会很苦！你说过我们是彼此的精神支柱，现在好像应该修改一下是我自己的！没有你的日子我真是坚持得很辛苦！直到今天我终于坚持不住告诉你我很需要你！成长也有自己的需求啊！我说这些不是再把你带回我原来的世界里！你该相信我！因为爱你我会改变自己！我一直期望你的快乐和幸福里有我的努力！不要怕！我毕竟不是如此的笨拙不堪！让你怕到要逃已经是我今生无法弥补的错误！还有最初那些强加给你的骇人的想法现在都刺得我心疼！不过，我也应该感谢这些错误让至爱的你重生！你的幸福才是最重要的！因为我爱你！用心爱你！

很想你的时候，我都这样独自走过所有和你曾走过的路、遍寻所有和你有关的线索甚至去痴痴凝望你住过的那扇窗，期望能再看到你熟悉的脸、听到你的呼吸！幻想你会匆匆赶来怜惜地拥我入怀！

我常苦笑着嘲笑自己：怎样成功地在你面前扮演了角色？让你怕到这个样子！不管我怎么解释怎么努力怎么挽救都留不住你的脚步！再也听不到你的声音！看不到你的身影！你又把我从分别推回到了思念的起点！怎么也无法把记忆和现实拼凑在一起！所以总也不死心！总也免不了心痛！

一个月亮，一颗星星

城市的夜空常常有这样的守望。

一个你，一个家

末班车里常常有这样的揣想。

梦把现实描摹得变了模样

现实把梦扯得支离破碎

我终于还是把心爱的你丢了！

常常想告诉你：别再躲了！再为我奔波一次！坐在我身边，我一定用一种很宁静的心来和你说话！我已没有眼泪请你同样放心我没有愁容！再给我一个这样的夜晚！让我把话说完！让我再好好看看你！让我和你也有那样一个约定：如果下辈子我们还能相遇，我们死也要在一起……

错误犯一次教训就足够了！我永远不能原谅自己让曾经那么疼我爱我的你如此坚决地离开了我！如此狠下心来决定时时提醒自己不能去爱我！一度割断了所有的幸福和喜悦！

你的惩罚结束吧！我已蜕变成你要求的样子！

我答应过你！不再哭泣！在时间的缝隙里我一直非常努力！让自己快乐！我明白这是你的期望也是最后通牒！

坚持不下去的时候，我都会对自己说：是你让我这样做的！你做不到会不要你的！我做得真的真的很努力！只是我的你还是走得越来越远了……

我的精神荒芜带来的弊端开始显现，你的力量也得到证实！

有时，人面对自己的时候真的无能为力啊！

所有的心事都为你！你却不爱我沧桑的面容！这是我一生浓得化不开的悲哀！

我真想再见你一面！我真的很想你！

可是，这样的心愿天天充斥在笔端滞留在心里！我连告诉你都没有勇气！我很难想明白你费了多大力气能收起自己的全部承诺！我是真的想看到你！拥有你！在太多见不到你的日子在太多心被记忆灼痛的时候给我宁静和慰藉！！这样的愿望在见到你的时候就在心里生根！就开始等待！但是，成长后的"智慧"告诉我那可能是我一个永远不能实现的梦想！你忙碌的程度让我怯懦的心里只剩下最后的奢望：给我一份你的全部诗的复印件吧！！不用整理！我知道你没有时间！

但我竟然没有把握你能答应我！就在此刻！毕竟一切都由你来决定！我始终没有找到一种办法让你放心和相信！我只是想给自己一些

力量去面对以后所有的风雨！面对一些慌乱不安的日子！

我爱！答应我吧！

就当你的读者崇拜你的诗歌！就当你的朋友收藏你的作品！

让你的诗和我的思念守在一起！让一本书和一颗心叠放在一起相偎依！用文字守候永恒！

信到末尾时，思念最深处！

新年快要到了！我很想见到你！和你一起庆祝！一起告别！！期待你来！！！

想你！一生！

给娟的信

娟：我日夜想念的阿妹，此时你可真正听到我唤你的声音，多少个日夜，多少个繁星似锦的深夜，我独自徘徊在向北的路口，我独自回忆与阿妹共处的岁月。多少个撩人的星期天，我盼着回家听到你的音讯，等啊！盼啊！想啊！终于我盼来了小阿妹的消息，你的大学的确切地址。举起你的地址，我高喊"我亲爱的小阿妹，你胜利了，你成功了，深深祝贺你。"

娟，阿妹。你听到我的心跳了吗？你听到我的声音了吗？我有多少话想对你说，愿对你说。让我们共同重忆昔日那段美好的和谐的快乐的岁月吧！

你在我和玲之后来了，来到了我俩的中间。幼稚的你哟，睡懒觉；活泼的你哟，骗我，叫我给你洗衣服，你好开心哟。夜间十二点钟常常是我们夜出觅食的时刻，摸到了人家一头糖蒜，争着分吃了，还不过瘾，再摸，真可惜人家菜袋里没有了……嘻嘻嘻、哈哈哈。然后我们结账就跑，还不十分满足。再以后我们还是夜出，夜出，直到你走，你匆匆地离去，你匆匆地离去。

那一次，我和你还有老乡三人一起到校聚餐，毛豆、棒子、玉米、锅饼，吃啊！争着、抢着，吃饭铃响了，我们不想吃，饱了。已经吃饱了哟，伸个懒腰想睡觉。白天吃得高高兴兴，快快乐乐，痛痛快快，夜间可坏事了，你、我一块往外跑厕所。第二天，我难受、你也难受，都是抢着吃的好处哟！再也不吃了，我们都改了，不再吃零嘴了。

你走了，匆匆地，没来得及留一张合影，我很想要一张你的倩影，更没来得及送别。你带走了我的欢乐，你带走了我的亲密，稚气，只留下痛苦的回忆、思念、盼望、重逢、相聚啊！好可怜哟，阿妹你知道吗？你知道了。

终于，你来了，来看我了，风尘仆仆来看我了。跳、蹦、打、捶，我们散了又聚。然而，当天你就又走了，因为你要上学要上课，并告诉我，你星期日也有课，哎！我们都有重任在身啊！

你走了，从此以后再没来看我，我想着去看你，但从没有时间，只得再盼毕业。有那么·日，我在你校外的路上等，在十字路口等，太丧气了，可还是没能如愿见到你，没有看到你的身影。带着惆怅，带着失望，带着一份本该得到却未能得到的心愿，哎！

阿妹，回想已过去的一年，我们都又重回到了现实中，妹，你已去你的学校，这怎不叫我高兴呢？你成全了你的一份心愿，也减去了我的心事。小阿妹，祝贺你，祝你在学业上事业上取得可喜的成功。

眼看新的一年又开始，重增添了我的烦恼，哎！阿妹，你看我这坏脾气，真叫人头疼，别提了，恶心。阿妹，让我为你的胜利而高兴吧！

此笔

祝阿妹元旦快乐！

第一百零七封信

你好：还是不知道应该怎样称呼你。

昏昏的天空。昏昏的夜。我坐在昏昏的台灯前。昏昏地思索。昏昏地给你写这第一百零七封信。我现在已不知道什么叫欢乐，更不知道什么叫幸福。我被一条无影的枷锁牢牢地紧固着。好闷——这一切都是因为你。

让我燃一支烟吧。

本来我们是不可能相识的，甚至如果不是纯粹的偶然，我们简直连面也见不到。从前我可是位欢欢笑笑不知道悲伤烦愁和忧闷的孩子，整天马由缰。可是，可是那天的中午也就是从那一天的中午我才变成了现在这副样子。

那一天是十月十日农历九月初一星期日。天气蛮好，和风习习。我在小镇上——一个我永远难忘的小镇与你相逢了。当在朋友的介绍下与你面对面站在一起时，我简直有些拘束了。你的一切：倩丽修长的身材、长长的黑发、红红的嘴唇、苹果般滑润的圆脸、那双使我心神不安的眼睛，还有你的才华，都使我倾醉。我这个爱说爱笑的曾获学校演讲比赛一等奖的大男孩，在你面前却像一个害羞的少女那样脸儿绯红。

从那时我的朦胧的心中便有了一个完美的你。

让我再吸一支烟吧。

也就是从那以后，我学会了吸烟。

虽然我知道吸烟有损健康，是慢性自杀，可我还是想用吸烟来摆脱感情的折磨。

从小镇回来的当天，我便发出了一封热情洋溢的挂号信。可是等了许多天，你连片纸也没有回，我又写了一封可还是如上封信的结局。我不明白，怎么回事呢？我在忧郁的期待中生活着，但这一切却丝毫没有能消减我的激情。每隔几天便写去一封。我到现在还不明白你所做的一切，我终日在彷徨等待中折磨自己。也正是因为这我才学会了吸烟——这能解决内心忧烦的慢性自杀。

再让我燃一支烟吧。

昏昏地天空。昏昏的夜。我坐在昏昏的台灯下。昏昏的呼唤着你的名字。难道你真的忘了我俩在一起的情景？忘了我俩说过的话？忘了一切吗？

烟儿烧痛了手。明天你也许会给我寄来一封使我疯狂的信呢？我又抱着一线希望，精神变态地幻想着。仿佛自己也溶进了这昏昏的夜晚，变成了昏昏的一片迷蒙。

最后还是让我再写上写了一百零六次的

盼回信！

你的难交的朋友写于深夜灯下！

鱼猫和猫鱼的系列爱情故事

鱼猫和猫鱼是一对一见钟情的情侣。

鱼猫是个特别阳光特别美丽特别漂亮特别健康的女孩，而猫鱼只是一个普普通通的男孩子。

在一天晚上，那是一个月光朗朗的秋夜，鱼猫和猫鱼走在了一起。他们都记住了那个日子，猫鱼把这个日子称为纪念日。猫鱼这样说的时候，鱼猫就抿着嘴轻轻地笑，不说一句话。鱼猫知道，猫鱼很爱她，很喜欢她，很想她。

鱼猫是个勤奋的女孩，她每天都要学习知识。因为猫鱼曾嘿嘿地对她说："知识是第一生产力。"鱼猫除了学习，还有许多的事情要做。猫鱼就很心疼她，猫鱼就给鱼猫讲些故事，说很怀念从前的大学生活。除了给鱼猫说这些，还给她讲些生活趣事和逸闻，然后，两人就会抱在一起笑。猫鱼看到鱼猫笑，心里就特别的幸福。

鱼猫和猫鱼的故事还有好多……想起来，连这篇小文也会嘿嘿地笑。

国宝熊猫的系列爱情故事

在我的心底，有一个童话世界。

这儿的天空，瓦蓝瓦蓝的，洁白洁白的云，飘在清澄的天上，青青的草地，一年四季都绿绿的，树儿花儿鸟儿蝶儿风儿，点缀着这美丽的没有一丝污染的风景。我把这儿叫作桃花源。

我是这儿的主人。我是国王。

熊猫是我这个国家的国宝。我的邻居和我的朋友们都喜欢她，我以拥有她为荣。

我就这么一个可爱的国宝，平时，我都叫她宝贝儿。她好柔弱，好可爱。我精心地呵护着她，不让她受一点点伤害。她也很懂事，天天依偎着我。

哦，昨天，她忽然叫我熊熊，说，你是熊熊，熊熊国王。

我开心地笑了。我说，猫猫，宝贝，你以后就是猫猫了，我的猫猫。她低下头，羞了。我说，猫猫很好啊，你看，听说在这个世界上还有猫鱼和鱼猫呢！

她歪着头，忽闪着一双大大的眼睛，天真地问我：是吗？有吗？在哪儿呢？

我嘿嘿地笑着，对她说，我是国王啊，你想看，我带你去动物园看吧。

动物园有吗？

有啊，只要我们用心去看。

我和我的国宝，在风中去了另一个童话般的世界。

天天博客

今天上午，十点整，我到了北京广播电台。去做一期"天天博客"的节目。

"天天博客"是北京外语台的一个关于互联网络的博客的节目，是访谈的形式。我到了5楼516房间，节目编辑刘艳接待了我。她是一个感觉特别真诚的人，一个很朋友、很清秀的女孩，做这样的节目，她应该是最适合的——我心里这么想。

第一次做广播节目，我有些紧张。我很少面对话筒，感觉就像是要做什么长篇大论演讲似的。刘艳说，你不要紧张，就像朋友在一起聊天，把你的心思讲出来，让听众分享。我在她的安慰下，才似乎找到了感觉。

平时和工作当中，我也曾遇到过类似的事情。比如，我们开各种研讨会、笔会等等，我都是仅仅作为一个主持人的形式，像这样的嘉宾，我真的是第一次。

不过，在刘艳编辑的引导下，我也渐渐进入了角色。对我的博客"心灵栖息的地方"，谈了好多心灵深处的东西，包括自己的人生经历。总的来说，按刘艳的话，是："一回生，两回熟，慢慢地就会习惯了，以后，再来做客时，你就不紧张了。"我特别记住了这句话，朋友，其实也是从陌生到熟悉，然后到知己知心的。就像今天，我把刘艳当作了好友，才给她聊了很多很多的心思和关于人生的思考。也希望，她会把我当作她好朋友群中的一员。

我的博客，就是你现在看到的这个样子，是一个纯粹的心灵的净地，一个让我们都能小憩片刻的地方。在这儿，我们能进行心与心的交流，互相的勉励，互相的支持，互相的进步。

　　"天天博客"每晚八点至九点播出，第二天的下午两点至三点重播。

　　据刘艳讲，我的这期节目，在下星期二晚上播出，星期三下午重播。作为访问我博客的你，别忘了收听哦。

　　"天天博客"，中波774。

石榴花开

入夜了。土黄的半月挂在西王母的桂树枝头。

我站在燕送我的那棵石榴树下。

石榴树的枝条很细，也颇高，用手抚摸上去，涩而软的枝条。不当心，被上面的枝刺刺疼了手掌。（石榴树的根部，分了好几个树干的，颇粗的。）

燕是一个漂亮的女孩。柳眉凤眼，长长的睫毛，匀称的鼻子下面是张调皮的小嘴，笑时，左边露出个小酒窝，显得更动人。

燕爱花树。她本身就是一棵花树：她有牡丹的富美雍容，兼玫瑰的沁人异香，又有白桦的高雅柔姿……

她送我一棵石榴树。她说，石榴树长得慢，虽然不很粗，枝干都是精髓所化，很结实的。我们的友谊也同树一样一点点长大，树长成后，我们便是最好最忠实的朋友了。

石榴树几度花开，却都没有结果。每开春时，叶子嫩黄点绿了，花便开了。最后，却总夭折了。我总原谅它，开花也行吧，不结果就算了。

燕对我说："这石榴树，只会开花，不结果的。"原来是这样，我仍然高兴，我不能怨石榴树不结果，它原本是不结果的。怨只能怨造物主了。

燕问我："你爱不爱花树？"我说不怎么喜欢。她有些颓然丧气，我说："我不怎么喜欢花树，但我喜欢你给我的那棵只开花的石榴树。"燕笑了，笑时，脸左边有个小酒窝，很动人的。

有一天，燕突然告诉我说："人家说失意的花树才不能结果，你怎么想的？"我说："我只愿年年看到石榴花开。"她没有笑，她说我骗她，她还说如果一个爱石榴树的人，只看到花，看不到果子，爱终究转为恨的（因为在人们眼里，石榴树一定结石榴的）。

好一个多疑的女孩！

我郑重地说："我心底有一棵石榴树，只开花不结果，我永远喜欢它，因为它结的是友谊的硕果。"

燕笑了。笑开了一树石榴花……

归去来兮

八月上旬的一天上午，树叶懒得一动也不动，天空中一片云儿也没有，太阳像个大火球炙烤着万物。化强脸上潮润起来，背上也有一团热气散不开。他骑着一辆"凤凰"匆匆地在被太阳晒得发亮的柏油路上行进。他无心思观赏街道两旁新建的古式楼房，叫卖的小摊贩以及鸣着响飞驰而过的汽车，在他心里，只有一个念头，就是和心上人儿做最后的告别。

昨天，他收到一封来信，习惯地掂了掂，分量很轻，用手揉了揉眼睛，睁得大大的，"没错，是她的笔迹，"他顾不得多想，连忙打开来看，只是一张信笺：

"化强同学：

感谢你三年多来对我的关心和爱护，谢谢你曾给我经济上的帮助。我已接到了 XX 大学的录取通知书，过几天就要去报到了。至于我们俩的事，就到此为止吧。

过去的就让它永远过去吧。

最后祝你生活愉快，再交好运！

同学：李红。"

看着信，字字都如一根根魔针在刺痛着他的心。看完后，他闭上眼睛，仿佛整个世界都不复存在。他浑身颤抖，心在流血。她对于他己经像泼出去的水，可发而不可收，但他还是决定到五十里之遥的山村去见她哪怕是最后的一面。他的决心一旦下定就是九头牛也别想把他拉回来。

天刚蒙蒙亮，他顾不得吃饭，又怎么吃得下呀！就神差鬼使般的怀着茫然而又怅惘的心情匆匆地上了路。时近中午，公路弯弯，把他带进了那个隐蔽在绿树丛中的小山村。

她住在姐姐教学的小学里。他来到校门前，不敢越雷池一步，只觉得眼前一片模糊，他陷入了苦苦的思索之中……

几年前，她的母亲不幸病故，父亲又为他们娶了个后妈，后妈待他们都很好，可是好景不长，父亲竟也因病去寻他的先妻。后妈不得不改嫁他人，好端端的家庭不几年便七零八落。无奈她只有依靠成家立业的大哥、大姐们维持生计。家庭的不幸并没有泯灭她强烈的求知欲望，学习更加努力了。她那活泼开朗的性格、善良的心地在同学中享有较高的威信。

高一时，他的正直、诚实、坦率深深地吸引了她；她的开朗的性格、迷人的眼睛、一走路一摇晃的小马尾辫，也深深地印在他的心里。他是班长，她是文娱委员，工作上配合默契，学习上互相促进。时间一长，她走进了他的生活，同样他也走进她的生活。

踏青时，她帮着他完成组织班内游山的宏伟蓝图，使那一次集体游山万无一失。至今想起来，他还很感激她呢！

山，巍峨，高峻。微风送来阵阵野花的幽香。抬头一望，山壁上有好些迎春花，淡黄淡黄的。

"要是能折一些拿在手中该多美！"她只在心里想，却无法启口。

"你在下边等着，我上去给你弄几枝下来"。他好像看出了她的心思，说完就像猴子似的攀着枯藤向山壁上爬去。

"小心点，太危险了！"她的心怦怦地跳动，仿佛向上爬的是她而不是他。

"胆小鬼，我才不怕呢。"他开玩笑地说。

"别光顾说话。"她的眼睛一直紧盯着他，"手要抓稳，脚要蹬牢。"

他折了两枝下来递到她手中，她悬着的心才算落了地。破坏了大自然和谐的美，在她手中却如同擎着一个春天。

"这样的山，你怕吗？"姑娘微微一笑。

"山的儿子，铁一样的筋骨，怕什么？更何况我的保护神你还在这里。"他侃侃而谈，像来了诗韵。

"不怕就好！"她轻轻地说。

"我不怕痛苦和困难有所止尽，我只求有一颗能征服它的心。"他来了激情。

"你真有哲人的头脑"。她在夸赞。

"我是哲人，你是美人，"他笑了，她也笑了。

春去夏来。夏天也有夏天的浪漫和风采。星期天，他、她还有同学们都穿着游泳衣走向水库。

他俩同时跳进水里，水面上立刻溅起一片浪花。

"在水里，你更美！"

"你别不怀好意，让人听见多不好意思。"

"我多么爱你，你不知道，我的小太阳。"他终于说出了心中的郁闷。她的脸红了，像个熟透了的苹果。

金色的秋天，收获的季节。夜晚，没有星星和月亮。公鸡山上他俩在那片开阔的山地里漫步低语，手挽着手。

"夜色真美！"她淡淡地望了小城一眼。

"天阴着，没有了星星和月亮，也美么？"

"难道你不觉得美吗？"

"我感到一种失落，一种恐惧。"

"恐惧什么，别太失望了，明年就要高考了，好好努力一下，咱俩准能都考上。"

"那不一定！"

"你担心什么，'苟富贵，无相忘'。"

"我担心'时位之移人也'。"他不愿再这样辩论下去，"好！但愿……"

这块小地走过去是八十三步，走过来还是八十三步，他俩都不会忘记。他俩每星期都要到校门外的这座小山上聚会一次，谈学习，也谈各自对生活的独特感受。

冬天，寒冷的冬天。他俩去长跑，迎着寒风，天是冷的，心是热的。漫天风雪吞没了他俩吧！课间他俩一起打羽毛球，有时还打乒乓球……

时间过得好快，转眼间炎热的夏天已来临了。高考这堵无形的墙壁隔开了他俩。她高考得中，他名落孙山。

这一切去得这样匆匆。他从沉思默想中清醒过来。只见一对青年男女出现在眼前，"这大概是她的姐姐、姐夫吧。"他这样想着。随后他终于发现了她也向这边走来了。对于他的"来访"，他们感到惊奇而又恐惧。

不知又过了多久。"总算见到你了，我的老同学，我今天是特意来和你道别的，祝你步步登高！"他无端地说出这些话。他感到，她变了，变得使他陌生起来：她脚踏一双绿色拖鞋，下穿一条黑色裙子，雪白的大腿已不再令人欣喜。他不敢再向上看，不敢再看她的心，她冷淡的目光。

天很闷热，一丝风也没有，他不住地擦汗。

"我送你一程吧，天快黑了。"她面色苍白，已没有往日之红晕。

"我自己能走，"他从挎包里掏出一本《少女》杂志，"送给你留作纪念吧！"

他骑上"凤凰"，带着三年来的梦幻飞也似的走了，整个身躯熔在夕阳的余晖里……

早　恋

　　他静静地躺在床上，漫不经心地看着她的来信，本已痛楚的心更加凄凉、孤独，酸涩的泪水沿着他那消瘦的脸庞流了下来，往日的一幕幕又重现在脑海之中……

　　那是初三最后一个学期，班内新转来一位女同学，一次偶然的机会他认识了她，他知道她叫倩倩，是一位非常美丽的姑娘。她也知道他是班长，老家在青海，是来山东借读的，现在学习成绩很突出，有希望升入本县重点高中……

　　那双彼此偷偷瞟来的多情、炽热、秋波的眼光，使他们各自的心里都明白：他喜欢她，她也喜欢他。平时，她故意借他的学习用具，他也领情地借用她的复习资料。他们所谓的"友谊"飞速发展，日益深厚起来。

　　不久，她忍耐不住内心的极大热情，给他写了一封长达两千字的"发烫"的信。她的信，感情实在丰富，令他心潮动荡。当天，他就给她回了一封千字的信，感情同样的诚挚，语言的炽热程度绝不亚于那封信。并且，他邀她晚上一同去散步……

　　就这样，他们在青春期朦胧的情中，共同揭开了爱的面纱……

　　他们交往频繁了，相互赠送礼物，相邀去电影院，溜冰场，去野外郊游。他觉得她太美啦，哪天见不到她，内心就空虚、烦躁得要死，她觉得他太帅啦，哪天见不到她，就寂寞、空虚得饭也吃不去，他们简直是两种异性电子，不自抑地相互吸引。他们明知这样不对，中学生不允许早恋，可他们不能自拔，感情的泉水一发而不可收！

他们在这条爱的路上缓缓地越滑越远，学习成绩一落千丈……

抑制是无济于事的，时间渐渐临近中考，复习一天比一天紧张，可一学习起来他眼前就闪现出她那甜甜的笑脸，那醉人的眼睛……她的脑际就跳跃出他们相约的一个个令人心醉的镜头……

终于，中考来到啦，他和她匆匆走进考场……

他落榜了，她呢？命运之神并非因她拥有一张美丽而白嫩的天使般的脸蛋而偏爱她，同样是"榜外人士"……

他和她抱头痛哭……

可这迟到的泪水有什么价值呢？泪水唤不回他们失去的无限美好的中学时光，唤不回那从他们的嬉笑声中匆匆而去的中考的机遇……

他走了，上了回老家青海的列车，在她相送时那痛苦的哭声中伤心地远去了……

今天——他回青海的第二天，他收到了她的第一封来信，感怀依然那么真挚，内容依然那么烫人，可他却伤心地哭了，他不想再回忆那番"美好的时光"。他恨！但并不是恨她，而是恨那耽误了他前途的早恋，他恨自己！

他将信猛地投在地上，伏在床上呜呜地哭了起来……

挂号信

满目的金星乱动，泪珠在眸子里翻滚。只因，他的颤抖的手上捧着一封挂号信。他的心，滴出了血。

那还是在暑假时节。一个风和日丽的下午，他与好友一起去那黄河岸边的小镇冲洗满身的酷暑的时候。在一间斗室里，他与她偶然相遇了。他丝毫没有料到她的出现会给他带去一份思绪，带去永远忘不掉的情思。

"听说你是一个善谈吐，好交际的人，怎么这次见了我连话都不说一句呢？"她微笑着对拘泥在那里的他说，眼光中含着一丝瞧不起的神色。"我……我……"他的脸早已绯红，不知所措地说着（他可是全校演讲比赛的获奖者）就这样，他们相识了。并且已经混得相当熟，他的才气也在她的面前得到了发挥——"莫扎特、托尔斯泰、狄更斯"从他的口中轻轻滑出，"自我、理解、人生"也信手拈来。他看到了一双赤诚的眸子在向他笑着、笑着。

分手时，他面对她，真切地说："我会给你写信的。"她紧紧地握住他的手，欲言又止，低下头。

后来，可是后来呢？他的信发出犹如石沉大海，一封一封，她却连半封也没有回。他暗暗地伤心。苦闷不解。有次偶然听说她是一个那样的女人，一个不值钱的女人。他终于明白了，终于……最后，他写了这样一封信：

"尊敬的小姐：

请允许我这样称呼你。

你所做的一切都让我不理解，让我伤心，包括你的热情你的美貌和才华。我不想再说什么，要知道，让一个人失望是一件很遗憾的事情，你不该在我的眼前虚晃那一抹绿色。如果你会尊重自己，请你回信一定讲个明白。挂号的易收到。

你的一位替你伤心的朋友！"

五天后，他接到了她的唯一一封信。没想到信上竟是"……请原谅……癌症晚期……祝福你朋友……愿你理解我……"

"啊！"他再也看不下去了，眼泪终于流了出来，哭出了声。

傻 二

傻二是条光棍汉子。

他是我村李拐子家的娃子。弟兄姐妹无一人，不知道为什么叫傻二，大概是因为他的脑袋有点迟钝吧，反正村里人们都这么喊他。

傻二今年三十一岁了。他母亲一生下他就死了。他的瘸父亲又当爹又当娘把他养大，养成了一个黑黝黝的壮汉子。村里人们都愿找他帮忙。

前天，他给村西的刘伯家往南洼那块最远的地里拉粪。他推车子就像飞一样。一会的工夫拉了四五趟。

刘伯笑着："歇一下吧傻二。"

"不累不累"，傻二嘿嘿地笑着，又装上了车子。

"傻二又给谁家帮忙呀，瞧你走得那么快，莫不是东家又给你肥猪肉吃了呀？"路上，路边拾棉花的林嫂与他开着玩笑。

傻二脸一红。那次给村东何叔帮忙时，他把四碗肥猪肉吃得精光。撑得三天没有吃饭。

歇晌了。傻二坐在粪堆边大柳树下的石板上歇息。石板上放着刘伯从家里提来的水。

"喝点水吧，傻二，吸棵烟吧。"刘伯拿出一盒玉菊烟放在石板上。

"我不吸我不吸"，傻二端起水一个劲地喝。

刘伯去家里提水去了。傻二四下瞧了瞧，很快地从石板上抓起烟，拽出一棵，一口接一口地吸着，嘴里鼻子里不停地往外冒烟。眯起眼睛，很是惬意。

一阵香风飘过。傻二睁开了眼，他怔住了。直直地看着赵二爷家的，那个十分洋气整日擦脂抹胭，整日走起路来摇头摆臀，整日被赵二爷骂得鲜血喷头说没有这样的孙女的胖妮从眼前晃过。

傻二直直地看着胖妮走远，心不在焉地又叼起一根烟。猛地又慌乱从嘴里拿下来放在了手心里，很是不安。原来刘伯从那边提水来了。

直到拉着地排车子来到南洼那块最远的地里，他才从手里将浸满汗水的半截烟头扔得远远的。

嘴里嘟囔着说，"他妈的，去你的！去你他妈的吧！"

莞尔一笑

一

W问R:"'莞尔一笑'这个词语怎样解释?"R道:"我说个前不久的真实故事你便明白了。"

二

于是，R讲起来:

"预备过后，Z姗姗上楼而来。只见她怀中抱的书已过肩，她只有歪头看道，缓缓而行。不小心掉在地上一本，却不能弯腰拾起。

这时，后面上来一男生X，帮她拣起，放在她那高高的'书山'上。她感激之余，对X莞尔一笑。他，脸一红，跑了。"

三

R继续讲道:

Z进得教室，好容易把书放在邻桌上，打开自己的桌板，不好!

桌板倒下，砸在前面做作业的 Y 身上。Z 惊慌失措，不知所以。

　　Y 却回过头来，对 Z 莞尔一笑，又伏下身，去做功课。

四

　　这时，R 问 W："你知道啥意了吧?"

　　W 点点头，对 R 也莞尔一笑。

美的一幕

查一下字典，知道，"幕"是指话剧或歌剧的较完整的段落，"美"即是好、善，而善是指善良，品质或言行好，于是，便引出了下面的"一幕"故事，但它"美"么？它能称得上是"一幕""美"的故事么？我不知道，让读者去评说吧。并以此献给众多同龄的朋友们。

——题记

秋天里高粱正红的季节，也是开学的日子。

凌寒将录取通知书掷在桌上，长长地吐出一口气来，无论如何，他总不想上学了。频繁的课程考试，并不高明的以分数论成绩的所谓预选，早令他厌烦那学校生活了，厌烦得透顶。他早听人说过，中学生拼了命去考中专、大专，考上了，就欣喜无比，纵然不再用功学习，于人面前却自可以"矫首昂视"，趾高气扬。

凌寒心里乱糟糟的，虽说自己也"拼命"了一年，考取了中专学校，但他脸上并没有欢悦，只留下了一丝苦笑，一片酸楚。

他望向窗外，秋雨正纷纷扬扬，院里的槐树在这阴霾中抖索着，不时有片片槐叶颤落下来，溶入地下的泥土。凌寒打开日记，迷漫地在上面涂下一行句子：

"今天，是一个阴天的日子，小雨缠绵不断……"

第二天，是新生报到的最后一天，凌寒坐在椅中，看着母亲将被褥叠正，包好，他姐姐把他的衣服一件件叠好了装进一个大提包中，他心头突地溢满了无限酸楚，他抑制住自己的情绪，扛起铺盖……

"爸爸，你不必要坚持送我，我已不是一个小孩子了，我会照顾好自己的，我记住您的话，好好学，……哦，妈妈，姐姐，我还会拿几张奖状来让你们看呢……"泪水渐渐涌满了凌寒的眼眶，他猛一扭头，转身走出了家门，两颗珍珠般的泪滴永留在了故乡的泥土中。

凌寒从车站下来，问清了，就被那学校来接的车子迎去了。一路上，他想，城市的风光自是与乡下农村不同的，太不同了……

报到后的第五天，开始上课了，这之前是进行了为期三天的理想、道德、纪律等等的教育。凌寒听得乱烦乱烦的，晚上躺在床上，昏昏然地，连同宿舍的同学都懒得去打招呼：你是哪县的？叫啥名儿？……

弹指一挥间，已值又一个新年来临之际，期末成绩，凌寒名列榜首，他嘴角闪出一丝笑来，是苦笑？是自信？他自己也不知道，他只是看到，她十门课的总成绩是 625．5 分，他咬了下唇，想着，郑蕙平，没想到你的成绩这么差……哦，我应该帮助她，是的！帮助她！凌寒似乎看到了一抹希望和一片彩霞，那里，正有一轮初开的红日，他情不自禁地唱道：

"请让我来帮助你，就像帮助我自己，请让我去关心你，就像关心我们自己，这世界，会变得，更美丽，请让我……"

此后，凌寒就真的帮她学习了。那个晚上，他对她说："郑蕙平，你想不想把学习搞上去？"

"想啊！太想啦！可是我总学不好，用了那么多时间，也没有多大进步，我太笨！……嘻"她说得坦率，真诚，而又有些调皮。

凌寒霎时有些惊异了，他料想不到眼前的这个女孩竟如此单纯，坦荡，他暗暗地长吐出一口气来，赶走了内心一种莫名其妙的惊慌，"好吧，我作为一个小小的学习委员，我们互相帮助，把学习搞上去，行吗？"他看着她的眼睛，口吻里满含着自信。

"真的？有你冠军的帮助，我也会成为亚军的，然后，然后再成了冠军……嘻嘻……"

"哈哈哈……咯咯咯……"他笑了，她也笑了，操场夜空的星辰也都露出了一片欢欣的笑靥。

他想，从哪一课程下手呢？语文和数学自是基本课，哦，就先从此起步吧，于是，凌寒就给她安排了学习时间，用每天的一班晚自习来总结，提炼，浓缩课本，将每一个问题条条列出，然后让她在复习了课本后去做，或者自己先进行了剖析、启示，让她讲出。物理，化学，也是采用同法，他发现她终于有了一个可喜的进步，有一次数学测验，她考取了92分！凌寒也发现了，在这过程中，他自己的逻辑思维变得更加缜密了，以致论说文写来也自觉比先前有了很大提高。

但对于语文，凌寒似乎寻求不到什么规律，他只是根据自己的经验体会，对蕙平说："你喜欢写日记吗？以后就每天坚持写吧，有话即写，无论长短，但要有个中心，有个主题。不论是你看到的，听到的，自己做的，什么都可以，想怎样写就怎样写……写完一本，再换一本，坚持不断，不知不觉中就将语文水平提了高。语文很难学，必须得点点滴滴地积累知识，眼、耳、口、手、腿都勤点就行了……你说作文真难，其实，其实你使劲写就行了。哈哈哈……"

"哇，——"他们俩都笑了。

几度风雨，几度春秋，离毕业也只有半年了，凌寒翻着自己的日记，两年多来，他已写了厚厚的十几本日记了，这里面记录了学校生活的酸辣甜苦，记载了生活的点点滴滴，也包藏了他久埋在心底的一份秘密的真情。

凌寒信手翻到日记的一页，是一首诗《不知道为什么》：

　　　　我们秋天里相遇
　　　　没有过多的话语
　　　　语言已不能表达真实
　　　　但让秋波彼此传递
　　　　我怀疑我的心被你偷了去
　　　　我承认我们相识已有几个世纪
　　　　我不知道那是为什么
　　　　就永将你藏在了心底
　　　　他继续翻，又是一首短诗，却写道：

"只是因了你呀小小平妹

我似傻似狂如痴如迷

只是因了你呀

我不知生活为谁为谁"

凌寒打开每本日记，那上面都写了好多首诗，说了好些他和蕙平的生活片段。他自从发现了她的纯真后，他立刻意识到自己一切完了！她正是他心目中所追求的女孩呀！她是那么令人爱恋，是那么让人看到了一片光明，他不能不爱她；几乎每天的日子，他都在想着她，眼光时不时就停在她红红的衣衫上，……但这一切，他只是写进了日记中，而从没有向她有半点表露，他只是在学习及生活上尽己所能，给予她帮助。

早时候，凌寒曾经不止一次地想到了将来，设想过未来的种种图景，他希望自己能取得成功，也自信自己一定能成功。

如今，将临毕业了，应该谈一谈那所谓的爱情了。

一个晴朗的早晨，跑完了早操，凌寒将一封信交给蕙平，轻声地说："蕙平，你看吧，这是我的一颗心。"随后跑去了。

蕙平慢慢地拆开信封，展开信纸，见上面写着：

"蕙平：愿与我同行吗？我深深地爱你，做我的妻子吧！

凌寒

于相识的那个秋天"

凌寒此后的三天，没有同她打一个照面，他的心一直慌慌地跳个不止。第四天，蕙平交给他一封信，他展开来，柔韵的文字就跳进了眼底：

"凌寒哥哥：

（请让我这样称呼你吧。）那天我看了你的信了，说实在的，这两年来，你给了我许多东西，使我的学习从最差跃到了前几名，为此，我非常感谢你的帮助；况且，你又像一个大哥哥一样在生活上给我不少帮助，我心里总是想，你是一个好哥哥，假如我真有这样一个哥哥那该多好！凌哥哥，谢谢你啦！

在两个月以前，我的老乡送我一封信，内容你是想象得到的，我认为他很有能力，会办事，就……凌哥哥，本来我想把这事告诉你的，让你吃我们的喜糖，……可现在，……凌寒哥哥，原谅我吧，希望你不必伤心，'天涯何处无芳草'，祝你为我找到一个称心如意的嫂子。

小妹蕙平
即日"

天摇了，房屋晃荡起来，雷声响，凌寒一下子就变成了一尊雕塑……

晚夜，满天的星辰闪烁，凌寒独自来到小河堤，一任河风轻轻地撩拨起他凌乱的头发；小河水汩汩地向东流着，呜咽着，不时地翻起一阵"哗哗"的响声，蛙声如潮一般此起彼落，远处的城市，已是夜色阑珊。凌寒独自地站在那儿，雕像一般，脸上无声流下一片片迷濛的泪水。……他轻轻弯下腰去，慢慢掬起一捧河水，浇在脸上，他感到微有些清凉。

第二天，凌寒向老师请了假，他说："老师，我今天得回家一趟，我感到身子不适，可能病了，我要回家一趟……"凌寒搭车回家了，一走二十多天。

等凌寒返回学校，离毕业还有一个月的时间。午饭后，他重新来到教室，然而她却早坐在位子上了，他微皱了下眉，依然像往常一样从粉笔盒里抽出只白粉笔，在黑板上写画起来，她偷眼瞧他，见他写下了一首诗：

　　　"如果我不能得到你
　　　那么我将不会哭泣
　　　如果我已经失去你
　　　那么我只是将一切埋葬心底
　　　如果我得不到你
　　　如果你不能与我同忧愁
　　　如果我的追求成了轻烟缕缕

如果你心已变更不移
那么我将不会哭泣
我将不哭泣"

　　她看着黑板上的那些诗句，瞧着他俊伟的身影，心里涌出一股酸楚，她低着头，轻轻地说：　"凌寒哥哥，请你……"

　　"不要说了，都是怨我，我实在无能之极！虽说爱情没有地域界限，但我确是太无能了！我不如你那老乡，他爸爸是教育局副手，确确实实具有所谓的办事能力……我原是配你不上的，我太过分奢求了……谢谢你，蕙平，你让我懂得了太多太多……"

　　"凌寒哥哥，你……"

　　"不要说，什么也不要说了，……我没有什么的，我至少还算一个活的人……这二十多天里，我从一个老中医那里懂得了许多人生的哲理……蕙平，我不会怨你的，我只是为我自己而遗憾……哦，让我送你这张'珍惜'的纸笺吧……祝你永远……幸福……"

　　郑蕙平接过来那片小小的纸笺，两颗晶莹的泪珠滴落在上面，她看清了几行隽美的小字：

"已经失落的
不要去怀念它
捕捉不到的
也不要去苛求它
留在手上的
紧紧握住它"

　　后记：这故事到这里就结束了，无论如何，谁看了也不会承认这是"一幕"的，你这只不过是写了几个片段，跨度又大，怎能说是

"一幕"呢？况且又不是什么歌剧、话剧！而说它"美"吧，哪里又显露出来了呢？也不过是平凡的俗套的"帮助人"和一点儿所谓爱情纠葛罢了。

诚然，如像上面所说，囿于传统的文学类，这故事确不能称谓"一幕"，然而，地球的生长史是宇宙形成中的一瞬，人类的历史也只不过是地球形成史的片刻，而一个人的三年间的中师生活，又怎么不能说是人生中的一个阶段？又怎不能理所当然地称为是整个人生中的"一幕"呢？

说到"美"，那自是如题记中所言，"帮助人"的行为不能不说是"善"（虽则俗了些），故事中的对话语言也不能不说是"好"，虽则有些许遗憾和痛惜，但它终是"一幕""美"的故事吧。

这故事说来也太简单，只有两个主人翁在做着事，倘若再加上那未曾露头脸的郑蕙平的"老乡"和凌寒请假的"老师"以及可有可无的故事前面的"爸、妈、姐"等，也算得上是一个小画面了。但可以说明的是，这故事并非虚构，源于生活的真实，对那些即临毕业的青年学生或有此"遐思"者来说，或许能颇有一丁点感触。诚然，除了学习之外，日渐成熟的青年，谁个心里不曾埋藏另一份秘密和真情呢？但读者自己并不要急于试图从"凌寒""郑蕙平"身上寻找自己的位置，以免徒生烦恼，惹出许多许多……来。

况且，这故事里，多多少少附带着也给学习成绩稍差的学生指了条光明的学习之路，给不差的学生也道出了几缕思索，回味……

还是让我们一同来咀嚼生活吧！

茄丁面

——都市的记忆及其他

已是晚上八点了。

她想着今晚做点什么吃呢？其实中午她已在超市买了七两面条，够今晚和明天中午的了。白面条她已经吃了四十多年，近年来每次到这家超市，她几乎只买荞麦面条。今天虽已是霜降，她第一次买了绿豆面条。最近有些上火，也无甚食欲。中午买了十个小包子，吃了四个，剩下的明天早上一热，简单。为什么想起做面条呢？茄子是一周前在菜市场买的，已没了水气，扔了也可惜。肉丁是一个月前（十一期间）做炸酱面剩的，只有一点点，是当时在超市请卖肉的师傅给切好的。家里的菜刀很钝，半年前就该去磨了，一直耽搁着。姜也放了一周，没有葱了，凑合着吧，她不想黑着天，为买一根葱下到二十层以下，电梯有时还爱坏。

开始做了。茄子、姜洗好。姜切丝，茄子去皮、切丁，下锅前又扔掉了三分之一，她知道一个茄子肯定吃不完，与其做完吃不了扔掉，不如扔些原料，这样炒得还快些，少油又入味。锅里放上一点儿油茶籽油，两分钟后油微热了，放肉丁，煸炒，油刚好没过肉丁，放姜丝。因为油少，锅快干了，放一些料酒下去，水气将油覆盖，这样就不会扒锅了。二分钟后，放一些白水进去，她想尝试一下：在油少的情况下，肉丁又不糊锅，做得还快，就像外面家常菜馆做的茄丁面一样——两个月前，她去吃了一次，料不多，带汤，茄丁不多，可能有小半个茄子？面条是现擀的，挺劲道，吃着总觉得菜少，不过瘾。今天她要仿照外面餐馆里的做法试一下，虽然不愿像餐厅那样多放油，但她还是希望味道上差不了太远。

茄子喜欢油。以前烧茄子，要放很多油才能做好，最后油被吸入茄子中，味道自然是好，但也吃进去很多油。她不想这样。几年前做菜时她就开始少放油和盐了。虽然为此他抱怨过多次："像水煮的一样"。但每次在外面餐馆吃饭，总是油大盐多，虽然跟服务员说了少放盐，但厨师们会用油来"找补"，否则菜做得不香，下次谁还会光顾餐厅？所以只要是在家做饭，她就这个原则，虽然不太好吃，但晚餐应少吃，菜清谈了自然没了胃口，可就此减肥。时常是菜出锅后，他尝了一口，就打开冰箱找酱豆腐，夹出一块，放在菜里，把饭吃下去。八点半，卤做好了，出锅前放一点盐、酱油。锅里的水烧开后，放入面条，剩下的分两个小塑料袋，冷冻。这七两面，够吃三次了，她想。绿豆面条耐煮，十分钟后，锅里泛出微微的绿色，她夹出一根尝了尝，浓浓的绿豆味，粗粮确是和白面的不同。面条到了锅里很"处暑"，关了火，她夹出一半面条，估计这些也够吃了。快九点了，看一会儿财经频道或者随便换一个古装电视剧频道，看上几个小时。唉，昨晚，不，这一个星期，都是自己一个人吃饭，昨、前天晚上，他都是十二点才回的家。

蒜也长芽了，放些醋，调调味儿吧。吃了一口，茄子做得有些过于水了，很软。面条也还好，自然是没有外面餐馆做得好吃，她知道。费了近一个小时的工夫，做了一碗面，一个人吃，为了不浪费蔬菜？为了健康、卫生？她也不知道。昨晚蒸了两块紫薯，吃了半块，忘了放冰箱，今天上午扔掉了。大垃圾袋，每天都要换，给城市制造这么多垃圾，她不太心安，但又有什么办法呢？有时做好饭，又没心情吃、或吃完，常扔掉半碗，真是浪费。

小时候，吃荞麦面条的情景常浮现脑海，那是在一个小院落里，有一次对门的阿姨自己擀了荞麦面条，好香！盛了一碗给她这个小孩子吃。那一碗面的味道，让她至今难忘。那味道，该是幸福童年的味道吧！以后即使在大餐厅吃海鲜面、意大利面，也没有让她如此回味过。

吃了几口，她放下筷子，不太想吃下去了。怎么说呢？这回做得比以前更简单，水煮的，不用总去翻锅了。油可以更少，茄子可以更烂。虽然味道欠佳，但这种做法是不是最佳的家常做法？如此看来，以前炸酱面总做得太咸了，以后可以吃这种面了。

晚上十点，他打来电话，说和几个朋友刚从餐厅出来，正准备打车往回走呢……明天吃什么菜呢？她又在"艰难地"选择着：一周前买回来的菜——煮完的四根玉米，放坏了，扔了两根；六个西红柿还剩下三个；两个洋葱还剩一个；四个小紫薯还剩两个……还有一大堆苹果（是半个月前朋友送的）已干瘪，坏了大半；石榴放得太久，已经干瘪了。

这些年炒西红柿从不放糖，只放极少的盐。除了盐和六月鲜酱油，家里几乎没有其他调味品。味精、鸡精、沙拉、番茄沙司、蚝油等，一概没有。西红柿炒出来有些水，但她习惯了。因为她知道，无论怎么炒，都炒不出原来的味道。过去每人每月半斤油，炒菜放油自然不能多，但汤汁却香，就着米饭吃，很合口，仿佛西红柿本身有油似的。就连每年冬天家中自制的西红柿酱（很多还是青柿子做的），做出来也是那么香，在缺少蔬菜的冬季，打开一瓶西红柿酱，做个菜，对童年的她来说就是一种幸福。因为今天，不吃大白菜，也不吃雪里蕻，而是吃西红柿了，心中自然好快活。烹饪很重要。食材虽不是以前的味道，但烹饪多少可以改变一些，使之更健康一些吧。这两年几乎没炖过排骨、牛肉之类的，吃不下，也不想做，冰箱里空空的，有时一小盒鸡蛋（十枚）也会放过期，木耳、香菇也常过保质期，茶叶、牛肉干、特产，一放就是两年，被扔掉似是它们的宿命。从前的食品，没有标注"保质期"，人们也无此观念，很少有东西被扔掉。吃剩菜很正常，谁家也舍不得扔，下顿热一下接着吃完。在她的记忆里，以前很少扔东西，当然也没有那么多东西可以去扔，更没有朋友寄送各地特产。

她小时候关于美食的记忆，很多与乳品店有关。那时候，这条街（方圆十里内）只有西四、西单两个乳品店。西四的这家离家近，店

69

茄丁面

面狭小，需要侧身才能进到店里，她每个月会去上几次，用搪瓷缸子打回半缸鲜牛奶，热腾腾的，买上一小包羊角酥（塔形，里面一头尖、一头大，大的那端里面有奶油，外面起酥，撒着细细的冰糖粒）。还有奶油江米条（酥软、浓浓的奶香，通体黄色中间有一条红线贯通，入口即化，甜甜的，总是吃不够），更是她的最爱。现在寻遍京城，甚至外地（去外地，到食品店里，也从未见过它的踪影）也再难寻找到了——这是消失的美食。与美食一起消失的，还有童年。

那时的点心，品种不多。可能有小蛋糕之类，已记不起。只记得这几种，已足够回味。这条大街的另一端——西单的那家乳品店大些，牛奶在当时比较稀罕。每从店前经过，她总会向里面张望，即使不买，也会感到里面浓浓的奶香，甜甜的麦香……一阵阵飘出来。奶制品是奢侈的，不可能经常去买来吃。西四牌楼大合作社、西单菜市场里有点心柜台出售糕点，过年节装一个"点心匣子"去串亲戚：蜂蜜蛋糕、桃酥、萨其玛、江米条、蜜贡……长方形，小小的点心匣，上面有一张红纸，用纸绳捆好，拎在手里，拎着几分祝福与喜悦。

说到过年，花生、瓜子等是节日里特殊的象征。平常见不到、吃不着。只有春节前，每人大约半斤花生、瓜子，凭票排队购买。何时家里买了花生、瓜子，就知道离春节不远了。一年一次，物以稀为贵，吃起来自然分外香甜。

过年家里会蒸一大锅豆包。再将炒好的江米，用擀面杖碾碎，将调制好的肉馅做成丸子，在外面裹上一层碾碎的江米，放在盘中，上锅蒸熟，就是一道美味的"珍珠丸子"了。还有霸鱼丸子，鱼汤鲜极了，鱼丸雪白、入口即化，那年亲戚送来两大条鲜霸鱼（这种鱼，当时很稀罕的），妈妈第一次做了鱼丸子，也是我记忆中唯一的一次吃上鱼丸，所以印象很深。我不知道妈妈是怎样研究出来霸鱼的做法（那时不像现在，也没有什么菜谱，又没有人教）简直是极致了！最好的做法，最佳的美味效果。那天晚上，做好后，还有一天才到大年三十，鱼丸盛放在陶罐里，放在桌子上，她拿小勺子，偷偷尝了一个鱼丸，好香啊！又忍不住喝了一口汤，好鲜啊！小小的罐子里，多半罐汤中漂着二三十个雪白的鱼丸，太吸引人了。要不是怕家长说，她真想再吃两个鱼丸。

还有米粉肉，每年春节家里都要做，江米泡上一夜，晾干，去掉水分，用锅炒出颜色和香味，五花肉切片后用酱油、盐、葱姜等调制好，腌上两三个小时，将炒好的江米裹在肉的外面，上锅蒸一个多小时，香喷喷的"米粉肉"就出锅了。还有做好的几十个豆包和大白菜馅的包子，放在一个大缸里，够吃上半个月了。那时冬天天冷，即使没有现在每家都有的冰箱，也放不坏。吃隔夜的包子时，常放在家中的炉子上烤热，烤到两面金黄时，味道更好。

姥姥是东北人，所以我们家人一直会"积酸菜"。每年都积上一大缸酸菜，半人多高的大缸，放进去二三十颗，去掉白菜帮，洗净后用热水焯过的白菜，加工好，用大石头压在上面，静静等待……大概一个多月，就"积"好了。酸酸的味道，会派她去给要好的同事家送上几棵，很抢手的。还腌雪里蕻，洗净后，撒上一层大盐，就可以了。一小罐子腌鸡蛋，那时鸭蛋比较少，而且贵，所以就用小罐子腌上三斤左右的鸡蛋，大约两周后就渐渐咸了，可以吃了。吃掉几个，再把几个新鸡蛋放进去，循环着吃。冬储大白菜，和其他人家一样，家里每年都买两三百斤，吃上一冬。

说到白菜，那时白菜卤的面条倒常吃。放一些肉丝、白菜丝，做成的卤，浇在面条上，也挺好吃的。现在青菜的品种多，自然不用白菜做卤了，那个味道也已经久违了。还有酱油卤，放一点肉末，煸炒熟，放半小碗酱油，浇面，也是一种做法。还有尖椒卤，麻酱卤最简单，放二勺麻酱、盐、一点凉白开水，搅拌开，就可以浇面吃了。

那时麻酱也是凭票供应的，每人一月一两左右。记得有一次，上小学的她拿个小碗，去胡同口的合作社去买麻酱，打了多半碗吧。回来的路上，禁不住诱惑，舔了一口，一路走，一路……到家时，只剩下小半碗了，自是被家长数落了一番。（过春节，家里蒸的馒头刚出锅，掰开一半，拿在手里，用小勺把麻酱抹在上面，再放一点白糖，边吃边和小伙伴们在院子里追逐，一会儿就把半个馒头吃完了，又跑回家拿了半个馒头如法炮制，吃得好开心。）

零食类，有芝麻酱糖棍，滤在嘴里，回味无穷。深褐色的三角糖，一分钱可以买三块儿。还有鱼皮花生、空心豆。鱼皮花生一毛钱一包、空心豆五分钱一包，有时去胡同的商店买上一包，脆脆地吃上几天。红果冰棍三分一根，巧克力冰棍五分一根，最好吃的奶油冰棍，一毛二一根，要到西四路口的大合作社才有卖的，每次去，总会缠着家长买上一根，一张纸包着，扁扁的，淡黄色，奶油味很浓，含在嘴里，很香甜。葡萄干，一毛一包，也很好吃。

油饼，胡同口还有一家卖早点的，全胡同的人，要是想吃这口，就一早六七点钟去排队买。大烧饼，六分钱一个。小芝麻烧饼，五分钱一个。好像也有豆腐脑之类，品种不多，每早小吃店里都会挤满几十个人，排几个长队买早点。（附近只有这一家国营小吃店，那时还未出现私人小吃店。她没有吃早点的习惯，对早餐的印象也不深。）

附近的"砂锅居"很有名，啤酒常打回家喝，那里总是食客盈门，生意很好。胡同口有一家卖鱼、肉的小店，记得当时最好的带鱼，三毛钱一斤，印象中也没去买过。每次去西单菜市场，那里总是人山人海，各种熟食柜台前，排起长队。常买的有扒鸡、香肠等。那年春节前，难得去买大虾，排了一个小时长队，买了两斤虾，花了几十元，很奢侈了一把。西四包子铺的包子，同样是美味。一两三个，门口总是排长队。

平价的花生油，常常不够吃，于是就买菜籽油或者高价油来炒菜，用菜籽油烹饪时，油烟较大，有一种特别的味道。酱油、醋，一般都是散打的，较便宜。一个酱油瓶、醋瓶用上几年，没问题。牛奶，是玻璃瓶装的。订奶，卡片上写着订奶人的名字，拿上空的旧瓶子，每晚四五点钟去胡同口的奶站，取一瓶新的奶。因为短缺，好像只有小孩、老人才可以买。印象中，一家人从未在外面吃过饭，每顿饭都是在家做着吃的。那时也没有什么个体餐馆，国营餐厅只有几家，一般人不敢问津。

那时"超市"还没有出现，不可能在同一个地方买齐几乎所有东西。各有分工的食品、日用品、日杂商店、文具店等，也是国营的。去小副食店打黄酱、买火柴、蜡烛、毛巾等日用品。买米、面、棒子面等粮食，要到胡同口的粮店，还要凭粮票、粮本供应。每家小店，都有营业员帮你取商品，不可能像现在的"超市"那样，想要什么，在货架上自由选购。

烙饼、馒头、面条等主食，都要在自己家里做。没有像现在这样，到超市或摊点，随时买"现成"的那么方便。现在自然解放了劳动力。现在双休日，以前只周日休息。洗衣、做饭，上班工作，养育子女，家长自然是很辛苦的。

休闲一般是看电影、逛公园等。电影院看电影，一毛钱看一场电影，学生票五分钱一张。各家公园，故宫的门票最贵，是两毛钱。上小学时，学校组织春游，去十三陵玩了一趟，坐大轿车，座位有限，好多同学往返一路，都是站着的，也不觉得累。记得有一次，集体春游颐和园，家长给带了午饭，还给了五毛钱零花钱，玩了一天，她一分没花，又带了回来。

上初中的时候，家里买了一台"白兰"牌洗衣机，双筒的，很方便。后来买了一个冰箱，"阿里斯顿"的。再后来，"21遥"刚开始流行的时候，家长下决心买了一台昆仑牌21寸平面直角遥控彩电，4000多元，用去几年的积蓄。当时，看到新电视的我们，全家人都特别开心。画面特别清楚，至今记忆犹新。

当年西单商场门口，曾摆放了一台29寸超大彩电，对我们来说，"29寸"太大了！（家里原来有一个黑白电视机，只有9寸，几年后淘汰给农村老家的表哥，换了一个12寸的，已经很稀罕了。）"21遥"带来了喜悦，屋子显得小了。那时，《神探亨特》热播，通过电视，心中似乎有了"偶像"的概念。女搭档更是飒爽英姿。电视给我们打开一个新世界，以前是通过听收音机，现在有了电视机，又多了一个了解外界的渠道。动画片有《邋遢大王历险记》《花仙子》等。以前的电视，频道不多，屏幕边上有一排按钮，用手来开、关电视和调台，后来有了"遥控器"，是个稀罕物，新概念，坐在简易的沙发上，两三米开外就可以控制它，换台、开关电视，方便多了。还有洗衣机、电冰箱等家用电器的出现和逐渐普及，为日常生活带来了更大的便利。

没多久，家里又订制了一套柜子，包括床头柜、电视柜，算是"象样"的家具了。以前很少有成套的家具卖，一般都是"订做"家具。小时候，家里事先购置好一些水曲柳的木料（水曲柳，这种木材很硬，深红色波浪似的纹理，花纹也漂亮，适合做大衣柜，价格不很便宜，实木的，算好木料了），请来一个木匠师傅，用两三个月时间，做出一套家具，包括大衣柜、小衣橱、桌子等。

胡同里的居民，每家的房子一般都有几十年的历史，多半由1－3间小屋组成，总面积20平方米左右，条件有限。后来有了"组合柜"，随着房间面积的增大，有的家庭开始购置这种"组合柜"了，记得大姨家的二表哥当时刚结婚，赶时髦买了一套：长五六米，高三米多，宽接近一米的样子，包含有衣柜、穿衣柜、书柜、展示柜、电视柜等，全部组合在一起，联体的，约占去一扇墙，像一座小山似的，挺气派，也显整齐，就是太占地方，挪动起来也不便，空格子较多，实用性也较差，式样也千篇一律。好在是农村自己家盖的房子，有地方放。城里房子依然拥挤，加之有旧家具舍不得丢掉，也无法再添置这种家具。在风靡了近十年左右，"组合柜"逐渐淡出了人们的视线。渐渐地，随着审美能力的提高及个性化的需求，家具的式样越来越多，人们的选择余地也越来越大了。

家中的陈设里，挂历几乎必不可少，每家都有，挂在墙上，是一个家庭必不可少的"装饰"。城里几乎都是平房，面积不大的房间里，除了床、大衣柜、桌子、椅子外，有一对小沙发就不错了。写字台很少见，我们小时候做作业，要等吃完晚饭后，收拾好桌子再写，或者用小板凳、小桌子在角落里写。家里曾有一个折叠圆桌，40元买的，电镀折叠桌在当时是很时髦的，用了二十多年也没坏。还有折叠椅子，红色人造革的椅背、椅面，电镀的支架，泛着金属的光泽，好像是"天坛"牌的，很漂亮也很结实，用了很多年。没有多余的空间，如果喜欢养花，一般只能放在房间的窗台上，或者平房外的窗沿下。

小人书与过去孩子们的童年是相伴的，谁家没有几十本小人书呢？黑白的《孙悟空三打白骨精》，里面奇奇怪怪的猪、扛着耙子、猴子、马……不明白故事的情节，在小伙伴家初次看到那些画面时很惊讶。从此《西游记》进入她的生活中。初中起，买了一套《西游记》，上、中、下三册，看得津津有味。从头到尾看了两遍，有些章节烂熟于胸。那些绮丽的想象，神话故事的魅力深深吸引着她，展开想象的翅膀。记得有一次去一个小学同学家，看到一箱子各种名著，好生羡慕，却没有地方去买。书店里有的，历史故事《隋唐演义》《隋唐英雄传》等，她买了很多，看得着了迷。《红楼梦》绘画本小人书，出一本她买一本，几乎凑齐了一整套，反复看，精美的绘画、图案，故事情节，令人爱不释手。还有《马兰花》《西厢记》，外国的有《红与黑》《悲惨世界》等。

电影《金姬和银姬的命运》《草原英雄小姐妹》，人物的命运牵动着她的心。电影院不多，电影票一毛一张，有时学校会组织学生看电影。还有姥姥讲给她的《封神演义》《七侠五义》《兰花梦》等故事，还有一本残缺不全、书页已经发黄的竖版《红楼梦》，她那时还小，第一次接触竖版书，还是繁体字，但还是连蒙带猜，读了一遍，也认识了一些繁体字。

家里曾养了一只大鹅，扣在一个大竹筐里。大鹅很倔，还顶人，那时她很小，有一次，鹅掀开大竹筐，跑了出来，她被那只白鹅追得满院子跑。家里还养过一窝兔子，小兔子们刚出生不久，就会吃草，一根一根地吃，雪白的小兔子，毛茸茸的，十分可爱。还有一次，家里逮了一只麻雀，放在笼子里，喂它什么都不肯吃。据说，麻雀气性很大，只自己捕食，若是喂它，宁肯饿死，也是不吃的，自此知道了这种小动物。金鱼以前都是放在圆的玻璃鱼缸里养的。有一次，邻居家的猫，悄悄跳到放鱼缸的小桌上，注视着缸中的几条小鱼，忽然伸出爪子，捞了一只就跑了。后来，为了提防猫，玻璃鱼缸上加了盖子。

还有缝纫机、自行车，那时家家必备。想起学自行车，那是小学五年级，用28"永久牌"自行车学的，她当时只会下、不会上，只会骑、不会捏车闸，有一次在胡同里学骑车，因为紧张，她竟然对着前面一位大妈的脚后跟，径直骑了过去，现在想想还觉得好笑……

如今，汽车如流水，川流不息，自行车已经很少骑了。她望着窗外，高楼林立，时间覆盖了城市的记忆……

这时，门响了。他回来了。

等　人

晚六点。积水潭地铁站。

"晚报""作家文摘"……地铁下面的报摊前围了很多人。

她在报摊前停了两分钟，又走到一个人较少的地方站定。"车进站，往后站……"随着工作人员的喊声，一列车驶进站，上车的人似乎比下来的人更多，人们急匆匆地从她的视线中掠过，没有她等的人，也没有人注意到她……

她感到有些口渴，拿出在路上买的纸包装饮料，边喝边注视每一个从她身边走过的人，他们的着装、行走的姿势、表情，她越看越觉得有趣，千人千面，平常很少时间观察别人，今天正是一个机会，这些匆匆忙忙赶车的人大多是上班族吧？赶回家去，家里有老人、孩子、亲人等待他（她）吧？有的人手里提的包里面多半是食品、晚报，拿大包的那几个人一定是外地人刚到北京，只知道北京是个好大好大城市，没有想到北京的地铁这么挤吧？……

把空饮料盒扔进垃圾箱，已经六点三十分了。每隔三五分钟就有一趟车进站。高峰期还没有过，一批批的人涌进涌出，涌上涌下。他该到了呀！她等待着人群中有人喊她的名字，等待着那熟悉的声音。

再等一会儿吧。站到一个大柱子旁，她发现有几个女青年穿的是裙装，这让她觉得有些热，自己的厚外衣有些不合时宜了，春天到了。男同胞穿西装的不少，其中色彩灰暗的居多，却很少有非常合体的。她试图找出几个穿着出色的，想象那合适的西装穿在他身上一定很精神……但是，她很快就失望了，她所看到的非但没能让她振奋，更多的却使她沮丧。于是她把目光转向女人们，基本上是呢大衣、坤包、高跟鞋……城市人的标准打扮，干净整洁却有雷同之感，大概是这里人口密度太大显不出特色来吧。……

　　她觉得有些累了，甚至有些饿的感觉，怎么还不来？已经过了四十分钟了。腿都站硬了，她变换一种姿势，到底怎么回事儿？这家伙！又迟到，说好了，却迟迟不来……真想走了，可又怕万一自己刚走，他来了。再等一会儿吧，耐着性子，掏出今天的日报望几眼，精神却集中不起来。平时最烦的就是等人，隔几分钟看一下表，再看看已经空荡荡的大厅，偶尔有两三个人从身边走过，却基本上都毫无表情。人明显地少了，车也很空，她真想一头钻进车里，走人，管他呢！还是再等几分钟，十分钟吧，七点一到准时走，她自言自语。这种滋味真不好受，又过了两趟空车，七点整了，走还是不走？对面又来了一趟空车，下来的人中还是没有他。算了。走吧！

　　她终于迈进了车厢。玻璃车窗忽地闪过他急急地跑来的身影……

顾城见人喊"伯伯"

那是 1979 年的事了。

那年冬末，中国作家协会的《诗刊》社举办了一个青年诗人座谈会，邀请的是拟选刊作品的青年作者，主要是居住在北京市的青年诗人。座谈会是在《诗刊》社院里的一间小屋里开的。

那天的天气挺好，主持会议的是当时的《诗刊》主编邵燕祥，参加座谈会的青年作者中年龄最大的是现北京师范大学中文系副教授任洪渊，年龄最小的就是顾城。顾城当时年仅 17 岁，在参加的作者群里钻来钻去，活泼可爱。他的父亲顾工是著名的老诗人，因此，小小的顾城在《诗刊》社挺熟，见了谁都喊"伯伯"，拿一厚厚的笔记本，挺认真地仰着笑脸，那么稚气，那么清纯。当时，他的诗里应当有一个诗的童话世界，他是有一颗童心的诗人。

诗人都应该有一颗童心。而今，有一颗童心的顾城却早早地离开了我们。他不仅带走了他的诗歌，也带走了他那无比纯洁、清秀、梦幻般的童话世界。在 2004 年春天的某个夜晚，写下这篇短文，记录下顾城这位童话诗人的一段履历，以纪念和献给所有为诗的发展做出过自己无私的贡献和一直在孜孜探求、甚或不惜青春和生命的诗人们。

杨花飞扬的日子

——都市的记忆及其他——拜访冰心老人侧记

1992年3月29日，北京。我和同伴青年诗人雁冰、河北青年诗人鸿子一起去拜访了文学前辈冰心老人。

我和雁冰是应中国新诗讲习所之邀，代表《太阳诗报》参加"首届全国民间诗社、诗刊、诗报负责人经验交流会"赴京的。因此，有机会拜见冰心老人，也了结了我多年的心愿。

下午3时，中央民族学院教授楼。我们轻轻叩响了冰心老人的门扉，她的秘书陈志同志热情接待了我们。我们一起走进冰心老人的书房。92岁高龄的冰心老人正在读3月号《人民文学》，那双历经风霜的眼睛还依然那么炯炯有神。老人的手像海绵，温热。和老人握手的一瞬间就如握住一片海。我们依偎在老人的身边，聆听老人亲切的教诲："你们都是年轻人，有活力，一定能写出饱含满怀激情的作品来的……""啪"一声轻响，陈同志在一旁摁动了相机的快门。

3时45分，我们与冰心老人和陈同志道别返回。走在民族学院幽静的校园小径上，看到杨花纷飞的蔚蓝的天空时，我知道自己应该怎样用阳光和汗水，去浇铸圣洁的诗歌事业。

冰心老人印象

从《再寄小读者》里走出九年之后，一九九二年春，我才有机会从鲁西南的水泊之乡来到北京，拜访92岁高龄的冰心老人。

3月29日下午，我和同伴青年诗人雁冰通过电话联系后，与河北青年诗人鸿子一起，从鼓楼大街几次换乘公共汽车，最后穿过中央民族学院校园来到了冰心老人的家。

开门的是陈秘书。在他的叮嘱下，我们在短短的时间里和冰心老人见了面，留了影，并进行了终生难忘的交谈。

按医嘱，冰心老人是不能接见客人的。她知道我们是不远千里之遥来京，就坚持接见了我们，这让我们一踏上来路就感动和崇敬。

在陈秘书的引导下，我们一行三人走进一间温暖的、洁净的、摆设简朴的书房。冰心老人安静地端坐在背椅上，手臂轻抚着身前的书桌，书桌上摆着少许近期的《人民文学》等报刊。后来才知，冰心老人每天都坚持读书。她身后是一个摆满书籍的老式书橱，此时，她正用一双有神的眼睛注视着我们。这就是让我们崇敬已久的文坛泰斗冰心老人吗？娇小的身躯，瘦削而有褶皱的脸充满温和、慈祥。我们不知是因激动还是紧张，静静走过去竟说不出话来。我们走近，冰心老人伸出饱经半个多世纪风风雨雨的手，友好地和我们一一握手，悦耳的话语一字一句清楚地响在耳旁："欢迎你们。"这双写出不知打动过多少童心、给过多少人温暖和信心的文章的手，如今仍带着超出常人热量的体温，传递给我们热情和能量。那手海绵一样柔软、温暖，深深触动着我们内心深处柔美的情感；那手像火焰，不断地传递给我们创作的能源；那手更像海洋啊，我们知道老人的热情和文采就是大海。我们深深地感到自己已要融化成一滴透明的小水珠了，这手，使我们懂得了冰心老人朴素、奉献而又流光异彩的一生……

冰心老人比我们长四倍的年龄，而我们感觉我们之间却又那样的靠近。老人有所感触地说："我年龄大了，已经写不出诗来了，你们年轻，有激情，要多读一些古典文学作品，吸取精华，是能写出好诗的……一席语重心长的话，让我们感动，让我们从心里感激。

道别的时间飞快地到了。我们是多么地依依不舍。此刻，我们心中装满了千言万语，我们在站起身来的瞬间也只说出一声："祝您老健康长寿！"老人柔和地说："谢谢你们，欢迎再来。"然后，又一一和我们握手说再见。她的手又一次温暖了我们的心。

我们轻轻地、慢慢地走出房间，回头望了最后一眼，冰心老人那双有神的眼睛仍在看着我们，似乎在说什么……

离开老人的家，我知道，冰心老人已和她的文章一样让我们永不能忘怀了。时隔两年之久，那一双温暖的手连同这珍贵的一幕已清晰地留在我们心间。

悼黄邦君

你是一竿修竹，潇洒在南方的清秋里。在你短暂的征途中，二十载韶华你诗思纷纷扬扬，那是你生命的辉光，点缀诗坛的璀璨星空。

遽尔君去矣。是为《大海的诱惑》，你去殷殷《探路》，还是为了走出那条《狭巷》，你迷失在《雾都》意象里。总之，那组《编钟》从此不再敲响，荒芜了多少期待的眼睛。

我为君叹息加额，四十四个春秋，你在学林漫步，在诗林徜徉。你凋零在不该凋零的季节——1989 年 12 月 15 日 23 时 20 分。刚编完的千页书在书店缄守你的沉默，多少个瘦瘦的青年扶起你送来的诗杖诗路蹒跚。

你走了，无雪的冬天接到讣讯为你素花纷纷。

邦君仁兄：

诗龄十二载，谥诗人君今逝人；

韶华四十年，号邦君何处帮君。

诗坛悲痛，又失健者；修竹枯萎，叫愚弟如何不深深思念。你怀着对青年和诗的爱走了，把一腔心愿搁浅在沙滩。你因这爱而不朽！

窗外，远方传来初春的萌动，春光沐浴新芽。仁兄何处？唯见融融春光。

注：重读邦君生平，半生坎坷，英才早逝，扼腕叹息，夜不能寐，孤灯疾书。

冰热如火岩坚似铁

——深切怀念忘年恩师谢冰岩先生

2006 年 7 月 26 日上午，突然的一个电话，让我惊呆了：我亲爱的恩师、忘年之交谢冰岩先生 7 月 24 日星期一 19 时 12 分，不幸逝世，30 日上午 9 时，在八宝山革命公墓举行追悼仪式。电话是中国社会科学院新闻所的工作人员打来的。许久许久，我拿着的话筒都没有放下，泪水刹那间溢满了眼眶。

初识谢冰岩先生，是 2004 年的冬天。那是一个上午，我和友人何松先生一起，敲响了位于劲松的谢老寓所的房门。热情的保姆许阿姨亲切地把我们让进家里。

刚进客厅还没有坐下，一位精神矍铄、满脸笑容的老者从书房里走了过来。当我知道这就是已年届 96 岁高龄的谢冰岩先生时，心里突然感觉一种特别的亲切。何松先生年轻时，曾是谢冰岩先生的学生。我这个与他们年龄相差悬殊的后生，在谢老眼里，却像是一个多年不见的老友。他拉住我的手，让我坐下，打开电视，让我选台看，给我倒茶，让我喝，问我多大年龄，体重几何。俨然把我当成了一个忘年之交的故人。当他从何松先生口中得知我是《诗词之友》杂志的一个编辑时，更是不住地夸我："年轻人，干些事业，特别是从事自己热爱的工作，很不错。"

我们去的那天，是雪后初晴，因为天冷，地上结了薄薄一层冰。谢老问了我外面的天气情况后，还给我讲了一个他的笑话。谢老住在十一层，可去一层的信报箱拿书、报等，年过九旬的他，从不让保姆许阿姨去，每次都是自己去。他有个拐杖，是他的女儿谢冰冰阿姨给他买的，他知道女儿的爱，却是从没有用过和派上过用场，有时候甚至只是挂在胳膊上，装装样子。前些时候，他下楼去取书报，顺便在小区里转了转。天冷路滑，一不小心，摔了个跟头，把挂在胳膊上的拐杖，扔出去多远。谢老说，当时他前后看有没有人，爬起来打了打身上的土，拣起拐杖，没事人似的就上楼了。这件事，过去了多天，谢老才不经意间说给家人听，把家人吓得够呛。

我问他，你前后看有没有人干什么？谢老笑着，得意地对我说："幸亏没有人看到，有人看到多丢人啊，哈哈。"突然，他诡秘地问我："你今天来的时候，是不是也摔了一个跟头啊？你也准备一副拐杖吧，省得到我这里来，也和我这样要摔跟头哦。哈哈哈哈。"然后，他像个孩子似的笑了起来。我和何松先生都被他的幽默和乐观感染了，笑声充溢了整个客厅。

快到中午的时候，我们辞别。谢老执意不让，并让许阿姨下楼买来了烤鸭、小笼包子和饭菜，让我们吃完再走。他谢老与我们一起，坐在饭桌前，还不时给我夹菜，说我最年轻，要我多吃些。这是我在谢老家吃的第一次饭，也是第一次在这样的老人家里吃饭。

后来，我所在的杂志要给谢老做一期封面人物，还要他整理一些诗词作品和文章，一起刊发。我带着相机，和白丽小姐、万玉德先生、徐新国先生等，一起来到谢老家里。向谢老说明来意后，他一个劲儿说诗词写得不好，一直是小学生水平，登不上大雅之堂。在我的再三要求下，他才答应下来。他写字穿的衣服，他戏称"工作服"，我们去的时候，谢老正在伏案挥毫。因为要拍照做封面，他还开玩笑说要换身衣服，不能穿着"工作服"见人。整理好，笑着摆个姿势，让我给他拍。我们说笑着，这样，完成了拍摄。谢老把诗词作品抄写复印了一些，又把部分字词做了修改，并特地在文章上面该圈的圈，该画的画，把一些重点要注意的地方也都标了出来。后来，杂志刊登出来的照片，却是我那天抓拍的，真正摆姿势拍的那些，一张都没有能够用上。样刊拿给谢老看，谢老很满意，说就像做人，还是自然些好。

以后的几次拜访，都是带着杂志的任务去谢老家里。比如，杂志和山东济南泉城搞了一次诗书画联谊活动，让谢老题个"泉风荷影"等等，谢老都是有求必应，认真记下来，题写好。他做人做事一丝不苟，让我很是感动。谢老乐观豁达，平易近人。他把我这个与他年龄相差悬殊的青年人，当作了一个忘年的故友，我也把他这位德高望重、德艺双馨的老人，当成了我生命里最好的忘年挚交。

2005年的深冬，我参与编印的将军诗人李文朝诗词作品集付印在即，想约谢老给集子题个词。当时，谢老有些感冒，身体状况有些不太好。然而，当谢老知道李文朝将军是一个从农村到将军的军旅诗人后，当场挥毫，写就"大雅雄风"四个大字，让我带给他，并托我向李文朝将军作品集的出版表示祝贺。

2006年初春，我和几位年轻的书画朋友一起，商议策划筹办一份全国书画艺术刊物，想让谢老帮忙出谋划策，出出主意。就在一个周末，我和另两位朋友，一起去拜访谢老。谢老听了我们的构想后，很是高兴，给我们讲他担任杂志主编时的工作思路和编辑方针，给我们说了好多好多新闻方面杂志编务方面的经验。谢老不仅欣然应允担任顾问，还题写了刊名，并分别为我们一起去的编辑同仁，题写了"凝聚""润物无声"等书法条幅，而书写得刚劲有力、法道有度的"和谐中国"的作品，则是专门为我们策划的杂志创刊号题写。谢老说："有你们这样热心祖国传统文化的青年人，相信书画艺术在社会主义中国这个和谐幸福的大家庭里，会得到更好更大的发展。"

午饭，仍然是谢老做东，许阿姨买来，在他家吃的。这次拜访谢老，我在路上的一个花店里，特地给谢老选了两盆鲜花。没有别的意思，只真心希望，谢老的生活，永远充满鲜花般的美好。可是，没有想到，这竟然是我在谢老家吃的最后一次饭，竟然是我与谢老在人世间见的最后的一面。

2006年3月，谢老因病住进了医院，一直到他仙逝，就再没有回来。现在想来，万分悔恨。我因工作等诸方面因素，竟没能去医院看望谢老，留给我永远的遗憾。

2006 年 7 月 30 日凌晨，我早早地起来，与朋友一起，去八宝山革命公墓，见亲爱的谢老最后一面。我看到，公墓门口，熟悉的谢老的名字，灵堂中央，微笑的谢老的照片，花丛中，是身上盖着中国共产党党旗的我亲爱的谢老。他的面容，仍然是那么亲切，那么慈爱。

我深深鞠了三个躬，已是热泪盈眶。谢老静静地躺着，仿佛刚刚睡着了一般，好像一会就会起来，再和我说些笑话，讲些故事，讨论讨论，没准还会伸出手，与我再掰掰手腕，并爽朗地笑着说："看我这双写字的手，比你的还有劲吧，哈哈。"我泪流满面，不敢相信谢老的离去，但，谢老还是走了。

谢老走了。他的精神没有走，他的微笑没有走。亲爱的他仍然在看着我，用他慈爱的眼神关注着我。我已是泣不成声。

谢老题写刊名的杂志大样，静静地放在我的书桌上，封面是谢老慈祥的面容，谢老题写的"和谐中国"四个大字，一直在我眼前闪动。并将如谢老的笑容一般，深深地，烙在我的心里。

冰热如火、岩坚似铁的谢老啊！年高德劭、深孚众望的谢老啊！和蔼可亲、谦和慈爱的谢老啊！你会知道我有多么地怀念你！

怀念师友贾漫

　　和贾漫先生初识是在十一年前。当时中国社会主义文艺学会在山东峄城举办榴花诗会，他作为内蒙古作协副主席来参会。我和《文艺报》的郑伯农、《诗刊》社的丁国成、《中华诗词》的杨金亭、《人民文学》的程树臻，以及纪鹏、何火任、浪波、孙友田等几位先生聚在一起。是在那里，我认识了诗人贾漫。会议期间，一起游览峄城山水，一行人说说笑笑……其间，贾漫当时年纪已近七十，却最风趣，常开玩笑，和我这个晚生玩笑不拘。见我爬山时，常搀扶年老的程树臻等几位先生，就说以后成立一个"老年痴呆部"，并封我为"部长"，好照顾他们这些老年人。从此，这个称谓就成了我们之间的"暗语"。

　　回京后不久，接到贾漫老师寄来的一封信，展信阅读，他竟然画了一幅漫画给我，并配了两行文字说明，读后让人捧腹："当我有朝一日，流浪北京街头，忽然在我面前停下一辆小轿车，从车上下来一个人，他的秘书对我说，你不认识吗？他就是'老年痴呆部张部长'……"

　　以后几年，虽各自忙碌，很少见面。但每想起贾漫，就想起那个"部长"，总有会心一笑。

　　今年端午前夕，《诗词之友》向各地诗人文友问候诗人节快乐，随函奉寄粽子几枚，聊表思念之情。不想几天后接到一个电话，是天津的区号，接听后方知是贾漫的老伴李阿姨打来的，说粽子寄到了内

守望集

蒙古家中，其女儿告知了情况。一表感谢，这十几年了，还记挂着老友；二告知贾漫老师生病住院，现在儿子所在的天津已住院两三个月，病情严重……

我听后愕然，探问详情。知去年他腹痛，久查未弄明病因，今年春节后终于查出是胃癌，然已到晚期！家人不敢告知他实情，一直瞒着……我边安慰师母，边答应转告郑伯农先生。后赶在隔天的一个周末，我和郑伯农老师一起到天津看望贾漫老师。

一进病房，躺在病床上的贾漫看到我，立即伸出右手大拇指，说"'领导'来了！"他还记着"老年痴呆部"的事呢。那一刻，我心中有一种说不出的感觉。

他一直不知自己真实的病情，反复住院两次，胃全部切除，仅靠食管进食。见他消瘦了许多，精神大不如前，我们也不敢说太多的话，怕他体力不支。我们能带给他的只有鲜花、水果，老友间的真诚问候和默默祝福。

我想，那一天，我们彼此心中都在回想着过去那美好的时刻。我安慰李阿姨，让她也要好好保重身体。心里想着过些天，稍凉快些时再来天津探望。

回京后，我又开始了忙碌。忙完今年第四期《诗词之友》的编印，正想着再去一趟天津，忽接到他家属的电话：贾漫老师已经去世了……我心中一紧，不知该说些什么。原来上次我们去探望后没几天，他就被送进重症监护室，连家属也不让见面了……

才短短一个多月，想不到那次竟成永诀！近期帮郑伯农先生整理一本诗联集，其中收录了贾漫书写的一首《满江红》。刚刚印制完成，还想去天津时带给他一本，相信他看了一定会很开心的，可惜……

贾漫老师不仅是内蒙古文坛的领军人物，而且还下得一手好象棋。曾几何时，我们几个和他切磋过的人，都败在他的手下。而我与他十几年中短暂的两三次聚首，即被他骨子里的可爱情结深深吸引，至今难以忘怀。

和贾漫老师在一起下棋、看戏、读诗、赏文、游园……每每想起这些，泪水就禁不住盈满眼帘……怎么才能思念？怎么才能怀念？怎么才能再相见？泪水在内心里，感伤在文字里。

我不知别人眼中的贾漫是什么样子。一张漫画和一个挑起的大拇指，构成了他在我眼中的一幅"素描"——这就是贾漫，永远怀着一颗不泯的童心，风趣、坦荡、幽默、开朗、豪放、率性、天真，给身边的人带来快乐的贾漫。

壬辰初秋的这个清晨，我坐上北京开往呼和浩特的火车，去参加当地文化宣传部门在内蒙古大青山公墓为贾漫先生举办的送行仪式。时空的偶尔交错，让我俩有了这一份忘年尘缘。此刻，我看着车窗外，想起十一年前的那个夏天……

对诗人张志民的怀念

张志民，中国诗坛成就显著、影响广泛的优秀诗人。为人和为文都为人们所敬佩和称道。他的诗歌创作既向民歌汲取营养，同时又吸收古典诗词精华，著有多部诗集和文论集。

——《北京晚报》

在 4 月 17 日的《北京晚报》上，忽然得到诗人张志民先生去世的消息。

认识张先生，是在 7 年前的京城，一次青年人的诗歌聚会。诗人是请来的嘉宾，进行讲述或者谈论诗歌以及人生的意义。初次的言谈、举止所象征的诗人气质，可强烈感受到"为人正直、情操高尚、谦逊待人、爱护青年、正义凛然、疾恶如仇"等诸如此类赞誉的真实。

然后，是接连几年的几次文学活动——当然，诗人也是几乎接连的应邀到场。诗人的讲座，我大约都是在匆忙而烦琐的事情和心情的烦扰中去听——哪里知道到如今已永远没有了再次聆听的运气？

因喜爱诗歌，与诗人的交往因此更加广泛。电话联系，见面交谈，通信往来……

最后与诗人见的一面，是在 1994 年夏天。也是在那个浮躁的夏天，我得知诗人已身患绝症。可看到他那硬朗的身体和笑容，我是怎么也不相信。

诗人大都是称为早逝的，中国大师级的诗人已不多见了。诗人——或应该叫做先生——曾为我题写过"迎接二十一世纪的太阳"的赠言，没想到在世纪之末的今天，竟得到先生的噩讯！

我感到莫大的悲痛！为诗人——为敬爱的张志民先生。

诗联之友

——怀念孟繁锦先生

与孟繁锦先生的第一次见面，是在去年初秋的一个下午。当时正值我担任执行主编的《诗词之友》创办十五年，我到中国楹联学会拜访先生。我将最新一期刊物送给他请他指教，他很高兴，说早就知道《诗词之友》，还说了很多鼓励的话，表示以后可以进行诗联方面的合作。见面时间不长，他的活力与热情却给我留下很深的印象。

虽然十多年前我就加入了中国楹联学会，又成为楹联书法艺术委员会中的一员，但一直主要从事传统诗词的普及工作，对楹联的逐渐关注，可以说是受了孟繁锦先生及其火热的楹联文化活动的影响。中国楹联学会在他的带领下，活动搞得风风火火，有声有色。我从阅读楹联报刊、学习楹联普及的先进经验中受到很多启发，对开展诗词活动也有一些借鉴，所以近些年开始更多地关注楹联，感受到楹联短小精悍的美和无限的生机与活力。

去年是中国楹联学会"联墨双修"年，《中国楹联报》等报刊上刊发了很多楹联书法大赛的消息，这深深吸引着对诗联、书法都喜爱的我。在进行诗词创作的同时，也写了不少楹联及书法参与征集活动，响应学会号召，陶醉在美妙的楹联书法创作中，而这不能不说是受到了孟繁锦会长的感召。他身先士卒，自己是中国书协会员，写得一手跌宕豪放的好字，在报刊上每当看到先生新近创作的书法作品，不免在心中描摹效仿一阵，深感自身的不足与差距。

第二次见到孟繁锦会长，是在去年十月刘太品先生组织的一次聚会上。当时楹联学会几位领导都在，我请他们分别为《诗词之友》十五年题字，孟繁锦先生欣然写下了"诗联之友"四个字。

《诗词之友》——"诗联之友"，一字之别，却意味深长。一个"联"字，孟繁锦先生就把诗词和楹联连接在了一起，创作的队伍更加庞大了，诗词、楹联这一对姊妹花，在今天这个文化大融合的时代，必将开出更灿烂的花朵。诗词的朋友，就是楹联的朋友！今后要互相学习，以开放的心怀，取长补短，加强合作，不仅如此，诗、词、曲、联、赋、书法、绘画、音乐等领域，亦有很多共通之处，打破壁垒，文化的繁荣有着更广阔的天地。

近年来，驰骋在楹联天地里的很多作者也写作诗词，其中一些楹联作者也有相当的诗词造诣，诗词楹联不分家，都是中国传统文化瑰宝。楹联从一开始就是亲民的、大众的，贴近百姓，贴近生活，从不曲高和寡，以平易近人的形象受到广大民众的喜爱。楹联活动深入人心，坚持从群众中来，到群众中去，以书写的实用性，以喜闻乐见的形式，服务于城市和乡村，获得广泛青睐。

那天我还向孟繁锦先生约稿，打算给他做一期《诗词之友》封面人物，将他的一些楹联、书法作品专栏推出（多年前也曾给马萧萧老会长出过一期封面）。孟繁锦先生答应准备一下，只是最近事情太多，要过一段时间。

进入 2014 年，由于互相都很忙，很快就到了下半年，本想等先生忙过了楹联七代会再与他联系，不想七月下旬我在山东济宁出差时，却得到了先生去世的噩耗。随即我和《中国楹联教育》李泉成主编马上坐火车，赶回北京参加追悼会，我并撰书挽联："梦系联坛，繁花似锦，长忆领军人物；笔倾瀚海，岁月如歌，尽展旷世才情。"表达对先生的深深怀念与惋惜之情。

孟繁锦会长是令人尊敬的师长和榜样，他奔走于各地，为普及和发展楹联事业忙碌的身影时常浮现在眼前。先生的离去，无疑是楹联界、文化界的巨大损失。正是这样的人，在时代赋予我们的使命面前，勇往直前。他的雷厉风行，有所作为，敢于担当，是知识分子的荣耀。他的才干，他的无私奉献与拼搏精神，将永远激励着我们。

博物院八十年辛苦风雨路

——访故宫博物院院长郑欣淼

　　随着明永乐四年（公元 1406 年）第一声嘹亮的打夯号子，故宫这座占地 72 万多平方米，建有 9900 余间宫殿房屋的庞大建筑，在风雨飘摇中度过了漫长的 600 年。在这 600 年里，她见证了两代王朝的兴盛与衰败，目睹了 24 位帝王或豪气或懦弱的内心；在这 600 年里，她饱受过战乱，经历过焚烧，更遭受过外族的蹂躏。自从冯玉祥将军将废帝溥仪赶出故宫从而成立故宫博物院到今年，故宫博物院已经走过了整整 80 年的风雨路。80 年，对于故宫的历史来说只是沧海一粟，但正是这 80 年，故宫却发生了极其重要的变化：从皇家的深宫禁苑变成普通百姓游览观光的博物馆。我们相信随着我国国力的日趋增强，随着国家对故宫的保护力度越来越大，这座中国人民的精神象征肯定会再活 600 年、6000 年……肯定会再演绎出更振奋人心的新故事……所以在这举国同庆的日子里，我们专门采访了故宫博物院院长郑欣淼先生。

　　郑欣淼，男，汉族，陕西省澄城县人，1947 年 10 月生，中共党员，西北大学党政专修科毕业。2002 年 9 月任文化部副部长、文化部党组成员，故宫博物院院长；2003 年 9 月兼任故宫博物院党委书记。

80 年辛苦风雨路

张脉峰：郑院长您好，今年是故宫博物院成立 80 周年，首先向您表示衷心的祝贺！自冯玉祥将军将废帝溥仪赶出故宫从而成立故宫博物院到今年，故宫博物院已经走过了整整 80 年的风雨路。这 80 年，故宫博物院经历过挫折，也面临过各种机遇，您能为我们具体谈谈故宫博物院这 80 年的历史吗？

郑欣淼：故宫博物院是在反对废帝溥仪复辟的激烈斗争中由社会进步人士坚持力争并倡议成立的，成立后又受到北洋军阀的百般干扰，经历了艰难的岁月，本身有着不平凡的历程。1928 年故宫博物院由国民政府接管，直属国民政府。1931 年"九一八"事变后，为了保护中华民族的珍贵文化遗产，故宫博物院数十万件文物分五次南迁到南京。抗日战争爆发后，又分三路西迁至四川，历时十余年，行程数万里，经历艰苦卓绝。

张脉峰：我们知道在新中国成立前夕，故宫博物院中的一部分文物被运到了台湾，1965 年在台北近郊外双溪建立了"故宫博物院"。很多人认为，北京故宫博物院和台北故宫博物院相比只有建筑，没有文物。对于这一说法您怎么看？

郑欣淼：这个问题老百姓在认识上有点误差，其实北京故宫不仅藏品远远多于台北故宫，而且总体上精品也多于台北故宫。首先，故宫博物院成立之前，废帝溥仪将 1200 余件书画精品、古籍善本和大量珍宝盗运出宫。新中国成立后，其中相当部分重新回到了北京的故宫博物院，如《清明上河图》《韩熙载夜宴图》《五牛图》《伯远帖》《中秋帖》等。其次，1933 年故宫南迁文物共 13491 箱，但北平故宫本院所留文物仍相当多，其中有不少是珍品，沦陷期间继续清点未曾登记的文物，并征集了一批珍贵文物。南京政府曾下令马衡院长选择留平文物精华装箱，分批空运南京，马院长虽将珍品编目造册报南京，但以各种理由推延装箱，后来一箱也未运走。南迁文物后来运台

2972 箱，占南迁箱件数的 22%，当然多是精品。其实留下的 78% 中精品也相当多。国民党向台湾运文物，因战争形势突变只运了三次，第三次拟搬运 1700 箱，由于运输舰舱位余地有限，加之仅有 24 小时装船时间，结果只运出 972 箱，另 728 箱也留在了内地。最后，两岸故宫文物藏品构成上稍有不同。运台故宫文物约 60 万件，其中清宫档案文献 38 万件册，善本书籍近 16 万册，器物书画 5 万余件；加上抵台后征集的文物，总计 65 万余件。北京故宫原有明清档案 800 万件，善本特藏 50 多万册（件、块），器物书画 100 万件，总计达 960 万件。1980 年明清档案划出，成立中国第一历史档案馆；又将包括部分宋元版书在内的 14 万册宫廷藏书拨交国家图书馆及一些省市和大学图书馆。现北京故宫有藏品 150 余万件，其中 1949 年后征集 24 万多件，80% 以上仍为清宫旧藏。

张脉峰：新中国成立后，故宫博物院又经历了哪些发展呢？

郑欣淼：新中国的成立，使故宫博物院有了稳定的发展环境，各项工作全面开展：为了改变紫禁城破败面貌，大力整治内外环境，清除垃圾，进行了一系列古建筑修缮工程；清理、鉴别、分类和整理藏品，建立统一账号，设立文物库房；努力征集文物，丰富原仓；设立保管、群工、古建等部门，建立和健全规章制度；成立学术工作委员会、文物鉴别工作委员会、编辑工作委员会、文物收购委员会等组织；做好古代艺术品的陈列及宫廷史迹的陈列；引进大量人才……

张脉峰："文化大革命"期间，全国的很多行业都受到了非常大的影响，故宫博物院此时有没有受到影响呢？

郑欣淼："文化大革命"对故宫的影响是非常大的，"文革"开始后，故宫博物院停止开放，各项业务工作陷于瘫痪状态。1971 年 7 月恢复开放后，由于"左"的思想路线的干扰，陈列等业务工作仍无大进展，学术研究也处于停顿状态。

张脉峰：有人说，随着中国的改革开放，故宫博物院得到了长足的发展。您怎么看这一观点？

郑欣淼：中国共产党第十一届三中全会的召开，宣告中国进入改革开放的新时代，故宫博物院也如沐春风，得到了快速发展。1979

年恢复《故宫博物院院刊》；1980 年创刊了以发掘展示宫廷历史文化为核心内容的文化艺术性杂志《紫禁城》；1981 年成立了出版工作委员会；1983 年建立了紫禁城出版社。这一切都为故宫学术研究提供了良好的条件，形成了比较浓厚的有利于学术发展的氛围，且许多老专家勤奋撰述，成果迭出，出现了一批著作集中出版的小高潮。20世纪 90 年代以后，故宫博物院成立了"中国史学会清代宫廷史研究会"及中国紫禁城学会。这两个学会成立有重要的意义，使故宫研究的力量从故宫博物院扩大到更多的相关机构与专家学者。社会力量的广泛参与，给学术研究带来了新鲜的空气和力量，使研究成果不仅数量上明显增多，而且扩展了研究的视角。并且随着故宫博物院对外交流的增加，许多研究人员到国外讲学，参加学术研讨会或当访问学者，增加了专业知识，开阔了学术视野，提高了研究能力。可以这样说，没有改革开放就没有故宫博物院的今天。

80 周年院庆活动

张脉峰：故宫博物院 80 年华诞可以说是一件非常重大的事件，国内外很多人士都非常关注此事，针对这一盛事，故宫博物院方面有什么纪念活动吗？

郑欣淼：为了纪念故宫博物院成立 80 周年，我们安排了主题为"保护世界遗产，弘扬中华文化"的一系列纪念活动。其实从 2004 年，我们就已经开始了一些活动，例如向全社会公开征集故宫博物院院徽设计，进行故宫整体视觉标志形象设计，最近已正式发布了院徽和 80 周年院庆专用标志；与中央电视台合作拍摄的总长度达 2800 多分钟的百集电视文化专题片《故宫》，今年 10 月将首播 12 集精华版，每集 50 分钟，这是故宫历史上最重要、最全面，恐怕也是绝无仅有的一次拍摄，它所反映的故宫，许多是人所未知的，相信会给观众带来惊喜；去年 10 月，我们还在紫禁城里举办了以"文明对话"为主题的全球 40 多位著名摄影家 300 多幅优秀作品展，举办了国际摄影论坛，在故宫进行摄影创作活动，正式拉开了纪念故宫80周年活动的序幕。

张脉峰：那今年将举办哪些纪念活动呢？

郑欣淼：今年举办的重大活动，主要有四个方面：一是展览，5—7月在午门举办《太阳王路易十四——法国凡尔赛宫珍品展》，中法两国总理共同为展览揭幕；8月在武英殿举办《清宫文化典籍特展》，9月在午门举办《瑞典收藏中国陶瓷珍品展》，以及在神武门举办《首届中国当代名家书画收藏展》。另外，带有原状式陈列的慈禧生平展、清宫戏剧文物展以及清宫车马轿舆展等都已开展或即将开展。二是举办多个国际性学术研讨会。与国家清史编撰委员会合作召开的"故宫博物院80华诞纪念暨国际清史学术研讨会"就在8月下旬举行，这是中国社科界参加人数最多的一次国际性会议。10月份的"紫禁城古建筑""中国古书画""中国古陶瓷"三个国际学术研讨会的同时召开，以及设在延禧宫的故宫古书画研究中心与古陶瓷研究中心的正式挂牌成立，既是纪念活动的高潮，也是故宫研究迈入新阶段的标志。三是出版。已历时10年的《故宫博物院藏文物珍藏全集》60卷全部出齐；宣传介绍故宫的近70万字的《紫禁城志》以及《故宫博物院80年》《故宫博物院年鉴（2004）》《故宫珍品》（分建筑、珍藏、典籍三卷）；出版了纪念向故宫捐献文物的《捐献铭记》及郑振铎、马衡等专集；一些故宫专家学者的文集以及"故宫文丛""紫禁书系""故宫品位"系列丛书也得以出版。四是其他重要活动，在景仁宫办捐献文物专馆，把80年来向故宫捐献文物的人的名字刻在墙上，永远纪念；举办主题是《新世纪，博物馆的机遇与挑战》的中英法日美博物馆馆长紫禁城对话等等。

"铁三角"难题的解决之道

张脉峰：我们知道为了庆祝故宫博物院成立80周年，博物院除了举办了一系列的庆祝活动，还对故宫进行了一系列大规模的修缮工作。听说试点工程武英殿的修缮工程已经完工了?

郑欣淼:是的。故宫这次大修从 2002 年开始,到 2020 年结束,历时近 19 年,整个费用达 19.5 亿人民币。这也是自清朝后第一次进行这么大规模的修缮。

张脉峰:故宫的古建筑已经几十年没有进行大规模修缮了,在许多传统材料、传统工艺已经失传的前提下,我们是如何解决古建筑修缮中最关键的"铁三角"——木、瓦、油(颜料)的难题的?

郑欣淼:皇家宫殿的建筑体量一般都很大。武英殿里最大一根木架梁的原料需要一根 12 米长、直径 1.15 米的一级红松,我们现在是不能满足这一需要的,只得靠使用钢芯这一办法解决问题。

张脉峰:听说木料的干燥程度也是一个难题。

郑欣淼:是的,故宫的备料工作从大修前便开始了。目前北京市场上的木材含水率偏高,恐怕能用的木材"找不出一两千立方米"。所以我们提前准备。

张脉峰:武英殿的琉璃瓦是全部更换吗?

郑欣淼:武英殿的琉璃瓦并非全部更换。釉面破损超过 50%,或者出现裂纹的瓦才会被换掉,此次武英殿大修更新了近一半的琉璃瓦。因为近些年仿古式建筑一直很热,所以北京周边有不少生产琉璃瓦的厂家。故宫专家经过仔细考察确定了几家生产厂。为故宫生产的琉璃瓦有单独的样式要求,都是手工加工。瓦胎的土料都是来自门头沟。修好后的武英殿色彩鲜亮。但修缮所使用的颜料已经不是传统的矿物质颜料。目前所采用的是化学颜料。两相比较,化学颜料在质感上发轻发飘,而且颜色的鲜艳、润泽都不及矿物质颜料保持得长久。

张脉峰:一提紫禁城,人们联想到的第一个形容词就是"金碧辉煌",听说故宫房檐上的各种图案都是用黄金贴成的?

郑欣淼:你说的是"贴金",就是把黄金压成薄薄的金片,在房檐上贴出各种图案。这也是修缮工作中非常重要的一个环节。武英殿原用金箔的厚度是 0.12 微米。但按照这个厚度,用现在的金子打制出的金箔贴上去之后,容易老化、变色,甚至破损、脱落。专家们把金箔的厚度增加到不低于 0.15 微米,才使问题得到解决。

故宫宝物知多少？

张脉峰：对于故宫，大家最关心的恐怕就是故宫里究竟藏着多少宝物。听说故宫博物院正在进行清查文物藏品的工作？

郑欣淼：是的，彻底弄清文物藏品的家底，是几代故宫人持续为之努力的一件大事，也是目前有待完成的一项工作。故宫博物院正在制定规划，决定从2004年至2010年，集中七年时间，对全院藏品及所有库房、宫殿进行一次全面彻底的清查和整理。据初步估计，经过清理，按照国家关于文物藏品的标准，故宫院藏文物总数可从现在的近百万件增加到150万件以上。

张脉峰：我们知道故宫博物院以前已经进行过四次清查，那为什么还要进行这次清查工作呢？

郑欣淼：经过几代故宫人的整理、鉴别、分类、建库等，现在基本上做到账目比较清楚、管理制度逐步健全。但是，由于宫廷藏品及遗物数量巨大、种类繁多、贮存分散，以及过去对文物认识的局限性等原因，虽进行过多次清理，仍存在某些文物账物不相符合、大量重要的宫廷藏品未列入文物、一些库房尚待进一步清理等问题，而且至今院藏文物还没有一个确切的数字。所以我们需要进行这次大清查工作。

张脉峰：您能向大家介绍一下这次彻底清查故宫博物院文物的工作内容吗？

郑欣淼：故宫博物院这次文物藏品的彻底清查，包括点核、整理、鉴定、评级等一系列工作，具体来说，主要有八方面的内容：一、继续完成90余万件文物账、卡、物的"三核对"任务。二、审慎地整理"文物资料"。"文物资料"是故宫博物院当年评定文物等级时，对于认为不够三级文物而又有着文物价值，即介于"文物"与"非文物"之间藏品的称呼，大约10万件。这次清理中，对这10万多件资料要进行认真的整理、鉴别，凡是够文物定级标准的，都应登入文物账并进行定级。三、对未登记、点查的藏品彻底清查。四、在全面清理中重视发现文物藏品。五、把图书馆应列为文物的善本、书版等归入文物进行管理。六、解决文物藏品的统一管理问题。七、编印文物藏品总目及珍品图录。八、结合清理做好文物的鉴别定级。相信这次的清查对我们进一步认识故宫的文物将起到非常重要的作用。

"摩托诗人"

——刘朝东印象

（一）重阳造访

辛卯重阳。应诗人刘朝东之邀，我们来到京东平谷区。

九年前的深秋，我在京西某宾馆曾帮助他筹备过一次个人作品研讨会。当时他三十出头，浓密的黑发，目光炯炯，意气风发的样子至今还历历在目。那时已是他的第二次个人作品研讨会了，有很多文化界的名人到会，给予他的作品较高的评价。如今，近十年没见面，他又会是什么样子呢？

接到他发来的短信："……过音乐环岛，过大桥，见到'刘朝东摩托车修理部'的牌子，就到了。"心中不禁有些疑惑……车过了大桥，忽见路北道路旁一个熟悉的身影，他早已等候在那里了。浓密的黑发剃成了光头，容颜却是没变。"怎么剃了个光头啊？……"我们边握手边寒暄着。除了发型，他似乎没有太大变化，只是身边多了一个活泼可爱的八岁顽童——他的儿子蓝多，也剃了个光头，在身边蹦蹦跳跳的，惹人怜爱。

见我们到来，他很是高兴。一路上，向初到平谷的我们介绍沿途的风景，又拿出一盘 DVD——《中国世界地质旅游摄影作品集》让我们观看，里面有百余幅祖国山水风光摄影作品，他受邀为这些旖旎的画面配诗。他是在 10 天的时间里，为这盘 DVD 摄影集进行配诗数量多达 134 首！并且一次通过相关部门的审核，全部被采用。10 天134 首诗，非常了得！

（二）秋实

车沿着崎岖的山路颠簸而行，山野秋色，从车窗外掠过。

我在车上听他讲解了其中的几首，只觉语言和风景完美地匹配。一时间，我不禁感慨——这 134 首，究竟是画配诗，还是诗配画呢？诗在不知不觉中似乎成了主角，把那些风光山水点缀得愈加美妙，让人畅想。

山川大野，湖海情怀，大地雄魄……"观海听涛看山川，赏景品美读诗篇。"我惊讶于他敏捷的才思和丰硕的成果。在他家的大厅里，悬挂着画家刘瑞友先生的《葡萄图》，珠圆玉润，果实累累，正契合了诗人此刻的情景：春华秋实，成果斐然。

他似乎比以前更加健谈了。在雨萱山庄，他特意约了几个文友、画家朋友一起聚餐。席间他最活跃，也最诙谐，让初次见面的我们几个人之间的气氛活跃了许多，大家相谈甚欢。

在当地著名的景点——观景亭，他指着远处的群山，和隐约其中的旅游景点，好多都是他和区里的几个"名人"受邀为它们起的名字。有了贴切的名字，各具形态的山岩峰峦、绮丽秀美的石峪流溪，便有了人文气息，有了灵性。

在平谷，他发挥自己的特长，积极为当地的各机关部门——计生委、工商所等去服务、做实事。他把诗歌和现实结合得很好，诗不仅可以高高在上，也可以俯下身来，温暖这个世界，照亮我们的心灵。

诗，不再是个人的事；诗，更可以服务社会，造福百姓。诗，不再孤芳自赏，不再是脱离生活、缺少生命力的无根之水。诗歌的社会功能显现出来，在这里，诗更加鲜活灵动起来。正是眼前秀丽的山水

『摩托诗人』

滋养了他，给予他灵感。那山、那水、那溪、那石、那峪、那湖、那风、那景、那树、那林、那果、那叶……，就是他创作的源泉。

他还兴冲冲地带我们去参观，一个正在峡谷的半山兴建的"山间别墅"——他的新宅——或者叫"山间小舍"更亲切些吧。房子和车库都在施工中，紧邻旅游点，筑起一方天地：风景绝对天然，野趣横生。小溪顺山谷而下，潺潺细流，四季不断。这洁净的山泉可以直接饮用，我们捧起来喝了一口，清凉甘甜、沁人心脾。房子用山石垒砌而成，用料全部取自山野。诗人憧憬着：将来建好后约请朋友们聚会，这儿是客厅，这儿做书房、这儿当画室……我们帮他筹划着，想象着嘉宾云集时的情景。起个名字，就叫"朝东小舍"吧……

（三）"摩托"与诗歌

"在平谷，一提修摩托车的刘朝东，没人不知道的……"他介绍说。看来在修摩托车这个领域，他居然小有名气。因平谷地处山区，山路崎岖，摩托成为必备的交通工具之一，修摩托车自然成了必不可少的一个行业。他从事摩托车修理行业近二十年，有着不错的手艺。正是因为摩托修得好，所以生意繁忙，门市除了接修理的活以外，还要送货、送配件给区里的好多家摩托修理店，为他们提供备件。

我想象不出，冰冷的机器、齿轮、链条、零配件、发动机和那些唯美的诗句，是怎样结合在一起，在一个人的手中反复？也许他左手是链条、右手是诗句？

他怎样把这两件本毫不相干的东西，在现实生活中融合在一起？又是怎样让二者不碰撞、不缠绕、不纠结？在这里，并没有贬低哪一种、抬高哪一个的意思。这是两种截然不同的生活，一个在东、一个在西，好像永远也不可能碰撞，更不可能交织在一起。然而，在刘朝东这里，它们不仅碰撞、交织，而且融合成为一体了，有些不可思议……

或许诗人的灵感，恰恰是来自于这左、右手之间的传递中。每日奔波于崇山峻岭中，行走在崎岖的山路间，发货、送货，这是左手——现实之左手；当夜阑人静，思维便驰骋于崇山之上、遨游于清寂的夜空中，这是右手——理想之右手。

我不能说哪一只手更勤奋——凌晨五点多钟，左手即已起床，开始了一天的工作；而深夜二点，右手还在稿纸上耕耘。

我不能说哪一只手更成功——左手给家人温暖与呵护，右手给世界温馨与浪漫；左手给家人一路关爱，右手给心灵一片绿荫。

生活的磨砺和辛勤的笔耕，使这个年轻的农民诗人逐渐崭露头角，这些年，他屡有作品见诸报刊——仅2010年，就有65篇诗文在全国各大报刊发表。他诗名远播，在当地文化圈小有名气，身边常常聚集着很多文艺界的朋友，有诗人、作家、画家、作曲家……他常常约请一些朋友到家中做客，北京的、外地的，宾客盈门。大家一起谈天说地，谈文学、论艺术、赏诗歌……

每有朋友到来，他就撇下手中的活计，让年轻的妻子来打理店中的一切。有时他不在店里，一些难活就没法接，因为只有他才能干。我想他修摩托车的手艺应该十分了得。行行出状元，靠手艺谋生也同样让人尊敬。家人很理解、支持他，朝东说他很幸福。

他十分勤奋，已公开出版有《歌声在窗外流动》《站在月亮背后》《抚摸爱情》等多本专著。他不仅写诗歌，小说、散文、报告文学等也常有发表，慕名前来向他约稿的人更是不断。如今，有出版社正在准备一次就为他出版两本个人作品集，他的第三次个人作品研讨会也在积极筹划中。

我想正是源于勤奋，他才会在如此繁忙的工作之余，新作、佳作不断。在诗歌的道路上，他会走得更远……

（四）好客的主人

在游览了平谷美丽的风光、结识了几位新朋友和交流了文学、诗歌创作经验之后，第二天中午，我们准备告辞，但终还是禁不住主人的热情挽留，又小住了一晚。他召唤亲朋挚友，热情款待我们。觥筹交错之间，谈得更多的还是文学、文化，当地的文化底蕴，对区域文化发展的思考……

第二天早餐的时候，他还在谈论诗，他说喜欢北岛、韩东等人的诗，有深度、有意境……对一些玩弄文字游戏、故作艰深的诗，也表达了自己的看法。

他滔滔不绝谈论着文学、谈论着诗歌，谈人生、谈理想……这些他热爱的一切。热情、开朗、好客的他，令人感动。

（五）摩托诗人

游走于理想和现实之间：左手拿着摩托车零件，右手抒写着浪漫诗篇的诗人形象，渐渐浮现出来，这是一个真实的画面。"摩托诗人"——我突然想到这个独特的称谓，诗人应该会喜欢。他曾经被誉为"当代中国农民诗人""著名民间诗人"等，但这个"摩托诗人"，恐怕是最独特的了。因为在我认识的诗人中，好像没有哪一个是修理摩托车的高手，而修理摩托车的人中，恐怕没有哪一个会写诗、并且写得这么出色吧？一个人同时被冠以诗人和摩托修理高手这两种称谓，在当今时下，恐怕是绝无仅有的。

为了写作，他可以把自己关在山间小屋里，几天不出来，四十多岁的人如我们这样，还如此执着和坚守，确属罕见。他以前是个地道的"文学青年"，我想，现在他还是。虽然青春正渐渐走远，但心却依然年轻，十分可贵。——诗歌女神有如此信徒，应当觉得欣慰。在现在这个浮躁的物质的时代，他似一股清泉滋润我们干渴的内心，给我们安宁，让我们可以在每天繁忙的路途中，凝视一下远方的夕阳，想象山那边的世界，目视太阳沉下去的方向——

思索——明天——诗歌的明天——与未来。

亦学亦教亦探讨

——记曹琪、罗星照夫妇

夫妻双双同在上海老龄大学学习的有 48 对之多，夫妻俩都学习是社会文明发展的缩影，这些家庭学习气氛浓厚，生活充实温馨。罗星照和曹琪俩人，是这 48 对中的一对，但他俩与其他学员不同的是，他们不单单是学生角色，而且还是上海老龄大学的教师。他俩是亦学亦教亦探讨，他们也是典型的学习型家庭。

罗星照和曹琪夫妇几十年相敬如宾，夫妻恩爱、配合默契、相互帮助、相互体贴、相互照顾，家庭生活平静而又温馨，他们是一个幸福美满的家庭，是一个人人羡慕的家庭。丈夫罗星照是一位资深的儿科专家、离休干部，两个儿子大学毕业后留学美国，现在美国发展，两个女儿毕业后均在上海工作，第三代学习优秀。

从事教育敬业爱岗

曹琪是长期从事教育事业的高级教师，五十年来她从一个机关干部走上教育领导岗位，从职工教育、师资教育、普通教育一直到老年教育。

退休后，于 1990 年参加老干部大学学习，后来担任工作。她认为离退休老同志都是国家宝贵财富，他们有广阔的人生阅历，深刻的人生感悟，他们来老龄大学学习是学无止境的学习型老人，怎能叫我不好好地为他们服务呢？曹老师以教育为终生职业，时刻关心教育事业。

她为什么如此钟爱自己的教育事业？用她自己的话来讲："教育工作是阳光下最辉煌的事业，是人类社会永恒的事业"。她还说："我不仅现在做教育工作，如果有下辈子，我还要选择教育事业。"教师确实是人类由野蛮走向文明、由愚昧走向智慧、由黑暗走向光明的引路人。

曹老师自1993年被聘为上海老龄大学教育研究室主任后，早在1994年开始，她就为理论研究小组讲课，一直主持教育理论研究工作，并亲自为写作班学员上课。她写的《走出国门，交朋友，开眼界》刊登于上海百位老人学习的故事《炳烛之明照人生》一书。她为人真诚、谦和、平易近人、充满活力。虽然她已读过三所大学，但退下来后，仍不断继续充实提高自己，在老龄大学先后学习了绘画、英语、诗词和电脑等学科。她的绘画作品多次作为老龄大学的礼品赠送给外国友人。在美国探亲期间她多次在费城作绘画创作经验介绍和作品展出，并参加了"中美艺术家联谊会"并成为会员。在一次活动时，她介绍了《柏鹤吉祥》绘画的特点和作画经历。她的《喜鹊闹梅》等四幅画分别参加了在新泽西州伯宁顿县学院克老森画廊和在费城哈维福德学校举办的作品联展，后为美国人收藏。

她在讲课时，不论是写作知识，如《记叙文的选材与组材》《议论文的速成构思方法》《语言的准确性、鲜明性、生动性》，还是《论语十则》都深深地吸引了学员，使大家听得津津有味。特别是她对学员作文的讲评课，能够联系实际水平，因人而异，因材施教，给大家实实在在的帮助。20多位同学一学期写周记32篇，作文43篇，对每篇作文曹老师都详细批改，真是呕心沥血培养学员，使得原来一点不会写的学员，连续在校报上发表了文章。

曹老师讲课声音洪亮清脆、旁征博引、借景抒情、情景交融、深入浅出，古诗词脱口而出，令人叫绝，她讲古诗词精妙之极，令人回味无穷。听了她的课后，使我们能咏之于口，记之于心。有时她大声歌唱给我们听，有时组织学员智力游戏，加深我们对诗人抒发情感的领会，这不仅仅是堂写作课，更是一堂陶冶情操的美学课，使我们产生心灵的感应与共鸣！

她还告诉我们：中华诗词素有陶冶情操、铸造灵魂、净化观念的作用。我国历代有名的爱国诗人数以千计，爱国诗篇数以千万计。这些壮丽的诗篇是光辉与生动的教材，它们能提高我们使用语言的能力和文字修养，又能使我们学习革命先辈的爱国豪情。她列举了伟大爱国主义诗人陆游的"僵卧孤村不自哀，尚思为国戍轮台。夜阑卧听风吹雨，铁马冰河入梦来"。句句字字渗透着对祖国的爱和对敌人的恨。当时陆游已68岁了，还迫切渴望替国家守边疆，做梦也在骑着战马，淌过冰河同敌人厮杀。使我们思想上怎么能不受到潜移默化的教育呢？

曹老师2005年获得《祖国颂》诗词创作金奖，并被评为优秀代表，获得中华诗词家荣誉称号。颁发了荣誉证书、奖牌。曹老师的作品在国际互联网——中华诗词英才网上发布。

儿科专家有红有专

曹老师的爱人罗星照在儿科医学上有丰富的实践和临床经验，他善于观察和思考问题，勇于实践创新，能把经验总结上升为医学理论，并在国内外发表800多篇医学论著，还翻译发表了200多篇英文、俄文、日文三种医学译文，编著了《实用器官功能衰竭学》等八本书籍，先后八次获得国家荣誉证书及优秀论文奖。三十多年来经常应邀参加国内外学术研究讨论会和讲学。

他几十年如一日热爱自己工作，不计名利、任劳任怨、默默无闻奉献着，他是一位无愧于时代、无愧于社会、无愧于人民的著名儿科专家学者。他是一位离休干部，早在建国之前，他就参加了地下党的外围工作，之后，由新华社培养成为一名新闻记者，1949年形势变化，组织上送他进入中国医科大学学习，经过八年攻读，他成为新中国第一代大学本科毕业生，分配到上海工作。

他是一名共产党员，现在还担任离休支委会工作。他退下来后，转向老年教育问题研究。1995年到1996年他在上海老龄大学教《老年心理学》。他深深懂得某些社会问题、家庭问题成了老年心理障碍，继而形成疾病，他要设法使老年人化解矛盾，解决障碍。他参阅了大量的国内外资料，上好每一堂课。他从实际出发，分析了老年人心理特征。他总结得出《恩爱夫妻寿命长》一文，发表在2003年第二期校报上。

因此，罗医生讲课很受学员们的欢迎，一位老年学员受他上课的启发，回到社区组织读报小组，运用老年人心理特征带动大家掀起学习高潮发起在读报组内讲心里话，分析家庭矛盾、社会现象，使大家和睦相处，现已坚持六年，产生很好的社会影响，为和谐社会做出了贡献，受到了徐汇区政府的表扬。

罗星照在上海老龄大学学过声乐、推拿、装裱等科目，使他生活更加绚丽多彩。通过学习声乐，进一步激发了他的欣赏音乐、唱歌的积极性，改变了他原来生活较为单调、刻板的现象，使他心情更加舒畅，促进了身心健康。特别是当他在唱革命历史歌曲时，脑海里常常会出现电影镜头。歌唱祖国大好河山、自然风光的歌曲时，使他更加热爱祖国，热爱大自然。

相互交流提高质量

走进他们的家，最耀眼的是一张1.2米宽的双人写字台，色泽光亮，台上有一台电脑。他们夫妻在此看书、读报、写文章、备课、批改作业，多年来老两口在这张大写字台上笔耕不辍。罗医生几十万字的医学论著就是在这张写字台上完成的。曹老师的论文、诗词、书画、备课、批改作业也是在这张写字台上完成的，正如曹老师所讲："我以我笔写真情，50年来的教育生涯，我无怨无悔。"书是知识分子的唯一宝贵财富，两只庞大的书架上塞满了各类书籍，文教类、诗词类、医学类书籍琳琅满目，真可称为是一个小小图书馆哩！

曹琪和罗星照虽然一个搞教育、一个做医师，可都离不开笔耕，都在上海老龄大学担任教学工作，他们是相互的第一读者，并互相切磋教学经验。曹老师备好的课给罗医生看，罗医生备好的课交给曹老师看，互相挑毛病，互相修改对方的讲稿，互相促进、充实提高，使之尽善尽美，进一步提高教学质量。1995年曹老师以《办好老年教育，更好地为老龄人服务》，罗医生以《创建老年健康长寿的条件与环境》论文，共同自费去哈尔滨参加第三届全国老年教育研究会，曹老师的论文获得优秀奖。1996年曹老师以《研究老年心理，开发老人智力》，罗医生以《延年益寿之道》，共同参加上海市老年教育研讨会。

罗医生学习推拿后，还为曹老师及家人推拿，增加了家庭温馨。曹老师学绘画，罗医生学装裱，俩人配合默契。他们俩都爱好诗词，曹老师是上海诗词学会会员，罗医生是浦东明珠诗社会员，他们经常参加老龄大学诗社的活动，罗医生的诗《神舟五号》刊登于浦东明珠诗刊："航天科研十余载，神舟五号驶天航。游宇绕日观天象，风展国旗举世扬。"

今年他们夫妇双双到北京参加中华诗社论坛会。他俩有共同爱好，听音乐、唱卡拉OK、旅游、写文章、写诗，共同学习、共同任教、共同探讨，成为学习型家庭，并带动了子女们及孙辈的学习。2006年被评为上海市卢湾区五好文明家庭。

影响子女奋发向上

他们一家六口人，都是大学生（第三代不计在内）。他们四个孩子的取名也颇具哲理，分别是科、学、真、理。

现大女儿退休后，也进入上海老龄大学学声乐、钢琴、时装表演等学科。大女婿在老年大学学习烹饪，每逢节假日，就大显身手，既经济又实惠，又为家庭生活增添了无穷乐趣。

亦学亦教亦探讨

去年曹琪老师患病，两个儿子先后从美国回国探望，子女们因父母喜欢唱歌，特意为父母买了音响设备，使父母可以唱歌，听音乐。天冷了，大女儿买回"小绵羊"双重保护功能电热毯，使老两口不仅手暖、脚暖更是暖在心头。

罗星照、曹琪退下来后，十多年来既担任老年教育工作，又是学生角色，是亦教亦学的典范，他们把教育事业视为生命最重要的一部分，有了一份属于自己的事业，使生活的能量充分得到发挥！

夜访香堂

　　十月的一个周末，五点半出发，我们一路向北开车走高速，一个小时后到达北京昌平区境内。此时天色已晚，路上车辆很多。开过一排排高大的新房子，在一栋高宅前停下来，见到了画家李老师，七十多岁的他，身体健硕，笑容可掬。大家来到三层，只见地上铺着丈二的宣纸，上面有十几朵争奇斗艳的牡丹正"盛开"着，充满喜气，心情不觉为之开朗。听说近期杂志上刊发了他的书画作品专页，李老师十分开心，当面致谢，说他很喜欢看诗歌刊物，常学习浏览，诗书画同源，他自己从小就爱好传统诗词，古典诗词对于当代画家来说，是必要的修养之一。

　　用餐后，大家乘着酒兴，一起登上露台，只见一轮明月高悬，光彩熠熠，七八颗星散落银汉。脚下点点灯火，天际轮廓分明，形成一条水平线，四周一片静谧。城市，远在几十公里外，却并不遥远。没有高楼挡住视线，心胸随着那条水平线延伸开来，好美啊！

　　香堂，过去只是耳闻，是一个镇，今日一见，确实是个好地方，城中镇、村中镇，规划得很好，整齐划一的房屋式样，高大的门楣，有的雕龙画栋，十分气派。在夜色中，给我们留下深刻印象。

　　这是一家闲置的院落，借用来作画室。回到三层的画室，李老兴致勃勃，挥毫写下"山高我为峰"几个字，送给我做纪念，用笔不俗。又洋洋洒洒写了一篇"卜算子·咏梅"，章法独特，令人叫绝。他出身于书香门第，自幼研习书画，擅长山水、花鸟。随即，同来的新国活动筋骨，乘酒兴挥洒了一个大大的"龙"字，力透纸背，终于初次见识了"榜书"。他学习书法很刻苦，榜书是他的长项。

李老师要我也写几个字，我推辞不过，写下"风花雪月"几个字，请李老师指导，他称赞了布局和气韵，说民间有许多人书法写得很好。不过还需要加强临池的基本功，注意章法和行间距的均衡，形成美感，学书需要悟性，更需刻苦。是啊！艺无止境。我认识很多像李老师这样的前辈，几十年默默探索书画技艺，孜孜不倦，和他们比起来，自己深感不足。没想到，简单的香堂之行，却给了我很多启示。

壬辰重阳武汉行

　　十月的一个傍晚，匆匆登上去武汉的列车，次日凌晨终于到武汉了。晚上与八九位诗友聚餐，谈及诗歌及办《诗报》的事，大家兴致盎然。接下来的两天为重阳开会的事忙碌着，打车在武汉繁忙的街道上来来往往多次，随后的几天里，我仍然分辨不清这里的道路。路边的服装店及各种小店不少，然不熟悉路的人，初到这里买些纸笔文具都觉不甚方便。开幕式过后，代表们游览了湖北著名的归元寺，听朱先生讲解古刹的历史。下午到达古琴台参观，听馆长弹古琴曲《关山月》，乘兴而回。晚上改稿，即兴吟诵。重阳节当日，黄鹤楼东门外，蓝天白云下，火红的三角梅正盛开，菊黄梅红，相机记录下我们的欢笑。下午来到东湖景区，听涛景区很安静，还有磨山景区，大家都感觉不错。晚上到小吃街，品尝武汉的名小吃。

　　会议结束后，当晚有一些闲暇，我们来到汉阳江滩，租了一辆小型观光游览车，边看夜景边拍照。游轮灯光闪烁，游弋在长江的夜色中。江边轮渡是这里的特色，我们在雨中、在夜色静谧中，欣赏着这独特的风景。第二天本来决定去登龟山，天忽然又下起小雨。于是选择去看晴川楼，她在长江、汉江汇合处，游人稀少，很静谧。抬头见一块牌匾，上书"山高水长"四个大字，苍劲古朴。欣赏这里的对联，感受传统文化的恒久魅力。龟山上有刘、关、张桃园三结义人物像以及曹操像。雨中步行于长江大桥，感受其气势，"一桥飞架南北，天堑变通途。"的确了不起。站住大桥的中央，俯瞰滔滔江水，

"滚滚长江东逝水……浪花淘尽英雄泪……看惯秋月春风……"《三国演义》主题曲在心中回响。

第一次近距离接触长江，从桥头往下看，顿生眩目惊心之感，脚下发飘。坐的士几次经过这座雄伟的大桥，而今双脚站在上面，感觉完全不同。此刻站在长江大桥上，感受着华夏五千年文明。滔滔江水，奔流不息，这一座历史的长河，淘尽无数英雄人物忠魂的江水，承载着十几亿中华儿女的抱负，这是中国人广阔的胸怀！时间的浪潮，恒久地冲击着河床，那滩涂旁肥沃的土地，生长着一片片芦苇荡，仿佛在摇曳着这个民族的希望。

十月开笔会在这里待了近一周，忙碌中对这座城市有了进一步的了解，高峰时段道路拥堵，城市不很大，名胜也不很多，南来北往的人不少，人杰地灵，植被品种多，葱葱绿绿的，气候湿润，空气中时时飘来桂子的香气，很怡人。有桂花树、水杉等一些新奇的树木在这里生长，和北方的树种不大相同，吸引我们的目光。银杏树大大的枝叶散开着。开口笑，是这里的一种树木，结着串串的果实。还有椿树，高大的冠上，泛着一簇簇浅黄的色彩，很好看。

这是我（也是今年）第二次到武汉，今年五月自长沙回京，路过武汉，曾作短暂停留，抽时间游览了著名的黄鹤楼。武汉取"以武治国"之义，建黄鹤楼原本主要是出于军事目的，却为历代文人墨客所歌咏，成为千古名楼。武汉有举世闻名的黄鹤楼，黄鹤楼因那些美丽的诗句而不朽，而令人向往。最著名的自然是崔颢笔下的《黄鹤楼》："昔人已乘黄鹤去，此地空余黄鹤楼。黄鹤一去不复返，白云千载空悠悠。晴川历历汉阳树，芳草萋萋鹦鹉洲。日暮乡关何处是，烟波江上使人愁。"还有李白的《黄鹤楼送孟浩然之广陵》："故人西辞黄鹤楼，烟花三月下扬州。孤帆远影碧空尽，惟见长江天际流。"

选择来武汉，也许只是为了心目中的这座名楼——黄鹤楼。千百年来，它给了诗人多少瑰丽的想象，梦中的汉阳树，和那芳草萋萋的鹦鹉洲，曾牵动过多少情怀，穿越时空，在这里汇合。在长江头，在碧空里，在那遥远的天际……

梦寻始祖圣地 诗咏美丽中国

——中华诗词楹联名家
炎帝陵祭祖大典暨采风活动隆重举行

为弘扬民族精神，抒发爱国情怀，繁荣当代诗词楹联创作，缅怀中华民族人文始祖炎帝神农氏伟大功德，《诗词之友》编辑部、湖南省炎陵县炎帝陵管理局等，于 2013 年 6 月 10 日至 14 日联合举办"天下炎陵"——中华诗联名家炎帝陵祭祖大典暨采风活动。来自全国二十多个省、市的一百多位诗联名家代表参加了本次活动。

6 月 10 日全体人员在长沙集合后，11 日上午集体游览了岳麓书院、爱晚亭等长沙名胜，下午赴炎陵县，入住酃峰宾馆，晚上出席炎陵县委、县政府的招待晚宴，县委书记黄诗燕同志致欢迎辞，张脉峰同志代表全体代表和嘉宾致答谢辞。

"炎帝陵祭典"系国家首批非物质文化遗产，全球最具影响力的十大根亲文化盛事。炎帝陵庄重肃穆，文化气息厚重，气势宏伟的仿古建筑群仿佛是在重述着五千年历史文化的灿烂，肃穆庄严中，灵魂得到洗礼，感受作为炎黄子孙的自豪。

6 月 12 日（农历五月初五端午节）上午 9 时，天朗气清，阳光灿烂，祭祖大典在炎帝陵祭祀广场隆重举行。来自全国各地的 100 余位中华诗联名家代表身着统一服装、身披绶带出席，全体肃立，祭祖大典仪式由炎陵县炎帝陵管理局局长朱建军主持，击鼓九通、鸣金九响，并鸣炮、奏乐，向炎帝神农氏敬献三牲五谷、素果时蔬等贡品，庄严肃穆。中华诗词学会驻会名誉会长、《诗词之友》名誉主编郑伯农，中国楹联学会名誉会长常江，代表全体代表敬献高香；杨金亭、赵焱森、何火任、郑伯农、常江、吴开晋、莫真宝、张涛、张脉峰等敬献花篮；郑伯农恭读《祭文》，焚帛书。全体三鞠躬，礼成。

随后进行"炎帝神农杯"诗词楹联征集活动颁奖典礼，由征集活动组委会主任张脉峰主持。原中华诗词学会副会长杨金亭宣布诗词获奖者名单，中国楹联学会名誉会长常江宣布楹联获奖者名单；中共炎陵县委宣传部部长肖锦霞、炎陵县人民政府副县长谭艳、湖南省诗词学会会长赵焱森、《诗词》报执行主编刘安定、中华诗词研究院学术部主任莫真宝等，向参加活动的获奖作者颁发了《获奖证书》及奖金；朱建华、丁俊杰分别代表诗词和楹联获奖者发表感言；《诗词报》执行主编刘安定身着汉服，现场吟诵了诗词一等奖获奖作品《炎帝陵（七律)》，声情并茂，引来阵阵掌声；随后谭艳向"天下炎陵"采风团授旗，中华诗词研究院学术部主任莫真宝代表采风团接旗，全体代表在炎陵大殿前合影留念。

开午门仪式后，谒陵。代表们在炎帝陵神农大殿参观、游览，在采风长卷上签名，题字、题诗、撰联，听导游讲解炎帝的八大功德，感受炎帝坚韧不拔的开拓精神、百折不挠的创新精神、自强不息的进取精神和大公无私的奉献精神。国内诗词楹联名家共同祭祀炎帝，切身感受炎帝的伟大精神和功绩，激荡爱国情怀。

这里不愧是"中华民族的人文圣地，全球华人的精神家园"，每年来这里祭拜的全球华人有十几万人，在诗人节参加首次国内诗联名家祭祀炎帝活动，寻根问祖，祈福阖家安康幸福，代表们心情非常激动和自豪。

中午，全体代表和嘉宾乘车前往洣江楼大酒店就餐，品粽子，过端午，饮酒赋诗，气氛热烈。

下午，诗联艺术家们来到神农谷风景区，这里自然环境优越，至今保存着我国华东、华南、华中区域唯一一片原始森林，大气质量、地面水环境质量均优于国家一级标准。保存着华南地区面积最大的

10 万亩原始森林，森林覆盖率达 83%，环境质量综合指数居湖南省第一。徜徉在绿水青山中，在富氧离子含量居亚洲第一的"珠帘瀑布"前，吸"亚洲第一氧"，与瀑布留影。

神农谷风景区旅游局局长沈红星女士和旅游局的工作人员，热情接待了各地代表。神农谷内首个"诗林词道"开通仪式上，代表的优秀作品已制作成诗牌悬挂在景区的道路旁，代表们边参观、边品诗，合影留念。来往的游客络绎不绝，纷纷驻足欣赏、品味，感到新奇，陶冶在浓郁的文化氛围里。

当日恰逢神农谷国家森林公园开展"认养一棵古树，珍惜千年时光"为主题的古树认养活动，采风团共同认养了一株国家级珍贵古树——南方红豆杉，表达对这一方净土和宝贵自然资源的热爱之情。晚上在神农谷景区集体野餐，品尝天然美味，诗酒助兴，平添雅趣；露天"篝火晚会"更是别具一格，大家纷纷上台吟诗作联，度过了一个特别的诗人节。

第二天，代表们参观了湘山公园、千年历史的洣泉书院和红军标语博物馆。"转战神农地，决策上井冈。"这里是中国革命的发祥地，是井冈山革命根据地和湘赣边境革命根据地的重要组成部分，爱国主义教育基地。在接下来的交流座谈会上，县委书记黄诗燕同志向各位代表表示感谢，对会议成功举行表示祝贺！期间，与会嘉宾和代表互相交流，共同研讨，表彰成绩，展望未来，一起努力推出精品力作，为和谐社会和文化大发展大繁荣作出贡献。

13 日晚，全体代表和嘉宾共同参加了欢送晚宴；14 日上午回到长沙，会议在热烈而祥和的气氛中圆满结束。活动主办方还向积极创作、卓有成绩的代表颁发了《荣誉证书》，活动期间代表们创作了大量作品，年内还将编辑出版《优秀作品集》。

天下炎陵，寻梦之旅；感受中华文化，传递美好祝福。本次活动也是《诗词之友》十五年来首次举办的端午节专题活动。参会代表中年龄最大的 89 岁，最小的 28 岁，来自祖国 20 多个省、市、自治区的代表和嘉宾，怀着共同的心愿，齐聚炎陵祭祖，祈福家人幸福，共度端午佳节。

"人间之乐土绿洲，苍生之洞天福地。"本次活动，为诗联家们留下了美好而难忘的记忆，大家纷纷表示，活动非常有意义，十分成功。欣逢盛世，愿用手中的笔，为弘扬中华优秀传统文化，促进精神文明建设，共建和谐社会做出自己的贡献。

　　首都和湖南各大报刊媒体的记者，以及新华网、新民网、凤凰网、炎陵政府公众信息网、中国文明网、《湖南日报》等媒体及时报道了本次采风活动。中华诗词英才网、文化中国网等各报刊、媒体的记者、编辑，摄影摄像，进行了相关报道。

珠　玑

——一幅画作的诞生及其他

一

五一期间，我们和诗人刘朝东相约，前往京东平谷。到达平谷县城，我和朝东、画家刘瑞友先生一起，从平谷市区沿着盘山公路驱车二十多公里，来到一个青山绿水的好地方，朝东的山间"别墅"。朝东和我岁数差不多，我都是直接叫名字或者朝东兄；刘瑞友先生年长，我自打认识便以老刘相称。一下车，就看见山脚下十几位画家三三两两面对着山崖幽谷，选择不同的角度，正用笔在画板上专心勾画着眼前的美景。朝东介绍说，他们是来自中央美院的十几位画家，利用几天假期到这里写生。

见是同行，老刘很快就和其中两位画家攀谈起来。我虽是外行，但见他们专心致志的样子，也站在他们身后，看他们的画稿。时间很快到了中午，大家一起聚餐，边吃边聊，知道他们十几个人分别来自不同地方，有宁夏、甘肃、陕西、江苏、内蒙古等地，这次是利用五一小长假，选择一个幽静雅致、山清水秀的地方写生，他们说这里很适合，下次还要让更多的同学来。我们谈得很投机。

饭后，大家又开始画起来。老刘和他们聊美术，谈艺术创作中写生的重要性，聊各大艺术院校、各个专业的特色、长项，师资力量的多少，谈当代名家艺术作品的优劣，艺术特色，什么样的作品经得起时间考验，可以传世，传播很重要，但有些艺术家一味吵作、表演，而缺乏艺术和生活的积累，在艺术史上很难留下痕迹。名气大小无关艺术本身，学院派重视写生，要耐得住寂寞，艺术的探索无止境等，交换了各自的看法，并对其中几幅写生作品的构图、层次、用笔用墨等，谈了看法。

我们漫步在山水、小溪间，徜徉在艺术的春天，欣赏着山间的美景，蒲公英遍地、黄花点缀着草地，山野间不时有鸟儿飞过……热心的来自美院的画家谢菲莉女士，还为我们拍了几张特写照片，说她回去后画肖像画给我们。傍晚时分，天忽然阴了起来，要下雨了。大家纷纷收起画具，回到院子里来。院子上方搭有天棚，透明的那种，不一会儿，雨点就打在了天棚的大玻璃上，头上是噼噼啪啪的雨点，站在雨中却不被淋湿，很惬意。

这时各自忙碌了一天的十几位画家，都聚拢在院子中聊起天来。有人提议，让擅长画虾的谢女士画几只虾。大家一起动手，很快收拾出餐桌，大家围拢在桌前，看她画画。只见她准备好纸、研好墨，在纸上认真地画起来，不久，几只活灵活现的大虾呈现在纸上，大家兴致盎然。她在画上题好款，赠给了好客的主人——刘朝东，并合影留念。

我也把带来的最新一期《诗词之友》赠给了几位画家，他们很感兴趣，边翻阅边问有关格律、平仄，以及怎样写格律诗词。诗书画同源，大家很谈得来，有两位看着我发给他们的名片，见后面还印有简单易记的格律口诀，非常惊喜，很感兴趣地念了起来。

这时，朝东忽又提议，让刘瑞友先生也即兴画一幅画，大家纷纷鼓掌。老刘推辞不过，有画家为他铺好宣纸，并准备好了一套笔墨砚台。只见老刘凝神五六分钟后，便在一张大约三尺的宣纸上，慢慢画了起来——在纸的下方先画出一条横线，加粗后，他在横线的左侧画了一条竖线，右侧又画了一条竖线——原来他先画了一个果篮。他专心致志，大家围在桌边，屏气凝神，还不时用相机、手机拍照或摄像。果篮基本画好后，他便开始在篮内、四周画葡萄珠，一颗、二颗……晶莹饱满，令人垂涎。一串一串，圆润的粒粒果实，仿佛散发着阵阵果香，感觉真的有果香溢出来……

二

画不大，整体却透出神采。虽是夏天，却不由得令人想到秋的甘甜和丰收的喜悦——我想老刘也是借此来表达他美好的祝愿——愿这些画家们早日收获自己的金色秋天吧！整幅画面只有浓淡、深浅的墨色，这是一幅墨葡萄。这是我第二次现场看老刘画画了，看着老刘画画，我的眼前不由得又回到他第一次画墨葡萄时的情景，那是两年前了。

也是在平谷，在刘朝东家，两年前的重阳节，正赶上十一假期，我第一次应诗人刘朝东之邀，初次来到京东平谷。朝东和他的妻子双月招呼着，一家人热情接待了我们，带我们游览了美丽的挂甲峪、石林峡等，我被平谷美丽的自然风景所陶醉，也被朝东——这位平谷土生土长的诗人所吸引，回北京不久，便写了一篇《"摩托诗人"——刘朝东》的文章（朝东以修理摩托车为业，经营自己的修理部，写诗虽是他的业余爱好，却使他扬名于诗坛，热情好交友的他在二者之间维持着精妙的平衡），记录下那美好的过往，发表在当时的文学刊物上。

也是在那一次，我初识画家刘瑞友。我将《诗词之友》赠给他两本，他认真看过，并说"办得不错，挺有特色"，自此我们相识，交往也渐渐多了起来。

大约一年前，我们又一次来到平谷，游览了京东大溶洞、参观了平谷的奇石展等。中午几个朋友聚餐饮酒后，来到朝东家一起聊天，见他家书房里有条案，上面有毡子、笔、墨等，不由得手痒想要写字。朝东一听来了精神，便兴致勃勃找来宣纸，我乘着酒兴，便写了起来。朝东和几位朋友见我肆意挥洒笔墨，畅快淋漓，边夸赞，边一个劲儿让我多写几幅。我兴致一来，也不管好坏，挥挥洒洒写了一二十幅，把他家的院子地上都堆得没有落脚之处了。朋友们见我用左手写字，纷纷称奇，这时，刘瑞友先生过来了，见了满地的字，看了看说："你练过！""哪里，我是写着玩的……"见行家来了，我便停下笔，"请刘老师多批评"。这时，朝东更来了兴致，看着老刘说："今天请平谷著名画家刘瑞友现场给画一幅葡萄，大家开开眼，怎么样？"大家都鼓掌称好。因朝东家的客厅里挂着老刘的一幅《秋实图》——彩色葡萄，八尺巨幅，非常美。我看过，很好奇这葡萄是怎样画出来的。便也吵着要让老刘现场作画。

开始，老刘说没准备家伙——笔、纸、墨等，推辞着不画。因朝东家的纸很一般，我写字的时候有感觉，很滑、不吃墨，像我这样随便写几个大字还将就，但画画，对纸的要求就很高，将就不得。心想恐怕无此眼福了。但大家坚持让老刘画，你一言、我一语，要看平谷著名画家现场画葡萄，也许是见了我一地的字，受了现场气氛的影响，更多的是盛情难却，老刘犹豫了一会说："好，那就画一个。"。大家一听，都兴奋起来。

选了一张稍微好一些的六尺条宣纸，朝东说要裁纸，老刘说不用，就这样画吧。众人唏嘘不已，他们虽然都是平谷人，但看老刘画画，恐怕还都是第一次。大家都知道，墨葡萄其实更难画一些，彩色的还可以用色彩来弥补用墨的不足，而清一色的墨葡萄就不一样了，只能通过浓淡干湿来表现。朝东八岁的儿子兰多，更是在我们之间钻来钻去，数着葡萄珠儿，"一个珠，一千块"，朝东哄着兰多。"一百零一、一百零二……"，小兰多一个一个认真数着。后来老刘画得快起来，还有一些是半个珠儿的，渐渐地，兰多跟不上老刘的笔墨了。"多少个了？""数不清了……"众人哈哈大笑起来。

那一次，老刘画了近两个小时。我们聚精会神，站在边上看得呆了。六尺条竖着画下来，已经是比较大的尺寸了。完成后，老刘又着腰，额头上明显看得出，渗出了些许汗珠。站了两个多小时的他一定挺累的。他看了看整体，吸了一口刚刚点着的烟，点点头表示满意，我们一起叫好。只见画面上，一架大葡萄自上空垂挂而下，藤蔓交叉，一串串葡萄，掩映在浓郁的葡萄叶下面。整体布局严整，疏密得当，形神兼备，气韵飞动。

当时我很震动。第一次近距离看画家现场作画，一直想把这段经历写下来，但回京后一忙，就耽搁下来了。今天，再次看刘瑞友先生现场作画，又是画墨葡萄，构图却完全不同，技法更加娴熟，风格上又有很多变化，不由心中暗暗赞叹，为他叫好，旁观的其他人也纷纷叫好。半个多小时，画作完成了，老刘给画题写了"珠玑"两个字。我想正契合了画面，整幅画构图严谨，用墨浓淡适宜，令人爱不释手，谢菲莉女士开心地将赠画收起。老刘又建议我送一幅字给她，我于是也凑个热闹，提笔写了"室雅兰香"四个字送给了谢女士。众人纷纷合影留念，一起在小院里留下美好的瞬间。

刘瑞友先生不仅擅长画葡萄，还画荷花、令箭等，去年秋天他还举办了个人画展，他的画雅俗共赏，受到很多人的喜爱，企业和个人纷纷收藏。老刘曾送给我一幅《清香图》，看着那上面的荷花，似有阵阵清香传来。我非常喜欢，即兴为之题诗一首："凌波对日慢梳妆，霞作衣兮翠满裳。清苑方塘鱼影过，好风送我半池香。"后来宁夏回族自治区委宣传部搞了一次全国性诗词歌赋大赛，还特别邀请老刘参加了在宁夏银川黄河金岸之滨的黄河楼举行的盛大开赛式，并现场作画。他即兴创作了巨幅国画《荷花图》，展示了他深厚的功力和驾驭大幅画作的能力，其技法娴熟，色彩灵动，令人惊叹。老刘的创作经过通过当时的活动现场电视直播后，在当地引起轰动；《宁夏广播电视报》还为他推出了专版，介绍了这位来自北京平谷的著名画家。

三

珠玑——刘瑞友先生给画起了一个有趣的名字。"字字珠玑"，我不由得联想到，写诗也是如此，不管是新诗，还是格律诗，文艺创作，要出精品，应是字字珠玑，那种美感，令人陶醉。

如诗人刘朝东的诗歌也如是，他不像有些人的作品，繁复冗长，而是很精练、传神，注意炼字、炼意，所以我曾对刘朝东说："你的诗写得好，有一种内在美，能打动人心……"这是一种独特的意境，想到绘画也如是，"惜墨如金"——是美院教授对他的学生们的要求。是啊！

诗、书、画，新诗、古典诗词、书法、绘画——不经意间竟然现场演绎出一场小型诗书画笔会，我建议朝东以后把合影照片挂到墙上，下次再有画家来写生、诗人书法家来小聚，也要留些作品和照片，如此，文化氛围会越来越浓郁。把这里办成一个"文化沙龙"，记录下一段段雅事，一段段佳话。

大家说下次写生还来这里，搞这样的笔会，诗书画会友，其乐无穷。并建议把别墅题名"诗书画基地"，让更多的文人墨客、书画名流来此小聚，切磋艺术，畅谈交流。

四

我几次来平谷，无一不被她美丽的景色，浓郁的人文气息，淳朴好客的民风和深厚纯真的友谊所吸引。我去过很多地方，这里的文化氛围最浓郁。平谷近年来在北京郊区发展得最快，无论经济，还是文化。平谷的大桃，远近闻名，一年一度的桃花节，吸引了无数观光游客，桃花品牌，越打越响亮。楹联之乡、书法之乡、音乐之乡……默默改变着人们的生活方式和审美情趣，人们对文化的需求与日俱增，高雅艺术潜移默化改变着人们的观念。

如今搞经济建设，很多地方以破坏生态为代价，而平谷却因地制宜，坚持走生态建设之路，良性发展，平谷这一方净土，培养了无数诗人、书画家、音乐家、摄影家、艺术家，文化活动的繁荣，产生了深远影响。绿色的生态环境，良好的文化氛围，缘于领导者超前的意识和胆略。高雅的文化品位、高尚的生活方式，必将更大地改变这里的面貌和人们的精神状态。

想起今年元旦，《诗词之友》杂志社在京举办"2014迎春雅集"，邀请了一些国内著名的诗词楹联大家和书画家，喜迎新春，开展诗词吟唱联谊活动，还准备了一些平谷特产给众人。一说到平谷，他们都由衷地赞叹，89 岁高龄的著名诗人、作家刘征老说："平谷我去过，是个好地方！""平谷这些年发展很快……"对久居城市中心的我们，这里有种莫名的吸引力，"以后有机会，我带大家一起去平谷玩……"勤劳、淳朴的平谷人民，辛勤耕耘，建设着自己的美丽家园，我也深深地爱上了这里的一山一水，关注着平谷的发展。

像老刘这样土生土长的书画家，在平谷还有很多，正是平谷这块多情的土地，培养出了无数艺术人才，他们讴歌平谷、歌颂这里的山山水水，用浓情的笔墨，献给这里缤纷的生活。

这里的一切，令人流连。接触这些艺术家，你也不由得会被感染，我甚至有一种冲动——去美院进修，到平谷写生。这样就可以再多来几次平谷，用画笔来描摹这里的山水，用诗来赞美这里的人文。

在这片桃花盛开的地方，不仅有美丽的湖洞水、黄松峪，有几亿年历史的京东大溶洞，有清新亮丽的挂甲峪新农村，有特色农家院和勤劳朴实的村民，还有湖泊、峡谷、溪流、奇石，有新鲜的空气、绿色瓜果蔬菜，更有优美的音乐、高雅的绘画、书法、诗歌、楹联、摄影艺术……有了这些，相信平谷的明天，一定会更美好！

美哉，平谷！

《太阳诗报》创刊词

黄河岸边，东平湖畔，梁山麓下，水泊八百里这片沃土，生长出一棵文化之花——《太阳诗报》。

《太阳诗报》植根水泊，沐浴着社会主义的阳光。在阳光下成长，这棵奇异之花将放出芳香，香飘神州大地，在诗的春天，与百花争艳。

《太阳诗报》坚持四项基本原则，坚持"二为"方向、"双百"方针，面向诗爱者、面向青年、面向当代、面向新诗，为改革开放放声高歌。《太阳诗报》立足现实，广结天下诗林好汉，弘扬民族优秀文化，为振兴当代青年诗的创作及其发展不惜青春。

愿一代青年诗人健康成长；

愿我们的《太阳诗报》枝繁叶茂，亦愿朵朵花蕾含笑迎接太阳！

真诚的邀请的召唤

——《太阳诗报》代发刊词

随着人们文化层次的不断发展，诗从圣坛挤入闹市，新的时代只有诗真真切切地存在，没有终身制的诗人，时间会很快湮没过去的光荣，犹如海浪漫过海滩，一浪一浪洗去不断写在沙滩上的名字。每颗年轻的心都热恋着缪斯女神，无须膜拜权威，你将惊喜地发现你竟是那颗黎明上升的新星！

五四以来，中国新诗经过几辈人的尝试仍在发展之中，继朦胧诗之后的现代诗坛各霸一方，出现新诗走向巅峰的最佳契机。我们倡导现代诗，我们不求全责备，不妄自菲薄，我们浅薄地认为：新文学运动以后的诗都是广义上的现代诗，当然，我们更关注现代手法、现代思维及诗的感觉等深层内蕴。

在消费主义以时代潮流的姿态涌来之际，我们愿意追随那些高尚圣徒式的理想主义人格，在诗海孜孜以求。朋友，如果你听到我们的声音心灵发出谐振，我们的小报就是我们真诚的邀请和召唤。太阳每天都是新的，让我们一起加入诗的行列，站立成一片青春风景。

爱诗是美好的，写诗是高尚的，每个时代都有自己的歌声。歌唱着，热恋着，奋斗着，是生活的全部。

致诗友公开信

——《太阳诗报》总第 2 期发刊词

亲爱的诗友：笔健！

当你接到这封信时，让我说声"你好，朋友！"

是诗，让我们走到了一起；是诗，让我们相识、相知。我常常伫立街头，祈盼一种喜悦，祈盼远方朋友的信息；我也常常拿起笔来，写诗、写信，给我的朋友。

十年诗坛，诗界朋友为新诗的发展作出了可贵的探索，付出了泪和汗水。但，新诗的发展还远未达到巅峰。在当今拜金主义的时代潮流风靡一时之际，《太阳诗报》愿以鲜明的群众性、民间性、艺术性，独树高贵的新诗之旗帜，我以诗的名义向你发出诚挚的邀请。

我们都是诗的钟情者，我们有责任也有义务为新诗的发展付出辛勤的劳动。朋友，让我们携起手来吧，共同走进这片阳光下，共同走进新诗凄冷而瑰丽的路程！

我们珍惜这片土地

——《乡土诗人》代发刊词

历千辛万苦，经多方合作，本期《乡土诗人》终于呈现在您的面前。

纵观全部作品，绝大多数出自青年诗人之手，这使我们感觉到，我们的诗坛（乡土诗坛）正越来越富有朝气，越来越年轻，我们感到自豪。

我们很珍惜这片园地，为了不使其荒芜，我们选植了这样一些枝繁叶茂的乡土诗。开花与否，我们不知道，但，在我们心头拂过的，是鲜花盛开时的馨香。

从始至终，我们得到许多诗林好汉们的热情支持和大力帮助，并得到当代青年诗歌学会的鼎力协助，一些知名和不知名的诗人、作者也给予了我们无私的援助，在此我们表示衷心的感谢。

多谢合作。

我们的奉献

——《太阳诗报》代发刊词

只要能培一朵花，就不妨做做会朽的腐草……

——鲁迅

本期终于如期编完付印了，编辑部里所有同仁的眼睛都潮润着，忍不住的喜悦挂在每个人的脸上。

《太阳诗报》是在"充分发挥青年诗歌文学爱好者聪明才智，弘扬当代青年诗歌文学艺术"的主旨下创办的，因此，扶植和支持年轻的诗歌文学爱好者可说是我们的默契。本期是本年度的最末一期，我们破例地在二、三版刊发了青年作者郭敏的六篇散文，不为别的，只为了向诗歌文学界鼎力推荐这位小有名气的青年新秀。他的散文读来颇具诗情画意，又情感炽热，充满着特有的灵气。此外我们在第四版亦隆重推出"新诗人短诗专辑"，诗虽不很成熟，但大都具有新见、新意，创作手法上也脱俗不凡，值得一读。

《太阳诗报》经过广大文朋诗友殷切的帮助和支持，经过同仁们的辛勤努力和劳作，终于使这份诗报在芸芸诗坛占有一席之地，这是值得高兴的，我们感到自豪，但也难免有疏误或错失，面对明年诗报的编辑工作，我们更应尽职尽责，默默地进行奉献——哪怕一点点火热，给朋友。"奉献，这是编辑家的基本品格，是人类维系至今的一种美德（陈骏涛语—《文学评论》编辑）。"

《太阳诗报》明年出月刊，全年 12 期，这样一来印刷周期短了，朋友们的诗稿、信函等也能及时给予答复了，在朋友们真心帮助下，我们一定不负众望。只是，请朋友们千万记住：不要忘了随时将近期佳作邮寄来哟！

发刊之际，写下这些文字，献给我们广大的热衷于诗歌创作的青年诗人、诗歌作者和诗爱者朋友们！

雪花飘扬的时刻

——《太阳诗报》代发刊词

窗外。雪花纷纷扬扬，漫天飞舞，天地一色，朦朦胧胧，满眼是白色的世界。

坐在窗前，翻动手里的诗，心里不由涌起一阵热浪。朋友们的来信（及诗）堆在书桌上，使我想起一句成语——"雪中送炭"。

是呵，朋友们的每一句热心的真挚的话语和诗句，都如阳光般撩拨我的心。

《太阳诗报》是幼稚的，还很年轻，需要朋友们的支持和鼓励。《太阳诗报》也很纯真，很赤诚，是不会忘记朋友们的。

在新的一年里，《太阳诗报》一定不负朋友们的厚望，为您带来一片春意，一份温馨。

凭窗远望，巍巍水泊梁山覆盖在皑皑白雪之中，瑞雪兆丰年，我也默默地祝福这场雪能给朋友们带来创作丰收的一年。

本期发到您手里，就是新春了，让我说声新年好！并衷心地祝愿阳光下所有爱诗和写诗的朋友们。让我们携起真诚的手，共同走进这片阳光下，共同拥有这份温馨！

我们的朋友遍天下

——《太阳诗报》创刊一周年纪念（代发刊词）

我们的朋友遍天下。

我们是诗，诗是我们。

大批诗友捧着他们的佳作走入本刊，我们感到欣慰，我们呼唤更多的新朋友。

青春，诗与爱的季节，摇曳多姿的青春本身便是诗，而爱又是携青春结伴而行的，青春留下的足迹是诗，诗是超自然、超时空、超感情、超意识、超幻梦的世界。人生都有青春，有青春就必然有涌荡诗潮的日子，青春给予我们的就是这么一种诗意的气质，这是青春的必然，诗之必然。

二十岁谁都是诗人，谁都是我们的朋友。

雪片般飞来的诗稿、信函，满载着的是友情，中肯的批评和热忱的建议体现的是友情。为本刊的宣传、印发、组稿而热心奔走忙碌的朋友们，我们不会忘记你们。

诗把我们连接在一起。

诗是我们友谊的见证。

人间有诗在，我们的友谊便在。真挚是友情是与诗一样美好长存的。相识和不相识的朋友们，天南海北的朋友们，让本期《太阳诗报》带去我们最美好的祝愿吧。

诗在，友谊便在

——《太阳诗报》发刊词

本期诗报又如期捧至您的玫瑰案头，——各位朋友，夏天好！

一年多来，我们曾不懈地努力，我们还会永远下去。

一年多来，我们留下的脚印或浅或深、或直或弯、或多或少能在您明净的眼睛里留下一些什么——美丽？抑或残缺？您能抽时间写封信来吗？写信的时候，请随手寄两张邮票或附币5角，我们会再次将您所关心的下一期诗报送至门前。

第三届青春诗赛又开始征稿了。

一二届我们发现并扶植了一批诗坛新秀，本届亦然。启事登在本期三版右下。您能在贵地、你的朋友间宣传一下吗？

我们亦欢迎各诗歌文学报刊的朋友能互登一下。请及时将登出的样报（刊）邮来，我们会铭记在心的！

我们并会以诗的名义向您表示感谢和关照的！

五月如茵。

正值青年人的节日，水泊梁山之风景风光亦更加美丽迷人，我们欢迎各位朋友游梁山！劳您费神了。

让我们紧紧握手，说声："下次见，朋友！"

沐浴着祖国的阳光

——《太阳诗报》编者寄语

《太阳诗报》沐浴着祖国的阳光，饱含人民的淳朴温情和编者、作者的心愿，在 1992 年新春到来之际，捧至你的面前。

《太阳诗报》在新的一年里，将继续坚持"二为"方向，"双百"方针，奏时代主旋律，写民族正气歌；以繁荣创作，发扬民族优秀文化为宗旨，以扶持诗爱者为己任，以振兴当代青年诗歌、促进社会主义精神文明建设为目标。

《太阳诗报》1992 年特邀著名老诗人艾青、张志民担任总顾问，继续聘请全国 40 余位诗人、诗评家等担任编委（顾问），力争每一期诗报的出刊都能给诗坛注入一次新鲜血液。

《太阳诗报》是诗人和缠着可以信赖的园地；愿她在社会各界的关心、支持下，兼收并蓄，为读者奉上丰富多彩、健康积极的精神食粮，为社会和人民做出应有的贡献。

再一次握住阳光的手

——《太阳诗报》出刊 25 期暨创刊三周年纪念

写下这篇题目，我的眼睛里已噙满了泪水，在诗歌这条坎坷而又瑰丽的路途上，我每时每刻都为她的圣洁而歌唱或倾诉，我用全部生命和青春作赌注，赌一次又一次的辉煌，自三年前的那个冬末，在我狭小而又简陋的蜗居与友人筹划第一轮《太阳》东升，至今出刊 25 期暨创刊三周年之时，我所感受和经历到的与诗有关或无关的东西，确令我感慨万千并热泪盈眶，为了这份执着，以及水一般清纯的情感，我不得不再一次握住阳光的手，让所有给我关怀、鼓励、支持的名字，在温暖的季节里，闪耀光芒！感谢一切的朋友们，我永不会忘记你，只要太阳不死，当有偿还真情之日！

守望集

奏时代强音　歌人民心声

——《诗词之友》2003 年第 1 期卷首语

律向韶阳变，岁逐光阴来。

新年，这个时光和生命又一个回合的开始，孕育着多少激情、多少希望和力量！新年是时光的使者，亦是壮心的寄寓；是宏图的起点，又是收获的期盼；是远航的起锚，也是未来的希冀！

新年的钟声刚刚敲响，祖国大地就回荡起小康社会建设大军擂起的战鼓声和匆匆前进的脚步声，那是合着新的时代节拍的最动人的春之曲，她将伴随人民的幸福歌声，传遍都市乡野，尽染万木之春，熟透丰收之果。

天地融融庆盛期，神州齐歌乐岁诗。

荷载着中华民族人文精神的灵光，为了贯彻党的十六大关于弘扬和培育民族精神的方针，代表优秀文化发展的方向并集中体现汉语声情意象之美的传统诗词，随着国运的转步，改革的深化，全国上百万作者积极创作的浩如烟海的优秀的诗篇，在新的一年里，把诗国装扮得千红万紫，生机勃勃。

殷勤为作宜春曲，题向华笺贴绣楣。

在这春暖花开、阳光明媚的美丽春天，让我们把对党和祖国的深情热爱和全国人民骄傲自豪的喜悦心情以诗词的形式表现出来，奏时代强音，歌人民心声。祝愿祖国繁荣昌盛，人民幸福安康！期盼诗词事业走向新的辉煌！

您的目光照亮了我们

——《诗词之友》2003 年第 3 期卷首语

当新的一期《诗词之友》摆在您的面前时，我们即将幸福地迎来她的五周年生日。

美好的感觉和欢娱的喜悦涌动在你我之间，涌动更多的是对读者的感激。

想一想五年真是很短。再想一想，这五年真是发生了太多太多。

我们的这份《诗词之友》，作为这五年发展的见证者，也在与时俱进地成长着。

生活的欢愉渗透在版面之中，时代的气息渗透在内容之中。包含最多的还是读者挑剔的、鼓励的和期待的目光。

五年来，我们走过的每一步，都含着编者的心血，也都离不开读者的目光的推动。

您的目光照亮了我们。

所以，当读者给予我们高度评价，当专家和同仁为我们的每一次出刊而惊喜时，我们想到的只有—下期拿什么奉献给读者。

我们秉承的原则是：强化信息性与普及化，突出大众性和现代感。力求更加平民化，力求为读者带来更多的阅读愉悦。我们信奉"读者需要的就是我们努力的"，永远追求以最具特色的最厚实的内容散发自己独有的魅力。

我们的目标是办一份特色鲜明、面向大众、全面一流的诗词读物。我们将为之不懈努力。

让我们继续风雨同行，收获阳光。

您的目光照亮了我们

《诗词之友》出刊三十期感言

三十而立。三十，我们在讲述成熟的故事。

我们圆润而结实，我们谦逊而挺拔，向着太阳，亮着朴实的嗓子，歌唱。

不经意中，我们已出刊三十期。在我们这个大时代湛蓝的背景下，画出一个丰润金黄的弧。

我们向大地汲取，所以我们丰润；我们拥抱太阳，所以我们金光灿烂。

是在几十年前，一个阳光灿烂的日子，在陕北的黄土高坡上，在麦子与杨树的歌咏中，一位伟人这样告诉我们：

"我们是彻底地为人民的利益工作的。只要我们为人民的利益坚持好的，为人民的利益改正错的，我们这个队伍就一定会兴旺起来。"

这个声音，在瓦蓝的天空中回荡，并且穿过历史与时空，在我们的身边回响。

于是，在八年前的春天里，我们开始耕耘、播种。

以一个劳动者的形象，我们与众多的诗人朋友一起，在传统优秀文化的土地上开始播种。

我们的种子，是祖先留给我们的方块字。

浇灌我们的，是党的"双百"方针的春雨。

我们的动力，是每一位翻阅本刊的读者的手。他们的指纹里，延伸的是我们耕种的喜悦。

喜悦之中，有苦、有悲；耕种之中，有汗、有泪。

但是，我们已经学会了，坚定地躬下身躯，向大地学习，与太阳同行。

千里始足下，高山起微尘。

吾道亦如此，行之贵日新。

现在，我们在属于我们的田野中远望。

我们看到了地平线那边，在太阳的牵引下，又涌来一片喜人的金黄。

《当代诗词社团诗词刊物概览》后记

随着传统诗词的复兴与逐步走向繁荣，各地诗词社团纷纷涌现，近三十多年来更是诗社林立，刊物众多。各地诗词社团多为广大诗词爱好者组成的群众性文化团体，主要通过讲座、采风、出版、赛事等活动对社会产生影响，在诗词的传播、普及、发展等方面发挥着重要作用。努力促进诗词创作水平的提高，大力挖掘培养诗词人才，逐步壮大诗词作者队伍，广泛开展交流与合作，丰富城乡人民群众文化生活，陶冶人们的品格情操，促进和谐社会建设。在为继承弘扬优秀传统文化、繁荣诗词创作而尽责的同时，也为当地的经济建设和文化繁荣做出了自己的贡献。长期以来，由于缺乏这方面的资料和数据，我们对诗词社团资料的开发、研究与编纂不够，对一些中小社团更是缺乏基础数据，知之甚少，这将不利于社团的长足发展和诗词文化的继承与弘扬。

基于以上情况，我们对各地诗词学会（诗词曲联协会、研究会、诗社等）及所创办的诗词刊物进行了广泛征集。无论社团级别、规模、性质，以每一个诗词社团及刊物为单位填写《当代诗词社团（刊物）基本情况表》。通过《基本情况表》反馈的情况，我们取得了六百多份社团（刊物）的最新数据，虽然数量不多，但却是一个好的开端。此次资料汇集，无疑有助于诗词社团研究的进一步展开。对当代诗词社团（刊物）的研究尚属于起步阶段，目前还缺乏这方面的资料汇编。此次将社团（刊物）纳入研究视野，是一个新领域、新课题。对当代诗词社团的研究，将促进现代文学社团研究的深入。同时，要真正全面反映近现代期刊史、社团史，也离不开大量的当代诗词社团（刊物）文献的整理。对当代诗词社团（刊物）等文献资料的汇编，将为现代文学史研究的深入提供宝贵的资料，更有多方面的学术价值和现实意义。同时还将为逐渐形成较为完备的中华诗词文献库，打下良好的基础。

通过对诗词社团及刊物基本情况的公开征集，收集到各地诗词社团及刊物的最新资料，从一个侧面呈现出近三十多年诗坛的面貌。目前已收集到的当代诗词社团，从地域分布上看，诗词组织覆盖了全国大部分省市，各省的诗词组织多少不一，有的省份较多，有的省份诗词组织建设较为薄弱，也有个别地区近之于无。成员人数有的多达上千人，有的仅有十几人，有的除有国内会员外，还有国外社友。这种分布的不均衡，正是区域文化发展不均衡的反映，也是历史、经济等因素限制的结果。不少省（市）的诗词刊物有多个，有一家社团主办两份以上刊物，或多家诗社联办一份刊物的情况，也存在有的社团未办刊物，或虽办有刊物但无主办社团的情况。出刊周期有月刊、双月刊、季刊等，也有不定期或少量停办（停刊）的现象。刊物开本以 16 开、32 开等较为常见。

从《基本情况表》反映的情况看，多数社团创办于二十世纪八十年代至今的三十多年间。很多已有一二十年甚至三十多年的历史。三十多年来不断有新社团涌现，这三十多年正是我国经济高速发展，国力日盛的三十多年。诗词社团及刊物大量涌现，虽有一些停办，但总体上呈快速发展态势，已成为一支文化生力军，为社会和谐和文化大发展大繁荣做出了积极的贡献。由于之前基础数据的缺乏，我们对一些社团尤其是一些中小规模的社团了解较少。通过本次征集，取得了很多资料和数据。一些社团因创办人年龄等原因已解散或停办，相关资料逐渐散失，将难以还原旧貌，对社团相关资料的及时收集和整理，因而显得十分必要。本次编选对当代诗词社团，尤其是近三十多年成立于各地的诗词社团组织及创办刊物的基本状况进行了"摸底"，经过收集、整理，并形成这一本资料集。有一些社团（刊物），未寄回表格，未能收入。还有一些因填表人不甚了解社团成立之初的情况，留有空白项，亦留下一些遗憾，留待以后继续编选和补充。令人鼓舞的是，众多诗词社团（刊物）积极响应和配合，在较短的时间内提供了较完整的资料，向他们表示感谢！并向多年来为我国诗词事业的复兴和繁荣付出艰苦努力的诗家同仁和基层工作者表示敬意！

各地诗词社团（刊物）提供给我们的最新（截至 2013 年年底）数据，将从一个侧面反映今日诗坛的状态。社团在不断变化中，逐渐形成一道靓丽的诗词风景线。当代诗词社团众多，对其概况进行全面了解和把握，将为我们了解社团的起兴、发展，探索社团繁荣之方提供依据。将有利于诗词社团（刊物）间的广泛交流与合作，促进社团工作和推进社团组织建设，壮大诗词作者队伍，促进诗教普及和推进精品工程。加强相互之间的联络与沟通，互相学习借鉴，在继承传统的基础上不断创新，共同探寻当代诗词发展规律，促进当代诗词社团健康有序发展。本次征集因时间关系及掌握资料的局限性，错漏之处在所难免，敬请读者和专家批评、指正。

《百年诗词精选》后记

传统诗词是中国文学皇冠上的明珠。早在西周初年至春秋中叶已有诗的出现。歌谣是诗的源头，文字产生后，有人记录下来，便是诗。诗的形成是由我国语言和文字的特征决定的，中国文字是方块字，有意可解，有韵可押，有四声可分，有音乐节奏。在几千年的发展过程中，诗词形成了一个举世无双的完美系统，具有广泛的表现力和适应性，并以海纳百川的气概"无日不趋新"，受到国人的喜爱。传统诗词是中华文化的精髓，为我们在世界诗坛上赢得了"诗国"之美誉，其题材之宽阔，内容之丰富，应用范围之广大，社会影响之深远，体裁之小，空间之大，在世界文学之中可说是罕见的。

历代诗人词家留下无数精品，现当代诸多国学大师和名家创作的诗词同样有珍贵的价值。现当代诗词，是源远流长的中华民族诗歌史有机的组成部分。近百年来，新诗逐渐登上诗坛正统地位，现代诗歌用白话写作，打破旧诗词格律，传统诗词处于被忽视的境遇。然而诗词以其顽强的生命力，一直绵延不绝地发展着。近年来兴起"国学热"，人们对优秀传统文化、对诗词的关注越来越多。诗词仍然可以表现当代生活和当代情感，传统诗词仍有其独特长处，有独立存在的艺术价值，所以一进入改革开放年代，便和者云起。诗词逐渐走出文人圈子，在各行各业平民百姓中普及，据粗略统计，各地诗词社团成员和爱好者群体达百万之众，全国诗词年产量过百万篇，约为全唐诗的二十倍。由于它短小精炼，便于创作和传播，更适应现代人的生活节奏，受到越来越多人的青睐，开始大规模进入网络。

近百年来的现当代诗词上承古代及近代，深深植根于中华传统文化的沃土，与时代同步发展，词创作成果丰硕，成就重大，当今诗词创作队伍不断壮大，传统诗词既出于知识精英之手，又为民间广大的作者和读者群体所喜爱，诗人词家们以传统诗词反映时代，其作品之题材与内容异于古人，多有革新。现当代诗词在内容、格调、技巧、意境等方面与古代诗词有异，尤其写古人笔下所无的题材，风貌多新，往往后胜于前。众多诗人作为探索者进行了大量的创作实践，辛勤耕耘，开创了诗词复兴的大好局面，对于中国诗歌的发展作出了自己的贡献。

现当代诗词创作近百年取得的成就，值得我们去珍视。现当代诗词是数千年来形成的人文精神和古典诗歌艺术在当代的传承，许多优秀诗人词家的思想品格与精美的诗词艺术一体浑成，达到极高的境界。在近百年文学各类体式中，直面人生、真切反映现实的诗词精品最有传之久远的价值。由于现当代文学史对旧体诗词的漠视，大量作者默默无闻，作品无人问津，使一些优秀诗人及作品未引起足够重视。

从文学史的角度看，古代诗歌史绵延不绝，而现当代缺乏旧体诗词的记述，只有白话新诗的文学史形成了一片巨大空白。今天我们将目光投向近百年诗词，关注这一时期的诗词及庞大的创作群体，审视现当代诗词的宝贵价值。诗词不但未曾中断，而且正在延伸。今天，诗词同京剧、昆曲、书法、绘画一样，展示着我们民族的文化与精神。与古代诗词不同，现当代诗词必然会呈现独特的风貌。作为汉字的延伸物，诗词是其他民族和国家所无的文化形态，应该忠实继承并努力发扬光大。

作为中华文化的代表性文学品种，诗词也需要不断创新。目前，虽然作者和作品的数量可观，但令人折服的佳作并不多。有精品才有吸引力、说服力，才能流传，这是共识。笔墨当随时代，作品要有时代精神。要很好地继承和创新，没有创新就没有生命力。与其他文学形式一样，更好地融入社会生活，为人民服务，忠实记录、深刻反映时代的巨大变迁，努力创作更多无愧于时代的优秀作品，是一个永恒的主题。

《百年诗词精选》重点收录各地诗词艺术家、诗词学会会员及作者的个人小传和作品，在关注现当代诗词重要作家、作品的同时，也关注普通作者的诗词创作成果。入编的作品总体质量较高，题材广泛，内容丰富，是众多作者多年创作的结晶，保留作者创作的原貌，作品类型有律、绝及古风，用韵有新韵、也有旧韵。但形式上的新与旧、风格的通俗与典雅以及格律的宽严、语言的雅俗等，并非检验作品质量的绝对标准，文学作品的思想内涵与艺术形式是一个有机统一的整体，唯有真正的精品，方具有永恒的价值。

近百年来的现当代诗词，是中华诗史发展链条上一个重要的环节，全方位、多角度地展示了二十世纪中华民族的历史，有重大的史料价值。诗人词家们善于继承，勇于创新，形成众多的风格与流派，具有丰富的美学价值。研究和学习大量的名家精品，有利于提高当今诗歌创作的艺术质量，必将促进诗歌创作向更高的境界发展。

时代呼唤我们创作出更多思想性、艺术性高的作品。诗词研究必以作者及作品为中心，本书的作者中有活跃在当今吟坛的名家和诗词艺术家，更有各地诗词作者，他们的大量作品或深藏于图书馆，或流散于民间，其中不乏精品力作。回首现当代诗词的百年历程，这里将留下无数诗人探索的足迹，可以说每位作者都是中国诗歌传承和发展进程中的一员。我们希望收入尽可能多的重要作者及作品，力求较全面地展示近百年来的诗词创作风貌和蓬勃气象，传承诗歌精神，为研究现当代诗词创作状况留下宝贵的资料。现当代诗词浩如烟海，诗人灿若星辰，由于水平及条件所限，很多优秀作者及作品一时未能收入，这不能不说是一个遗憾。希望本书仅仅是一个开始，希望有更多人来关注现当代诗词，关注诗词的未来与发展。

当今传统诗词已经复苏，随着国家综合实力的不断增强，国民素质的不断提高，我们将迎来一个中华文化全面复兴的伟大时代。在新的历史起点上，我们期望有更多无愧于时代的优秀作品流传下来，以承续我国三千年辉煌灿烂之诗史，为人类文明进步谱写新的篇章。

让我的真诚陪伴你所有的日子

——《共伞》专辑发刊词

朋友们好！

承蒙非鱼诸兄厚爱，今日有缘面对友谊和诗，除了落泪和感激，我还能再说些什么?!

我只有陆续将各路同仁佳作排满这期《共伞》（未排上的朋友，请注意收看下期），为我们共同的瑰丽而又坎坷的诗途，撑小小一片晴天。雪溶于泪或泪溶于雪都是一种美丽。编完这期稿件，泪已淌过多次，雪亦悄然消融，我已听见春的脚步声。

在欢乐的时候，让我微笑着祝福你；悲伤时，让我的真诚陪伴你所有的日子好吗？世事沧桑，唯有真诚永远在。经常保持联系，请相信，永远有一颗赤诚的心灵为你燃烧！诗进！

紧握阳光之手

——《太阳文学》丛书总序

我们在前方遥望着，那是刚刚升起的红日。唯一的唯一，像帝王或者万物中孤独的火。

我们心中充满了阳光的温暖……

我们用阳光般的手为你命名，尽管我们知道光芒毕竟是不可触及的。

我们仿佛听见透过阳光传达天堂的声音："要有生命的宽度和厚度！要有生命的宽度和厚度！"

阳光下，阳光下。在密密生长幸福和爱情。同时密密生长纪念碑的大地上，我们的心和大叶杨的枝丫一块儿在风中为一种崇高的信仰颤抖；昆仑山淘金汉走过的路上，那一道道白骨之光针一样刺进我们的灵魂；在茫茫荒原上，我们无法想象海高蜃楼，正如明知道世界上没有永恒的贫穷和永恒的光荣。于是，我们领悟幻想的力量，河流故域的黄昏里，面对一大片充满悲凉的废墟，我们的手指触摸到了历史的伤口，我们的额头长出第三只眼睛，透视过去和未来……

阳光下，阳光下。鸿蒙初开和世界末日，沧海桑田，诞生与死亡，爱与恨，善与恶，理性与本能，苦难与幸福，永恒与瞬间……一切的一切，全在万物灵魂的包容之中。

在这个无限广阔的世界中我们失去了自己，同时又找到了自己。在不断地失去了自己找到自己的历练之中，人的灵魂获得更新，获得升华，获得开拓。活着，就应该走遍世界（包括深入人类的精神世界），取得最丰富最深刻的体验，同时进行尽可能丰富、深刻的创造。生命才有可能上升到一种全新的充满魅力的境界。尽管这仅仅是一种可能，但，毕竟是一种可能啊。

那么，就让这种可能变成现实，让温暖的阳光擦亮我们的名字吧……

生命每天都是新的！

太阳每天都是新的！

飞彩流霞太阳河

——首届"青春杯"
全国诗歌大奖赛获奖作品集《太阳河》序言

太阳，青春。

太阳河，青春之河！

谁没有飞彩流霞的日子？谁没有诗情横溢的青春？从征稿开始至截稿，我们每天都接到一颗颗赤诚殷殷的诗心。我们读着信稿，仿佛与一位位挚友深谈。这一首首诗情浓郁、亲切感人、富有哲理性、思想性、探索性的作品，波光涟滟，汇成了一条碧绿的太阳河。我们非常感谢各位评委对大赛的热情支持，他们对初选作品进行了认真的复审，并写出了热情恳切的评语。我们也非常感谢许多文学前辈，他们百忙之中给予鼓励、赠言、复函、题词，给予我们信心。

我们谨从这几千件作品中精选此册，奉献给我们的朋友们。愿我们的太阳河，青春之河，投掷出十万金矢！

《诗帆高挂》后记

　　由《太阳诗报》编辑部、当代青年诗歌学会主办的"青春杯"全国诗歌大奖赛（首届与《当代青春诗选刊》编辑部联办）迄今已举办了三届，四月四日，又值《太阳诗报》创刊两周年，因此，《诗帆高挂》的出版，无疑更给诗坛注入一次新鲜血液。

　　期间，曾得到总顾问、诗坛泰斗艾青、原《诗刊》编审主编、著名诗人张志民的亲切关怀；顾问（含编委）、著名诗人、诗评家（学者）文怀沙、张同吾、柳易冰、姚学礼、蒋维扬、古远清、严炎、旭宇、谷未黄、桑恒昌、何首巫、柯平、孔德雨、赵得水、樊兆阳等及全国近二十家文学报刊的大力支持；以及《太阳诗报》的广大读者、参加三届青春诗赛的诗友们的真挚协助。

　　在此，我谨代表《太阳诗报》全体同仁向所有关怀、帮助和支持过我们的文朋诗友表示最真诚的谢意和诗的祝福！

　　诗路迢迢，让我们携起手来，共同走进这片阳光下！

《中国新诗群诗选》后记

编选《中国新诗群诗选》的设想是在几年前。因办诗报，和民间同仁、诗友往来频繁，接触和结交了许多献身诗歌、执着于缪斯的优秀诗人，他们绝大多数自费办报，为此付出了几多心血和汗水，他们往往在艰苦的环境中，守住心中的一方净土。他们的坚持令人敬佩，没有他们的努力就没有今天民间诗坛的存在和发展。对于民间诗坛，他们功不可没。

民间诗报刊是诗人真正的大地，她哺育了真正的诗人和真正的诗歌。我们为他们更为诗情所动，决意要编选一套纯民间诗歌报刊精品选粹，把影响较大、较有特色的民间诗报刊及其代表诗人的作品收录入内，使读者对民间诗报刊的概貌和风格有一定的了解。

至今几经周折，几遇困境，这种愿望终于变成了现实：这部《中国新诗群诗选》就呈现在你的面前。她是我们的，是诗人自己的，这让我们感到欣慰。她是对民间诗坛的一次回顾、一次总结和一次实力的选拔与展示，她汇集了相当一部分活跃在当今诗坛上颇有影响力的诗人的作品，它们将是我们研究、探讨现代诗歌的依据。

当代民间诗坛群星灿烂，本卷在编选过程中，像北京《发现》上海《南方诗志》同仁刊物《现代汉诗》等均因停刊时间早或其他原因未能收集，所选诗作也难免挂一漏万。由于各种原因未能入选的民间诗报刊请继续与我们保持联系，并推荐和选送有关资料，以便在下一卷《中国新诗群诗选》中刊印，使其具有完整性、集萃性、经典性。

本书的编选历时五载，几易书名。在编选期间得到诸多诗人、诗友、同仁报刊的深切关注与支持，成书之际，一并致以衷心的谢意。

愿我们的努力带来诗歌的真正繁荣。我们期待着。

关于《中国新诗群诗选》的报告

中国先锋诗歌艺术作为一种文化现象呈现，应该具有其内在的、相对封闭的、自我完成式的恒态机制。

——手记

一

三年前，我与青年诗人阿翔和雁冰联袂主编并完成了本书的初稿，只是因种种原因迟迟未能及时出版，直到今年，即将付梓。

初稿所列的民间诗歌报刊的同仁作品，我们总觉得有某种说不出的障碍。我们敏锐地发觉本书的初稿作品整体太杂乱，没有突出先锋意识的本质。因此按照我们重新设想的编辑计划，决定对初稿进行必要的大整顿，极端地删去了一些质量不高、群众文化普及的诗歌报刊同仁稿件，再从《太阳诗报》所收藏的诗词资料报刊，以及其刊发的在国内外具有广泛影响的"全国民间诗歌报刊社团诗作联展"专栏中，严格之严格挑选出一批具有价值的报刊精品（现选五十余家），增补、完善了本书的整体性。

二

　　"每一点滴的进展都是缓慢而艰巨的，一个人一次只能着于解决一项有限的目标。"（贝弗里奇）面对本书副题：《民间诗歌报刊选粹——先锋诗卷》，我们涉及到一个话题，那就是"民间诗歌报刊的先锋精神"，先锋精神作为正行进着的这一庞大的事实，它本身已经淹没了其牺牲性。但是我们不能不注意到一个事实：这几年时间大陆许多民间诗歌报刊纷至沓来，混乱得像美丽的百花园，急管繁弦，辉煌绚丽。而先锋诗歌——直处于一种倒退抑或停滞阶段，也可以说是诗人之间的一次自戕、一次自我蹂躏的过程。

三

　　"何为先锋"——这是令我们较为困惑的问题。其实，用一个十分浅显的道理来说：没有发展，就没有进步；没有创造，就没有新生。先锋纯粹是个体的一种精神本能的活动，"是对语言所支配的整个感觉领域的探索"（瓦雷里），很清楚，就捍卫作为人类天性之一的感觉功能来说，先锋诗歌无疑担负了更为艰巨的任务，可以说，这是先锋诗歌的天职。

　　自己出钱创办以报刊形式的很有价值的资料是孤独的，审美领域超前的进拔注定不能受到大众的关注。先锋诗人大可不必为此而浮躁，并且应该冷静地意识到如下的尴尬处境：先锋诗歌的被剥离、被肢解、被围困，根本原因不在外部压制，而恰恰在于先锋诗歌自身。捍卫、发展先锋诗歌首先是创作主体对自身的拯救。

四

本书收选范围仅限于中国民间诗歌报刊和发表在其上面的诗人作品，他们在这些内部资料刊登作品仅仅是圈内交流，有的作品从未曾公开发表，有些资料出了一期便宣告停刊。这些资料总有散失、发黄、损破、被老鼠"咬文嚼字"的时候，那样将会无法补救的。本书收入的大部分先锋诗人作品，较好地呈现了他们自身的语言素养。在这里我们解释一下，不能认为本书乃先锋诗人的全集，因为先锋诗歌艺术不断地发展，不论是何人或什么什么代，都仅仅是一种与先锋诗歌无关的符号。在《民间诗歌报刊选粹—先锋诗卷》的宗旨原则下，尽最大的可能从各种资料中挑选出优秀作品，着力建设诗歌集合的一大工程，建立平衡和公允的前沿。这正是我们编此书的目的，并且为它几乎倾尽了心血。

五

在本书二稿终审杀青完成后，我们发觉本书已具有了整体实力！它本身就包容了整个或者空白。另外，本书冷静地介绍与推出了这些先锋诗歌资料和流派的作品全貌的同时，也有一些资料因已散失或失传在民间，无法搜集到，因此未能收入本书，这一点我们深为遗憾。

面对本书这大群滑动的作品，我们不再多说什么了，我们只想把要自己做的事情干好。

欢迎批评！接受教育！

《我这十年》后记

我一直就有将最近十年（其实已有十余年了）发表和创作的文学作品整理出版的打算。——特别是除了诗歌之外的作品，此前我几乎没有怎么留意过。——因为爱，也因为恨。

记不得是从什么时候开始了（也许是命中注定），我与文学结下不解之缘，并从此就踏上了一条"凄冷而瑰丽的路"。自 1986 年发起成立泊逸诗社，1989 年创办《太阳诗报》（期间出刊 25 期，被评为中国十大民刊之一），发起成立当代青年诗歌学会，并在国内首次提出"当代青年诗"写作……想想至今已有十几年的光景，"弹指一挥间"啊。

世事沧桑。

当我 1992 年夏天来到北京，在中国作家协会鲁迅文学院进修；当我进入北京大学中国语言文学系研究生班，在世界一流大学内求学；当我应聘铁道部政治部党员电化教育中心被录用，专业文字写作和操作摄像电视编辑；当我进入中华诗词学会，并担任文化发展部主任（部长）；当我筹办、主编《诗词之友》杂志，编选《世纪诗词大典（一～十卷）》；当我现今又担任《中华诗词》社的广告部主任、又离开这个是是非非的时候，我知道，我已与中华文化永远结缘。

世事沧桑啊。

我用我的真诚换取你的真诚，我用我的快乐给你带来快乐。就这样，在太阳底下，我把我的心灵裸露着，我将我十年汗水凝成一朵浪花，或者幻化成一片云，一棵能让你乘凉的树。几经坎坷与周折，现在这本《我这十年》就这样摆放在你的面前了。并认真地等待着你的批阅。

　　愿你喜欢她，理解我。谢谢。

遗憾已经远去

——《第八印张》后记

在你读到这本诗集的时候，我的山大生活还没有结束。

至少，还要过那么一段时间。其实是我不想离开——这个诗意的校园，以及我的亲爱的同窗和先生。

去年因一种诗的心情，我有幸成为山大学子中的一员，有幸再一次如此接近诗，聆听诗。在我的生命里，已经留下了永难忘却的美丽和记忆。

今年的春天，当我看到《7 印张》和那些我熟悉的诗人和诗篇的时候，我知道，遗憾已经悄然来临。也许这一切，真的是遗憾吧……

有朋友说，其实，这也未尝不是一件好事。

因此，在就要与山大，与文学院，与小树林，与这个树林下或树林边的聚会和欢笑，也许是永远，也许是短暂的分别的时候，你手中的这本诗集，是我送给你的一份小小的礼物。

虽然很轻，希望代表我的心。

当你把这本诗集翻到这一张纸的时候，遗憾已经远去。

路，仍然很长，让我们从此都没有遗憾。

感谢所有。

守望集

诗参考，梦开始的地方

——《诗参考》（2005 年 12 月出刊）总第 23 期前言

诗参考，梦开始的地方。

当十余年的老友中岛兄将盛满诗歌的优盘递到我手中的时候，京城的夜晚渐渐降临。夜风中的他站在他供职的杂志社的院外的胡同口，等候迟到的我多时。

我是很忙的人。从十几年前开始主编《太阳诗报》，我的生活和命运，就已经和诗歌联系在一起。就像中岛兄这些年来，为诗的事业奔波、行走。其实，我们每个人都在为一个目标而活着，并且生存在这个世界。这个世界有太多的路等着我们去走。

就像今晚，我和中岛兄找了一家小小的酒馆，关于诗和生存的问题，我和他讨论不休。把一壶热热的北京二锅头，喝了个底朝天。到最后，我俩也没有讨论出结果。后来，是中岛他老婆我的嫂夫人骑着电瓶车过来，我们才想起要各自回家去做梦了。

月光下。或者太阳下。诗是生命中的一部分。时间永远是我追赶不上的敌人。我的生存状态，不允许我浪费太多的光阴。就连做梦的时间，都变成奢求。

这，也许是我们作为写诗的人的无奈的悲哀吧。

有十几年没有诗歌的陪伴了吧？抑或近二十年之久？前年的冬天，是中岛兄让我再次鼓起勇气去面对诗歌，去面对我永远的爱人。爱人总在忙忙碌碌中与我擦肩而过，今晚，是中岛让我与她不期而遇。我好感激。

《诗参考》如今就摆在我的面前，这么多的旧友，还有好多好多的新朋，正在为我们的诗歌事业而努力。当我接过这些兄弟姐妹的名字的时候，我的心里，充满了特别的兴奋和激动。我感觉，我做这件事情，绝对是一份责任。

厚重的诗歌，压在我的肩上，我不知道怎样做，才能对得起。我不知道我在坚持什么，付出什么，获得什么。也许什么都没有，是空。

喝完这些烈酒，相信一切都会明白了。

酒馆马上就打烊了。夜已深，人已静，星很稀。酒瓶也早就见了底。

我发现，我已经醉了。就像中岛，也已经醉了。

那么，我们该走了。各自再回各自的家。

握手道别，为了再次的相聚。在诗歌的海洋里，在诗歌的阳光里，在我们的《诗参考》。

有诗做伴，今夜好梦！在这个梦开始的地方！

有风经过的地方梦也不会平静

——《吹自江滨的风》序

为诗为人，我最崇尚的，便是真情了。

当我面对这厚厚一本子贮满真情的世中人、吴江滨的诗信合集时，心里不由激起千层浪，许多旧日往事和真挚的友谊像浮云一样又出现在我眼前……

许多时候，一份情感常常连自己也捉摸不透，一旦进入，陷在玫瑰花开的爱的境地，没有谁不能为美丽而陶醉，即使冷酷，即使凄艳。我是先读了世中人的诗，又读吴江滨的诗的。然后，又从头读至篇末，总觉得自己有些话要说。"情感专递"是他俩人的书信摘录，从中，我看到了两颗赤诚之心，为诗为情而永不停歇地跳动着。又承蒙世中人嘱托，便将自己的心迹写下来，权作小序吧。

与世中人通信有两年多了吧。同是诗路人和报人，相处的也就十分的好。世中人小我几岁，每次他都把由他主编的诗报寄给我，让我这不称职的诗兄教正。从报上，也不难看出他对诗的执着和他为他的挚爱所付出的一切。与他真正的深交，可以说，就在我读了他这本与吴江滨合著的专集后，因为心有同感，我才明明白白了他的真实。认识吴江滨，则纯粹是这本专辑，对她，她的诗，我是一直用心灵去读的，和世中人一样，每读一遍我便感受一次心灵的撞击和洗礼！我想无论是谁，都会被其中的真情点燃……

世中人、吴江滨、祝福你们，祝福诗，祝福人世间永恒的真情！

祝福诗歌祝福爱情

——马永康爱情诗选集《软风》序

惊涛拍岸的商潮，以它必然的巨浪，冲刷着人们的灵魂，撞击着人们的心灵。诗歌，则以崇高的精神崛起，耀眼的光芒在新世纪的峰巅之上闪烁。

诗歌，以其最本质的力量成为自然规律的音乐体现，或雄浑深沉，或昂扬悲壮，或哀婉真挚，或情真柔美……无不闪现人类智慧的灵光；诗人，时代的预言家，将在新世纪的舞台上舞蹈歌唱，呈现最真实的自我和灵魂。

诗人写诗不易，而为诗人更不易。与洛阳诗人永康的相识是通过几个方面，并逐步对他的人品和诗品有了一番较为详尽的了解，尤其知晓这本《软风》爱情诗选已是他近年来出版发行的第八本诗集后，更让我为他感慨不已。

在当今物欲横流的局面下，难得有这一份对缪斯女神的苦苦追求，而从这本爱情诗选集里面，更不难看出诗人对情感世界的追求和细致的体会与把握。

我承认写诗必须注重情感这句话，并深信诗是诗人感情与心灵的代表。没有激情，即便是费尽心力也未必能写出一个好的诗句，好诗无疑都是情感的凝聚。因此，我对独具感情色彩的爱情诗仿佛有一份隐隐的偏爱。

爱情，是诗人们吟唱不息的永恒主题。从古至今，令多少人魂牵梦系，如醉如痴，在人间不知诞生了多少可歌可泣的优美的爱情故事。诗人祁人曾说过"爱情是不可借鉴的"，纵观这本《软风》，全部都是以爱情为主题，以"软风"为意向和题目，洋洋百首诗，从中一定可以领悟和获得一些有益的东西；难忘的软风、俊俏的软风、纯净的软风、如水的软风、平淡的软风等等，真个感情真挚，清新如风，让人读了浮想翩跹。

生命诚可贵，爱情价更高。作为一个诗人，我更钦佩作者对诗歌的孜孜以求精神，以及为诗歌的发展和诗歌的事业而做的不懈努力。诗，为我撑着雨伞，于是才让我有了一片晴空。在黯淡的日子里，有诗闪着光芒。

爱情是永恒的，诗歌也是永恒的，而这本《软风》爱情诗选集，让我说声永康，祝福你，祝福诗歌，祝福爱情。愿一切都那么美好！

你是梦的主人

——读诗集《青春组合》给诗人轩扬

　　第一次见到轩扬的时候，是在一个朋友组织的一次文学活动中。他个头不高，但气宇轩昂，卓尔不凡，一头长发，脸上戴着宽大的眼镜，下巴还留着很文学的胡子。听别人介绍他的情况，他总是一脸严肃，偶尔也会不自在地像个孩子般的纯纯地笑笑。他姓曹，参加会议的人都叫他"小曹"，这个称谓听起来有些过于随便和亲昵。这个看上去有些老成其实很青春的小伙子很腼腆也很勤快，整个活动不时看到他跑前跑后的身影。据说他曾在《人民文学》做事，目前是一位写手，多才多艺的他，写过多部大部头的人文类社科类经济类等等的专著。而，让我深深记住的，轩扬竟然也是一位热爱着诗的诗人。

　　轩扬说他喜欢读诗，喜欢写诗，也一直在写，写到现在。当他把厚厚一叠《青春组合》诗集清样递到我的面前时，内心不由涌动起一股莫名的感动和幸福。被他对诗的痴愚和真诚，也被他诗中所透射出的深情、率真、纯粹、乐观、豁达所感染。我心里一阵一阵感慨。轩扬让我重新找到诗人，找到我的从前。

《云说爱情没来过》：

　　云说爱情没来过/爱情来过/云闭上了眼睛

　　这是多么简单而又深沉的爱情啊。每个人都有年青，而轩扬的青春，是那么的纯真。

《爱能不能不说》：

就在你一转身／擦眼睛的瞬间／我发现／自己爱上了天使／／

我在一个无人的地方／等你／等你穿越一条／无人的长街／／

爱，从心里出发／情，在纸上流淌／我在一个没有人的地方／等一条／围巾的第一次色彩／／

看不见飞鸟的／翅膀／唯独眼睛／在绿荫下／瞎了

我接过他的诗集说一定给他写些东西的时候，正是我这一年里最忙的月份，很少能静下心来。去认真地读、仔细地倾听他诗中流淌着的爱和真，却是在忙忙碌碌的路途。轩扬的诗集，我每次出远门，都带在包里，时常在闲暇和短暂的人生空隙，去注视和默诵。轩扬的诗中，有好多充满怀念和挚爱的诗篇，让我的心一次次潮涨潮息。

《一个人不哭》：

一个人不哭／走来的路／再长、再远、再久／也要默默地承受／／

一个人不哭／尽管肩上的肿／与脸上的黑／已被田垄上的黄昏和黎明／撕得粉碎／然而心灵／仍找不到来时的路／面对生活／一个人不哭／／

是啊！一个人不哭／再长的路／再远的风沙／也要紧紧地攥着拳头／坚强地去走

轩扬十几年的离乡背井，行走如风。他追求"生活中的诗意美，诗意中的生活美"，诗与爱情一次次光临他在京城郊区的小屋。他与漂泊为伍，与诗同眠，爱和恨都是瞬间。他的诗集里面，不仅有爱与恨的单纯，心和心的交流，更多的诗篇富有对人生的诠释和生活的哲理。

《盲人》

道路上没有光明/心坎里总亮着一盏灯/泥泞的前方/有没有一个向导//

盲人经过的时候/路/能不能睁着眼睛

诗人都有一颗童心！诗人除了用诗的眼睛看世界，还在心里有一盏明亮的永不熄灭的灯，那是用诗点燃的。相信在诗人轩扬心里，也永远保存着一块青春的小小梦园吧？岁月不老，青春不老。诗在，青春永在！

精神的饥民，诗情的富翁

——读牧翰《一个精神饥民》

与牧瀚相识于十余年前，当时他还是一个翩翩少年。认识之后，知道他来自东北大森林的边陲小城，酷爱诗歌，他不但写诗，也在一个小报上编诗。对他的诗作印象不深，只感到清新亮丽，但不够深沉厚重。后来听说他回到东北创业，搞起了网络文学。经诗人脉峰联系，又得以在京见面。回到济南后收到他主编的刊物《网络作品》的同时，又收到他这本《一个精神饥民》的诗集。应了一句老话："士别三日，当刮目相看"。打开集子，我为他的内心痛苦与忧伤而感叹，为他浓郁的诗情所打动，也为他笔下多彩的意象而感到新颖。

美国诗人庞德在《严肃的艺术家》一文中说："诗人之所以是诗人，就在于他具有一种持久的感情，同时还有一种特殊的控制力。"（见杨匡汉、刘福春编《西方现代诗论》，花城出版社。）我认为牧瀚就是一位感情持久且贯串于全部诗作中的诗人。而他的感情又非泛泛地、不可捉摸地存在，而是经过艺术的控制与把握，以多种意象作为载体，生动地展现出来。

他的意象选择有以下几个主要的客体：与古楼兰有关的风物、人物；飞翔、受伤、蛰伏中期待重上蓝天的鹰（他曾用笔名北鹰）；孤独的小木屋；大海和海边的景物、村舍等。但他不是意象的奴仆，而是主人。其目的正在于凝聚或折射自己的诗情。

比如关于古楼兰的意象，是诗人从虚空中想象出来的。正因诗人内心的痛苦与忧伤，以及社会上种种对真善美伤害的假恶丑的存在，从而使他处于一种迷茫与精神的漂泊之中，因而，他像英国的华兹华斯等湖畔诗人那样，要从大自然或远古的田园中去寻找自己的精神家园。古楼兰本是汉代西域的一个城国，是通向大宛国的必经之路，在荒漠的罗布泊之西，但后来却被战争和风沙湮没了，只留下一些残破的古城遗迹。唐代诗人岑参《胡笳歌送颜真卿赴河陇》诗中有句："吹之一曲犹未了，愁杀楼兰征戍儿。"可见其荒凉。但这种荒凉却和古朴、纯真一同存在，正是诗人内心中的精神王国，因而他自比为楼兰王子，他怀念楼兰姑娘和那儿的风沙、戈壁、驼铃和花香鸟鸣，把人们带入一个美妙的诗境。他在《我是楼兰王子》中唱道："我是来寻找流落民间的信物。那是楼兰城的传城之物／我是楼兰王子，只有我／才能让古城楼兰恢复原貌／但我必须找到那个翠绿色的信物"，当然，那信物必是镇国的玉玺，也是诗人内心理想的象征。而他在《楼兰，给我灵感与启示的远古美人》中又歌唱："楼兰。我心中的圣地／四千年前约定的女子就在这大漠风沙的梦幻之城／你是我唯一的渴念／你是我不朽的歌谣与月光下圣洁的天鹅"。这美人，自然是虚指，也是一切美好事物的象征，正如屈原《离骚》中的"美人""宓妃""有娀"等，皆非特指，而是诗人内心之美好理想的象征体。至于《楼兰姑娘》中那对往昔美好爱情生活的回忆更是虚幻中自己感情寄托的具象化："昔日月亮中的少年已随古城／淹没在大漠风沙之中。冰清玉洁的／楼兰姑娘从此蒙面而生／眸光中露出的都是美丽和秘密／快乐和忧伤／／存在与沉浮的楼兰是光阴瞬间的擦痕／脚印中的驼铃是我与楼兰姑娘／千年前私订终身的证明。在一个／彻夜无眠的月夜楼兰姑娘一身洁白露立中霄。"这些生动的描写创造出的情境，正是作者感情倾泻的突破口，也是载体，是情与象的结合。

　　作者还在一系列的诗的意象中，把鹰放在突出的位置，这鹰已不是大自然中搏击云天的普通的鹰了，它受过伤害，折过羽翼，但复元后重飞蓝天去追求自己的信念，有时它也孤独，渴望着他人特别是异性的爱抚，因而它是诗人心灵的外化，是作者生命力的象征。这在诗集的第二辑："你的温柔是含泪的鹰"中有多层次的表现。如《寻找庄园——献给鹰的十四行诗》，鹰寻找的庄园正是诗人脑中幻想的乌托邦之境；《你的温柔是含泪的鹰》则写了在小木屋养伤的鹰是如何在异性温柔的抚爱中又奋起："鹰翅折断时奔流而出的/血，是为了自由为了重新开始"，这正是作者内心的宣言；《是鹰，不是大鸟》则显示了鹰的高贵。"我看到空旷中升腾的/利爪。是鹰，不是大鸟/也只有鹰才能抗击暴力和/征服一切。而大鸟只能渐渐老去"，鹰尽管疼痛和忧伤，但却不会屈从命运的摆布，正如普希金在他的《囚徒》一诗中写的啄食的但被束缚的鹰鸷，呼唤着被放逐的诗人一齐飞走，飞向自由的天空，到那只有风一同散步的地方。牧瀚诗中不断出现的鹰的意象，既是诗人感情的寄托，又是诗人理想实现的载体。

此外，牧瀚还写了一些悼念亲人（早逝的妹妹）、怀念友人、为少年时轻率地抛弃初恋的姑娘而悔恨的诗，读来也令人荡气回肠。这些诗不仅感情激荡其间，而且实现了作者一颗真诚的心灵，令人心动。总之，牧瀚尽管自称为精神的饥民，但却有丰富的诗情，堪称诗情的富翁，这正是一个诗人必不可少的素质。当然，诗情的表达又可多种多样，这就需要艺术上的钻研。牧瀚在这方面也取得了可喜的成就。

一部抒发人内心情愫的诗集，不应要求诗人去表达更多的社会内容。但是，我还是希望牧瀚在诗的题材上多加开拓；此外，抒情方式、艺术手法也应更多样化，古今中外的一些名著、名篇，当可为他提供更多的借鉴。是所至望。

精神的饥民，诗情的富翁

亚当的音符

——诗人王永柱诗集《阳光的味道》序

闷热的一天，著名作家、篆刻家万玉德先生突然上门，带来诗人王永柱的诗稿《阳光的味道》。物欲横流的今天，中原文坛的王永柱还虔敬地在诗歌的殿堂里朝觐，着实令人欣喜，难得的文学赤诚！

诗歌女神从来就是喜欢有精神的人。这种精神，就是对文学持之以恒的不倦追求，就是抗拒各种诱惑寂寞地走进炼狱，到人类灵魂的高地上凤凰涅槃！一个诗人，一个文学士兵在市场经济里的意识形态突击，没有那种苦禅和痛悟，没有这种贯穿历史、纵横时空的精气神，岂敢幻想女神的青睐？

细读永柱的诗歌，他把尘埃落定的 100 个男人一个一个地复活，沿着中国历史的坐标分门别类地走到我们面前，让我们重新审视。从三皇五帝到平民精英，从科学家、思想家到武士、商人，从孝子、义士到神童、球迷……在 100 个男人的方阵里，可以看出永柱在诗中的纵横，不仅属个人化抒情，更非孤立的艺术现象，其思想根基表现为一种灵动的人文关怀，同时在文化的沉思中表现出了个性自由精神和崭新的生命意识。如《伏羲》："你最终当上东方天帝/充分说明了/华夏儿女传递着源远流长的孝道/炎黄子孙接力着五彩缤纷的礼仪"其诗中所诉所寄的情愫、穿跨时空的言语以及主观认识所折射出的审美特质和哲学深度，都让我有了一种与诗人灵魂共舞的冲动。如《有巢氏》："让潮湿的山河潮湿记忆//让晃荡的树枝晃荡寂静/自此，风雪不怯/自此，日雨不惧/自此，豺狼不怕/你建起的是屋舍/你筑起的是文明"；再如《黄帝》："你开启了人文历史/你关闭了愚昧荒蛮/一个伟大的民族/在你的身后/在你的名字下/自此站立成亮丽世界的风景"使读诗的感觉形成一种对撞和悬空，又以低飞的姿态，降落在民族精神的高地上。

永柱的诗歌又给我一个最直接最鲜明的审美体验，就是悲悯和疼痛。如《刑天》："——悲愤刑天……/为朋友两肋插刀/为哥们抛却头颅/——刑天早已做出了榜样/——悲情刑天……/同情要有尺度/义气要有分寸/——刑天早已得出了启示/——悲剧刑天……/舞动的是干戚/挥动的是盲从/凭一时之勇/逞一时之气/图一时之快/小不忍则乱大谋/——刑天早已留下了古训/——悲悯刑天……"；再如《岳飞》："他的悲剧已然注定/他的忠烈欠缺灵性/沉冤了几千年的风波亭/明看是奸佞误国/实却因触犯皇忌"诗歌沉实内敛，典雅庄重，向下崇低，但这种内倾、向下、崇低，不是后现代的呓语和意识流的虚幻，更不是下半身写作，也不是日常烦琐庸俗的表述，而是缘于他近30年孜孜不倦追求诗歌的真诚、美好、尊严的心灵探秘和通灵诗意的发现，或许此就是诗人的生命之根、艺术之根！

永柱游走的灵魂在鲜为人知的诗歌驿道上与词语进行着推心置腹的交谈，内心始终沉淀着忧郁和愤慨，只有面对这些作为意象的符号才能传达对缪斯的崇拜和内心能量的释放。如《禹》："破坏了禅让制/开启了世袭制/修筑水到渠成的条件/为儿子建立王朝奠基/你极端自私的改革/却让历史的步履向前迈了一大跬"；再如《夏启》："为社稷创建的国家机器/为江山创设的国家主义/使人类对财富有了新的理解/使人类对尊贵有了新的追求/至今，社会仍沿袭/延续了几千年的阶级社会/你至高无上的历史贡献/却被天道仇视/却被王道漠视"成功地运用逆向思维，打开了一个令人耳目一新的世界，这是永柱诗歌的又一个特色。如《徐庶》："为哥儿间的一句戏诺/甘愿进曹营/一言不发/一计不出/绝世的才华/绝世的机遇/可惜地白白浪费"；再如《马谡》："……勇者，马谡/……叹者，马谡/悲者，马谡"，再如《荆轲》："为朋友的识后相知/为哥们的桌前承诺/生命不再珍惜/刺客的形象/表演得光彩照人/你流芳了千古/你留下了千古遗憾"；再如《刘邦》："不惜辱母/——声张白蛇之子……/又丧人伦地斩蛇起义/……愚忠的良将派尽了用场/又惧功高盖世/揭开披在身上的羊皮/却是借夫人的手/替他承担了妒灭功臣良将的历史狼名"；在《刘备》中更是娴熟地运用了这种思维："与关张结义/离开桃园/就开始利用他们对自己的死命追随/谋取自己的福利/……厚着脸皮三攀草庐/活生生把一个手眼通天的绝代隐士/诓哄到自己的麾下/让他为自己的野心一生奔命/让他为自己的傻儿奔命一生/……想利用人家又怕久后生变/托孤时同托俩人/让他们竞相尽瘁/使他们互相监督/……一生最大的优点/就是有难或办不成事时/下贱地作出小女人状/以卑贱的哭声来软化男子汉们的铁石心肠"。永柱诗歌所创造并形成的陌生化手法和崭新的艺术旨趣，不仅在中原文坛，也为中国诗歌开辟了一条更加宽广的道路，为当代美学观念的转变提供了凭据，更为新诗艺术在表现形式上提供了多元化的可能。

　　新世纪中国民众大国情结的心灵的苏醒首先在诗歌中显露出来了，个性化抒情分明是对中国历史与传统的审美意识轮转精神的承继与张扬。如《孔子》："当东方的晨曦/点燃了昧乱的春秋/你勤学苦思的智慧太阳/照亮了神州大地/……你的思想早已越出国界/光闪闪/亮晶晶/在人类思想宝库里占据显要的位置/你的名字成了儒家文化的专用词/你的形象成了东方文明的代言人"；再如《孙武》："用高科技称霸全球的美利坚/超级高端的权谋者/已在解读你兵法的真谛/你的明哲大理/今已成全人类所共有的智慧"宅心仁厚的民族精神，跃然纸上。从艺术的脉络上看，永柱的诗歌与中国二十世纪三四十年代的现代主义诗歌有着相互的衔接，特别是现代派诗人戴望舒等人的诗歌（讲究内在的旋律、意象的原则暗示性与朦胧美），九叶派诗人穆旦等人的诗歌（凝重、充沛、坚厚的主体精神），对八十年代舒婷、北岛为代表的朦胧诗也有着积极的影响抑或心灵的感应，对朦胧诗后时代的更多传承与融合，诗人恰到好处地熔铸了群体意识与时代"代言人"的角色内质，又尽情发挥着个人化抒情的潜力和持久性，摆脱体制化立场，追求思想与艺术上的审美自由，同时又意味着对个体精神的坚持，意味着保持个人写作的纯粹独立性。永柱诗歌的创作追求便因循了这样一种自由。不论它的前期探索还是它后来的自觉原则，都紧密地恪守了这一立场和旨趣，呈现出了他个人的真正独特的生命经验，用自己真诚而纯粹、忧郁和达观、同情和激情的融合构成了一个真正的诗人，让每一行文字都宛若黑夜里的一烛火，在比黑夜更深的灵魂深处，以贴近生命的土地、顶礼膜拜缪斯的姿势，照亮别人的同时也照亮了他自己，在一曲"亚当的音符"上，流动着孜孜不倦、上下求索的人文精神。

燃烧的大地

——《大地诗选》序

诗到如今，它的存在让我多么尴尬。

诗歌已失去了它那原本红润丰腴的脸颊的光泽，显得更加苍白，太多的人在为世俗名利奔波，太多的人在金钱和物欲中一比英雄，还有谁能够顾及贫穷而破落的"贵族"诗歌呢？我为缺乏诗意的生活感到悲哀，作为一个真正的诗人，应该怎样去关爱诗歌这个日渐消瘦的孩子？

我近一段时期以来苦苦思索的一个问题就是：什么样的诗人才能配得上"诗人"这个称谓？

从1986年的"现代诗大展"开始，诗歌的潮流是一浪又一浪，而今，代表文学经典（或称为顶峰）的诗歌的发展，却越来越令人难以理解；诗人头上耀眼的光环也已失去了它往日的风采。随之而来的是，曾广泛引起关注和殷殷期望的民间诗坛，大片大片的诗在荒芜，诗报刊在停刊。诗人们在自恋，诗人们在沉思，诗人们在哭泣。

歌星、影星一旦成了明星就被推上大款、大腕的宝座，诗人因真诚而被物质的洪流掀到沙滩如同那美丽的贝壳。我不为明珠赞叹，也不为贝壳骄傲，我们生于海，却将被海所遗弃。这海是日益的汹涌和浑浊了，我在寻找内心深处的家。

当我在1995年的岁末，接到《大地诗报》编辑部编从故乡邮来的厚厚的《大地诗选》的编选稿时，我知道，我所深爱的诗歌，已经并且继续有那么多的诗人在一直深爱着。

我用了整整三个晚上，把书稿细细地读完。这里我用一个比喻：《大地诗选》正如一匹雪地里奔腾的黑马，掠过燃烧的玫瑰林，并让上升的抒情，变成韵律声声的大地颂歌。其所收入的诗歌，内容涉猎了爱情、乡情、亲情等方方面面，语言与诗的纯粹和蕴意，在这个寒冷的冬天，再一次深深把我的心灵打动：

"感于现代的文明/死神与我们/空前的接近……""无雪的冬天回忆很快就要抵达/夜晚的诗歌持续到明晨的风起……""垂首的稻穗/这谦逊的品质/让我铭记阳光的美丽……""灵魂的墙壁光洁明亮/想象草原上的牧歌/生与死都是我的情人……"

而换另一种角度，在诗的情感上也独具风格：

"给你写信/就如墙里开花/美妙在另一边……""在淤水里渐渐发黑的桩/在我朦胧的记忆里/是一个个没有路标的站牌……""不可抗拒的寂寞的忧伤/站在村头的入口/看见树叶招展……""那永不为雨所伤的/不是花或花后的人/是与春雨共舞的雨风筝……"
……

无须再说什么，在世纪之末，诗歌的光芒已不再那么耀眼，而这部《大地诗选》的编选和出版，正如夕阳西下时在天际燃烧起来的那一朵朵火红火红的云彩，充满希望，绚丽而又永恒！

执着地热爱诗歌的诗人们，让我们祝福我们自己！

一样的眷恋一样的深情

——程家弼《秋实笔记》序

摆在我面前的是程家弼先生的文稿——《秋实笔记》。看了他写的《前言》，知道这是一本关于工作、生活、事业与人生的书。厚厚的文稿，融入了作者对人生和社会的思考，折射出作者的人生观、价值观。有对时代和民生的关注，有忧患与责任，更有希望与追求。

程家弼先生是我忘年之交的好友，嘱我作序，本不敢当。然盛情难却，只得从命。品读那一篇篇不同时期的作品，感受着他的工作、学习和生活，仿佛又回到峥嵘岁月，感受精神的洗礼，激荡爱国主义情怀。

作者从事政协工作二十年，用自己的宝贵人生经历和感悟，为我们抒写了一曲时代高歌。书中的作品很多是作者在报刊上发表过的文章，记录着他的观察与思考，从中亦可窥见作者的勤勉、尽职、克己和公私分明。他心连社会，情系人民。正是对人民、对事业的忠诚，使得他在勤奋的工作中，实现着自我的人生价值。

读一本书，犹如打开一扇窗，了解一段历史和人生记忆。作者用平实的语言，叙述着那一段段如歌的岁月。阅读本书，国事、家事、天下事，皆牵动着作者的心。有对社会的责任，对家乡的热爱；有对现实的深刻反思，对和谐社会的美好祝愿；有呵护环境的公民意识，有关心民生疾苦的人文关怀；有珍惜生命、老有所为，实现人生价值的信念；有道德和良知，有友谊和亲情，更有强烈的社会责任感和使命感。

这是用真诚写就的丰盈人生。服务社会，为大多数人谋福祉，以实现人生价值和社会价值。

"只期盼社会形成高尚的道德氛围，人间吉祥如意；我只想为加强道德建设添一声呼吁，尽一点心力。"作者倡导精神文明建设和道德建设，《道德指南》给予我们精神的指引，以树立正确的人生观和价值观，堂堂正正做人，培养优良的品德，无愧于社会。

"一切有识之士，都要心系国事，关心社会的繁荣进步，并为之建言献策、出力报效，共同致力于国家的富强……"——作者正是这样的践行者。

诚如作者在《感悟人生》中所说："做个好人"应该成为我们的一种人生境界。是啊！做个好人。无论是从事教育工作，还是从事人民政协工作，他数十载兢兢业业，生活上从严律己，工作上恪尽职守。从不搞特殊，不占公家的便宜，毅然放弃公费出国访美的机会……我心中浮现出一个好干部的形象。

数十载勤奋耕耘，无论是工作、学习、生活，还是退居二线以后，他都以积极的人生态度，谦虚好学，孜孜以求，享受着充实的人生。有为人生，无愧人生。三十万字的《诗话皇帝》，全部是手写，写了三稿，用了作者六年的时间，倾尽心力。夕阳红的人生境界，不老的情怀，更是引人深思。

作者用丰富的人生阅历，带给我们（尤其是年轻人）有益的思考和人生的启迪，我想这正是本书的价值所在。扬正气、促和谐。社会需要这样的声音，需要纯净的文字，来涤荡我们的心灵；需要鼓舞、需要引导，才可以避免偏离，不在过多的物质世界里迷失，不在精神道德的天平上失衡。

崇尚高尚品格，呼唤人间真情。燃烧自己，照亮别人。怀着一颗感恩的心，奉献余热，继续造福社会。这份理想和信念，让人感动。

秋天，沉甸甸的，带给我们更多的是思考：思考世界和人生，价值与意义，得与失，善恶和美丑。秋天来了，默默的、静静的，垂挂的果实，带着甜美的收获，给这个世界以喜悦。果实成熟了，散着芳香，在秋日的晴空下，舒展、呼吸，平稳而坚毅。

我想，正是那一份眷恋和一份深情，让程家弼先生收获了金色的秋天——《秋实笔记》，同时也带给我们深深的感动和启示。

是为序。

笔底乾坤一梦驰

——《小共田诗词小集》序

　　我翻阅了黄成丰先生著的《小共田诗词小集》（下称《诗词小集》），觉得黄成丰先生不但是一位年轻时善于搜集文史资料、热心留意和钻研的诗词爱好者，而且是一位晚年成器的诗人。作者几十年来在党、政、军岗位上任职，能够利用业余时间，先后创作古体诗、新诗二千余首，这是难能可贵的。记得 2012 年春"最美庐山"采风活动，短短几天，他竟然创作了 52 首诗词作品，令人惊叹！可见他十分勤奋努力。近几年来，他先后参加北京、庐山、炎帝神农杯、济南二安杯、张家界等地全国性诗赛和诗词论坛活动，积极创作出大量诗词作品并有获奖。现在他又重新整理出不同时期具有代表性的作品四百三十多首，以《小共田诗词小集》命名，即将付梓。在此，我表示热烈祝贺！

　　从《诗词小集》的诗作上看，作者诗词创作的造诣较深，有许多诗写得都很好。如《献给九江市政府》（四首选一）："浔阳北望江湖涌，背靠匡庐百态姿。四誉驰名携谷米，七联外域系浔嵫。名人巧墨千龙迹，淹笔悠幽百景祠。自古今来名圣地，春风奏曲舞雄狮。"这首诗把江西九江市所处的地理位置、特征及其未来的发展前景，只用了"四誉""七联""百态姿""舞雄狮"等生动词语给予淋漓尽致的表达和概括；再者，作者在处理时代特征与艺术创作上，基本达到了有机的统一。

又如《观光三叠泉》："飞流千尺卷狂澜，撼地摇天叠浪山。反腐倡廉依此势，人间哪有臭狼贪？"作者先借三叠泉飞流瀑布"卷狂澜""撼地摇天"的壮观自然景象，后婉转寄托，希望出现"反腐倡廉"的新局面，使"狼贪"无藏身之地！这是一首前后呼应而巧妙地把描写自然风光和时代进取精神有机统一的艺术诗作。

我注意到作者诗集中作品的时间跨度，从1961年到2013年共五十余年，跨越了半个世纪。整个《诗词小集》反映了作者在各个时期从军、从政留下的足迹。这不仅是他对自己军人、国家公务员生涯的回忆，也是他诗人生涯的展示。从这个意义上说，作者的这部《诗词小集》，是从某个侧面陈述着诗人自己的传记。

作者自称"生来有五好"，我想或许正是"好奇、好看、好记、好写、好保存"的性格，让他始终保持年轻的精神世界，并不断去创造、发现和丰富着这个世界，也丰盈着自己和身边亲友的生活。《诗词小集》中有个别首诗，在用词、组词上还欠妥。然而，这部诗词小集，总的来看，是一部有骨有肉能反映时代特征的好的诗词集。我祝愿他在今后的诗歌文学创作上取得更大成绩，更上一层楼！

黄成丰先生要我为他的《诗词小集》作序，我欣然接受。现就一些感受写出来，赠送给黄成丰先生及其读者，作为诗集付梓之际的开头语。并附上小诗一首，与诸君共勉："四季征程汇小诗，万千雅趣动幽思。问君何处风光好，笔底乾坤一梦驰！"

穿越时空的音符

——《中华成语谣》序

    曾国祥先生是我的一位诗友，一位温文儒雅的长者。今年春天我在庐山诗词采风活动期间，又有缘与他相聚，他拿出自己新编著的一部书稿给我看，《中华成语谣》——我不禁被书名所吸引，翻看起来。成语，多么熟悉、又多么亲切！仿佛又回到孩提时代，那美好的学习与童真的日子中去了……

    将成语归类，八句一组，编成歌谣，易于传唱。并配有几十幅卡通形象的插图，把一个个成语故事，演绎得生动传神、呼之欲出……我从事诗词工作十几年，还是第一次见到这种歌谣形式的成语组合，看着这些，我有些爱不释手了，曾先生又嘱我作序，我不揣冒昧，应承下来。

    以歌谣的形式叙述成语或典故，通俗易懂，意境深远，对于促进青少年以及广大读者学习和运用中国成语，大有裨益。把成语写成民谣，易于传唱和在青少年中传播，再配以精美的卡通插图——既现代、又古雅，成语是几千年文明的凝聚，卡通画又是极其现代的表现形式，二者结合，一定会为众多读者所接受，可以说是寓教于乐。

    书中编入了300多个典故，将近千个成语韵律和谐地连缀成144首歌谣，希望人们读了之后，还乐意诵记传唱，真正成为"歌谣"。我不禁惊异于编者独到的创意，之前恐怕还没有人这样做过吧？

    成语大都来自古代文献，在语言表达中有生动简洁、形象鲜明的作用。有些成语蕴含着极其丰富的精神内涵，简短精辟，易记易用。如"自强不息""厚德载物"等，朴实无华，经久传唱，可以说是对中华民族精神的经典概括，对后世有着深远的影响。

回到北京，虽然又忙于各种事物，但有空的时候，细细品读那一条条成语和一幅幅插图，总会感到一阵放松和惬意，它让我快乐，也让我思索。因为成语不是说教，它是一则则经典故事；成语谣更不是说教，它是歌谣，是民间的，是生活的，是身边的故事，真实而可信。它就发生在我们中间，它离我们并不遥远。它是古代先哲的智慧结晶，蕴含着丰富的人生哲理。

物质文明高度发达的今天，人们更离不开精神。可以说，成语不知不觉中塑造了我们最初的人格。成语典故是国学之精华，因形象、生动而发人深省。融入我们血脉的中华成语，是中华民族的宝贵精神财富，是专属于我们中华民族的、独特的文化，只有炎黄子孙才能深切地体会它的"味道"，这是地道的"中国味道"。我们要珍视它、传承它，充分发挥这种优秀传统文化的影响力，才不辜负这几千年文明的积累，才会让国人的智慧指引我们今天的行为。

作者匠心独具，在浩如烟海的成语中提炼、整理。归类为"立志、立德、立功"总篇和"仁、义、礼、智、信"五个分篇。经过梳理以后的成语"各就各位"，精心选择的成语典故，共同为我们诠释着这样的主题——"仁、义、礼、智、信"在当今社会并未过时，"立志、立德、立功"也应该是对人的基本要求。不是吗？唯有如此，才会以更高的道德标准来约束和塑造自己，才会成为爱国、爱民、爱家的华夏好儿女，成为国之栋梁。

正如作者所言"人类社会不管怎样发展变化，人与人关系的基本准则总是以和谐为要旨。和谐是人类社会的主题曲，道德教化的最终目的是为了营造人们之间的和谐关系和社会的和谐秩序。"《中华成语谣》在宣扬传统道德、加强道德修养方面做了有益的尝试，相信本书会为更多的读者（尤其是青少年朋友）所喜闻乐见。作者完成的这一项意义重大、纷繁复杂的工程，以一种生动细腻的方式，力图揭示少年时期的志向与修炼对于整个人生的影响，让典故中的人物及其思想情感和今天的读者更加亲近，从而达到潜移默化的作用。

如果这里有一条成语曾让你震撼、让你刻骨铭心，那么它可能会伴你一生，指导你今天和明天的行为，引领你行驶在正确的航线上，不会迷失。因为你已有了正确的航向，即使在今后的道路上经历再多的风雨，你都会信念坚定地向着自己的人生目标迈进。

本书带给我们更多的思考：怎样实现人生的价值？并指出"立功是美好的，因为它实现了人的价值"，"但要立功，首先要立志、立德"。要自我警戒、自我修炼，始终保持饱满的精神和积极向上的心态。一个成功者，不仅要有宏远的志向与高尚的道德，还应有改天换地、济世安邦的能力与独当一面、迎风劈浪的魄力，这样才能一日千里、扶摇直上，在为祖国为人民立功的舞台上大显身手……

优良传统需要传承，中华成语只是其中的一个载体。《中华成语谣》或许只是其中的一片小小绿叶，就让年轻的心，乘着这一叶"扁舟"，荡漾在这一池清澈的碧水中，轻轻地承载起一个绿色的希望，让思想走得更远些。

我想歌谣与中华诗词一样，也应讲求节奏与韵律，才会有勃勃生机。它一遍遍被人传唱，在岁月的风雨中愈加鲜活生动起来。这些成语谣像一个个优美的音符，穿越时空，来到我们身边，在更多的读者心中回响，给我们以生动的人生启迪，伴我们走向真正的成功与辉煌！

《填词初步》序言

    词形成于唐而盛于宋，是继五七言格律诗之后的一种格律诗歌。早期的词大都合乐歌唱，所以唐五代多称为"曲""杂曲""曲子词"等，自宋以后也称"乐章""乐府""诗余""长短句"等。词的产生与音乐有着密切的关系，在格律规定方面比诗的要求更加严格，所以词是逐字逐句"填"出来的。

    怎么填词？填词必须有词牌，就如写诗必须有题目。而词牌，正是规定了一首词的音乐腔调。填词要选词牌，词牌又规定了一首词的音调，因此选择词牌就要选择词牌的声情，而不是选择词牌的名字。选择一个最适合于表达自己创作感情的词牌，是填好一首词的第一步。

    那么，怎样根据自己的思想感情、内容需要去选择那些适合表达相应内容的词牌呢？不同的词牌有不同的艺术风格及表现力。选择好符合自己表达内容的词牌，会使填出的词得以完美表达。填词，还必须按照不同词牌规定的不同格律要求进行，在平仄、对仗、押韵、章法、体式与调式、用韵与换韵，以及开头、结尾、语言的锤炼等方面下功夫。有些爱好词的朋友可以说文字功底相当不错，意境也很好，可是有的填出的词来却仅仅是凑字而已。如果能通晓有关词的基础知识，掌握一些规则和技巧，一定会写出相当不错的词来的。

    吴培昆同志编著的《填词初步》一书，是作者多年创作、填词的一些初步领会及经验总结。作者根据其所知道及理解的关于如何填词方面的知识，归纳整理，介绍给尚不太通晓这方面知识的朋友，简单明了、方便实用。对初学者来说，便于更快地掌握词的基础知识和一些写作手法。

对于词的创作技巧，历代词话通常采取三言两语点到为止的方式，要言不烦。

古人总结出词有三法：章法、句法、字法，有此三者，方可称词。词本为一种综合艺术，意境神韵多系天成偶得，或需数年面壁之功，证悟而得。可言说而传授者，主要在于字、句、章之法。作词欲字、句、章皆美，并不是一件容易的事，但可反复"炼"之，求得最佳效果。而本书对创作技巧、写作手法等的介绍和讲解，对读者将有一定的启示作用和实际的可操作性，对创作水平的提高将有较大助益。书中归纳和列举了一些古代名家词作和创作实例，给人以亲切的体会，不但有助于创作，也有助于对词作的欣赏和理解。另外，本书的第二部分《参考引用原词一览》第三部分《昆山词百首》第四部分《常用词牌格律》《平韵简编》等，也可供大家填词时学习参考。

相信本书对于广大词作者及爱好者，尤其是初学者，学习填词的基础知识和原理，了解一些创作规则和技巧，无疑会收到事半功倍的效果。

《俗子小传》序言

叶勃先生是我担任主编的《诗词之友》忠实的读者和作者，我和他虽未谋面，却已结下诗友的情谊。近年来他勤奋创作，取得很大进步。现在叶先生将其多年的文学成果结集出版，嘱我为之作序，盛情难却。

首先向作品集的出版表示忠心祝贺。本书是叶勃先生退休后完成的，是他多年工作与生活的剪影。三十年的不断探索，三十年的人生经历，作者忠实于生活，他的作品大多是生活的真实记录，有感而发。看了叶先生的前言，我对他多了几分了解，也多了几分敬意，他通过自己的努力，赋予平凡的人生以不平凡的意义。读者通过阅读可以更深地了解他的生活与经历，这里不再赘述，只重点谈谈他与诗。

通过近年的书信往来，叶勃先生给我留下较深的印象，单从他八十岁高龄开始学写格律诗词这一点，恐怕就是旁人难以企及的。是的，诗中的世界多么绚烂，令人神往。只有深爱诗的人，才能体会其中的苦与乐。他的诗作题材丰富且体裁众多，绝句、律诗、词、古风等都有涉及，可见作者对诗的痴迷，更做了很多有益的尝试。

诗是诗人感情的抒发与宣泄。尤其是当你写诗，从酝酿开始，经过初境、拓境，达到凌境、飞跃，这样一个思维程序，到达自己艺术思绪的最高峰，那就不仅仅是你的愁肠百结解开了，酸甜苦辣都没有了，而且你会感觉到美好、美妙的感觉一起涌上心头，简直是一种最佳的精神享受。这时你更会觉得诗词艺术是美好的，写诗的人是美好而快乐的。作一个真正的诗人，就要有良好的思想修养和高尚的道德情操。人生在世，就是要讲处世修身、立志报国、待人接物，就是要做一个真正的人，做一个有用的人。

诗是最能表达思想感情的文学体裁，是我国最古老的文学形式。诗是诗人"感物吟志"的形象载体，也是所有文学品种中产生最早、最直接诉诸心灵、反映社会生活的一种艺术形式。诗是吟唱生命的，是一个人、一个民族、一个时代心灵的记录。诗是高雅的文学艺术结晶，有优秀的历史文化沉淀，是中华民族优秀传统美德的载体。写诗的人，不仅自已受到陶冶，受到美德的教育，而且还在弘扬优秀文化，传承美德。

希望广大读者和诗友，不仅仅自己爱诗、写诗，也做一个很好的传播者，让自己身边的人，也爱诗学诗，尤其是对青少年更是很好的滋养，对我们传统文化之瑰宝——诗词，也是很好的传承。

艺无止境。作者自谦"总是写不好"。如果写诗词只追求基本合律，那将停步不前。如果用更高的标准要求，则可在艺术手法上不断磨砺、出新，多出精品，奉献社会。

叶勃先生和很多诗友一样，自从与传统诗词结缘以来，就投入很大的热情，积极创作并不断进步，那份对中华优秀传统文化的痴迷，令人感动。

在此，祝愿他和所有爱诗的人们诗心永驻！并附小诗一首志贺：

"卅载春秋未等闲，扁舟一叶乐华年。

真情自度金秋美，足慰平生绘大千。"

《青少年词学入门》序言

不久前，蔡秋华先生给我寄来一本他出版的《沁园春花苑》一书，其中收录了他近两年创作的三十五首"沁园春"词作，他对"沁园春"这一词牌情有独钟，并且这些作品都是他从中学语文教师的岗位上退休后写成，短短的时间内，从一名门外汉到作词的行家里手，确实令人肃然起敬。

这本《青少年词学入门》，是蔡秋华先生又一部颇具特色的专著。本书较全面和完整地介绍了词学的概况，从词的起源、现状谈起，条理脉络清晰，对词进行了全面剖析，深入、细致地分析了词的本质，对现状谈起，探索了词的本质、起源，对初学填词的做法，进行了简要解说，并对七十六个词牌逐一进行介绍，由浅入深，娓娓道来。对词的构成（字、句、段、平仄、对仗、音韵）等，作了深入浅出的分析和说明，并详尽地介绍了初学填词的作法。书中附录部分，选收了很多资料：词牌平仄谱，常用字词分类，常用雅词别称，汉字平声、仄声小字典，等等，也很有参考价值，实用性很强。

蔡秋华先生学习填词时间不长，却经过努力，编写出这本专业性很强的小册子，实属不易。他没有故作艰深，而是把自己对词的所知所学，全部奉献出来，与大家共享，而这正体现出一位教师的本色，即他的文化自信和文化自觉。本书对今天我们学习词学常识，继承和弘扬这一宝贵的文化遗产，以及词律的规范与普及，将有很大促进作用。从本书的第一章开始，可以说是从零起步，边读边理解，会对词

守望集

有一个整体的认识，并可对创作实践进行有益指导。

通俗易懂、易于自学，是本书一大特色。作者希望本书作为青少年词学的入门教材，我想他的目的达到了。学词是一个由浅入深、循序渐进的过程，建议初学填词可以由短到长、由易到难，进行学习、创作。从体裁上，先小令后中长调。从时间上，先晚唐五代、北宋、南宋，再到金元明清，按时间先后从上游学起，顺流而下，事半功倍。根据自己的情况，熟练掌握几个常用小令的格律特点，牢记词谱，读写结合，打好一定的基础后，再学中、长调也不迟。另外，词的创作，一定要有个人风格，有独创性，还要了解社会，深入生活，多读多练多写。相信经过积极的努力，一定会获得创作的欣喜。

我所主持的《诗词之友》，十多年来也一直致力于传统诗词的普及工作。确如蔡秋华先生所言，目前的一些诗词刊物，刊发的作品中律诗所占比重较大，这一点我也有切身感受。但看到蔡秋华先生书中的论述，对词的创作、推广，也有了更新的认识和体会。中华诗词有几千年的良好传承，是中华民族的瑰宝，诗、词同为国粹，学习诗词不可偏废，要更好地继承和发扬。而这些，正需要蔡秋华先生这样默默奉献的人，需要《青少年词学入门》这样的普及教材，引领更多的爱好者进入诗词的殿堂。

其实学习诗词并不难，只要你愿意潜心钻研。蔡秋华先生退休后用了三年多的时间，创作了大量作品，出版了三部词学著作，就是佐证。在此，我衷心祝愿蔡秋华先生百尺竿头更进一步，为了心中的梦想而不断超越自己，再攀高峰！

聆听：土地深处追赶的根

——《让风流泪：刘朝东朗诵诗选》的启示

刘朝东的诗集——《让风流泪：刘朝东朗诵诗选（光盘）》，近日由中国广播影视音像出版中心正式出版，精选了刘朝东创作的诗歌100首，以配乐朗诵的全新方式，带给我们独特的感受。

《让风流泪》突破传统，美妙的声音让静止的文字"动"了起来，朗诵家优美的声音，使他的诗句如流淌的歌，久久在耳畔回响。那些带着音符的诗句，带你一步一步进入刘朝东的世界，思想沉浸其中，流连在动人的乐章里，这是"尘世中最美的音符"。

刘朝东的诗真诚质朴，有浓郁的乡土气息，这位来自北京平谷的诗人是与众不同的。他具有诗人本色，有人称他农民诗人，我曾写过一篇《"摩托诗人"——刘朝东印象》的文章刊登在平谷《桃花源》杂志上，那是三年前我对他印象的缩影。他以修理摩托车为业，同时又是缪斯女神忠实的崇拜者。他真诚豪爽，广交诗友，三十多年潜心创作，在诗歌的道路上孜孜以求。他是一名共产党员，十几年前就加入了北京作协，在各地报刊发表了数百首诗作，以清新的风格、跳跃的思维和独特的视角，阐释着他的诗歌——那弯弯曲曲的山路是他的诗，那波光粼粼的湖水是他的歌。那山，那树，那蓝天绿水，构成四时风景，时时激荡着他的诗情。

读他的诗，你会有一种心灵的震动。有人说，诗人必须讲真话，诗人是不会说假话的人。诗人，是这个时代精神的守护者。平凡的生活触动我们，刘朝东在自己 48 岁生日之际，推出他的《让风流泪》——他怀念母亲，满含泪光，我们怎能不为之动容？他亲吻土地，饱含真诚，"追赶"这片养育了他的沃土。他歌唱亲情、友情、爱情，抒发对人生的热爱。

不久前，《让风流泪：刘朝东朗诵诗选》座谈会在北京举行，这已是他的第三次个人作品研讨及座谈会了。记得上一次是在十年前，在京西的一家宾馆，那是我们第一次见面，他很年轻，黑黑的头发，有些黝黑的皮肤，高高大大，不修边幅的样子。那一次，是他出版自己的第三部诗集《抚摸爱情》，当时的情景还历历在目。十多年过去了，我们已从青年走向中年，但一如往昔，对诗歌的执着从未改变。

语言学家吕叔湘先生曾经说过，诗歌在语言层面的要义，一是节奏，二是炼词炼句。还有一个更加重要的东西，那就是对诗歌的激情与热爱。诗人的产生，是因为对生活对世界的深切体会和疯狂热爱。诗人的敏感，穿越时空，越过海洋，穿透岩石，生发出对人类家园田园人情之美的喟叹与讴歌。一个诗人，必定是属于他脚下的这块土地的。

京东平谷，这一方土地滋养着朝东，他呼喊出自己最真实的声音。那声音，来自土地的深处？抑或是来自心灵的沃野？深厚的人文底蕴，给予了他潜心创作的土壤。这里是他灵感的源泉，虽是平凡人的平凡创作，却走出大山与溪流，此刻，在城市中与我们这些焦渴的心灵汇合了——那桃花盛开的地方，令人神往；那涌动诗情的桃源，妙不可言。

听他的诗，你自会有一种感动。用心去解读——当你疲惫的时候，美妙的诗句在耳畔响起，如汩汩清泉，流淌在心头，洗去尘埃与烦躁，感受生命的律动，释放精神与情感。

"你我之间/只有一缕风的距离//你我之间/只隔着一道黑夜/隔着黑夜里的一道月光/隔着月光下的一缕轻风……//在你离开的那夜/月亮成了一滴泪水/挂在枝头/我不会哭/真的不会/只是在转身的刹那/我会我会/让/风/流泪——（《让风流泪》）"

新鲜的语言与意象，表达着他作为诗人的敏感，在粗犷的外表下，细腻的诗思，他的一些写作手法，他独特的表达，也值得我们细细品味。

　　一起读诗，一起聆听。听那春风舞过耳畔，听那夏日山花烂漫，听那秋天果实香甜，听那冬季白雪压枝的诗歌的声音……

　　一起听吧！

诚信的力量

——从臧修臣《诚信之歌》说起

诚信是中华民族的传统美德，是中华传统道德文化的精华。千百年来，诚信被中华民族视为自身的行为规范和道德修养。诚信乃为人之本，是人类的普遍道德要求，是培育和践行社会主义核心价值观的重要内容。中华传统美德把诚信视为人"立身进业之本"，要求人们"内诚于心，外信于人"。诚信是立身处世之道，是人之为人的道德规定。孔子曰："人而无信，不知其可也。"

近读臧修臣先生所著《诚信之歌》更是感慨万千，他用《诚信之歌》为诚信注入了新的内容。在时代的坐标上，那些鲜活的人物和事迹，一次次感染着我们。

是的，诚信可以是这样："一诺必果——周国允。"周国允做人的原则是："说到必须做到、要做就做最好，钱财可以不要，诚信永不可失！"从一个打工者到北京市优秀青年突击队标杆队队长，在北京建筑界，"周国允"三个字成了一个响亮的信誉品牌。他带领施工队先后参与建设亚运村、在国家大剧院等210多项工程，合格率达100％。57项工程获长城杯奖，6项获得鲁班奖。他视信誉为生命，把诚信作为自己的人格追求，熟悉他的人常说："把工程交给周国允，放心！"他被授予全国劳动模范、全国优秀党务工作者、全国十大杰出外来务工青年、首届全国道德模范提名奖、北京市荣誉市民等称号。2009年获得第二届全国道德模范（诚实守信）荣誉称号。

诚信也可以是这样："诚筑银桥——刘华国。"刘华国，中共党员，西安银桥乳业集团党委书记、董事长兼总经理。他创业之初就许下了"做良心奶，卖健康奶"的诺言，这也是他坚守了30年没有改变的信念。在发生三聚氰胺等奶品污染事件后，在国家市场监督管理总局组织的60多次检查中，银桥乳业以诚信的企业形象、过硬的产品质量经受住了考验，在整个乳品行业遭遇诚信危机的情况下，银桥乳品销量猛增，赢得了市场的赞誉。他先后被选为第九、第十届全国人大代表。2009年获得第二届全国道德模范（诚实守信）荣誉称号。

诚信还可以是这样："信义兄弟——孙东林。"孙东林，武汉东方建筑集团有限公司副总经理，湖北省"信义兄弟"建筑工程有限公司董事长。他与哥哥孙水林组建的一支建筑队伍，20多年来守信如金，不论是对承包的工程，还是对农民工兄弟，都讲一个诚信、一份责任。他常说："我也是农民出身，农民工兄弟跟咱辛苦干了一年，还拖欠他们的工钱，怎么能说得过去呢？无论遇到多大困难，绝不能影响工程质量、绝不能拖欠农民工兄弟一分钱。"2010年2月，为抢在春节前将农民工的工资发放到位，哥哥孙水林连夜开车从天津赶回黄陂，却在南兰高速河南兰考段遭遇重大车祸，一家五口不幸遇难。为替哥哥完成遗愿，孙东林带上事故车上的26万元钱，驱车15小时返乡替兄发放农民工工钱，钱不够发，孙东林毅然从自己的账户上取出6.6万元，仍然不够发，70多岁的老母宋腊梅把自己的养老钱1万多元拿了出来。由于孙水林已经遇难，农民工的工资清单已不知去向，孙东林就根据农民工凭良心报出的钱数，报多少给多少，终于赶在除夕前将33.6万元钱足额发到60余名农民工手中，完成了感天动地的生死接力送薪义举。孙东林的感人事迹经媒体报道后，引起强烈社会反响。社会各界纷纷表示支持和慰问，孙东林将社会各界捐赠的33.4万元慰问金如数捐出，发起设立了湖北省"信义兄弟"农民工帮扶基金会，帮助困难农民工。他荣获全国五一劳动奖章，入选中国文明网"中国好人榜"，中央电视台2010年度感动中国十大人物，第三届全国道德模范（诚实守信）荣誉称号。……诚信无处不在，无时不在。诚信让背信弃义无所遁形。《诚信之歌》以七言诗的形式，为人物事件及楷模事迹赋予新的表达方式，易记易诵，读来如史诗般充满质感。

诚信之人，将立足于社会，赢得长久的尊重，诚信为我们带来荣誉和做人的尊严。诚信的社会，赢来世界赞许的目光。正如作者在《诚信之歌》序中所言"日月诚兮，施以光明。天地诚兮，万物葱茏。……人之诚兮，谓其本性。……正道沧桑，其途远宏。"在艺术手法上，《诚信之歌》把人物放在特定的背景下，展开故事，人物的命运打动着读者。一群普通人，以真诚之心，行信义之事。他们用自己的行动，传递着正能量。诚信的心灵，震撼着我们的良知。

这里，我不由得想起浙江慈溪的一位企业家——励顺良，十几年前，我在《诗词之友》举办的北京之春笔会上认识他，从此结下友谊。那时的他，年近六旬，衣着朴素，为人和蔼。后来我才知道他是一位企业主，他捐资助学，扶危济困，被称为"好人励顺良"。后来他邀请我们几位诗友到慈溪游览并参观了他的企业和他捐建的老年乐园，他全程接待，人缘极好，我们所到之处受到热情的欢迎。以后的几年，他和老伴每次来北京都会联系我们。记得有一年夏天，他们来京参加一个慈善会，千里迢迢还带了两篮子新鲜杨梅，说是宁波特产，北京买不到的……近几年，他可能是因为身体原因（曾住院手术过），我们很少联系了。他主持创办的《朝晖诗刊》诗词刊物，也再没与我们联系或交流过。中间给他家打过一次电话，他老伴接的，说他没什么事，我便没再多想，以为他年老了，对诗词也可能不再感兴趣了。不久前的一个诗词会议上，一位诗友问起他的近况，"怎么很久没有励顺良的消息了？"我也疑惑着，于是想起在网上查一查，结果大吃一惊：原来近几年，他的境遇十分艰难。倒不是因为经营不善，而是因为替人"担保"。记得大概七八年前，他来京见到我，还高兴地拿出几张照片给我看，那是他们即将盖成的新厂房的图片，企业在不断壮大，我当时也很为他高兴。谁知短短几年，却发生了这么多事情！

网上说他没怎么读过书，白手起家把企业做到产值上千万。作为天东胶粘剂厂有限公司董事长和慈溪市人大代表，他一心忙于公益事业，为家乡修桥铺路，扶贫助学，无私奉献。企业办了近三十年，发展一直很稳定。如今这一身债，源于给他人担保。励顺良给人做担保已经有好多年了，他名气大，认识的人也多，好多人来找他，关键是他的企业一直赢利，银行也乐意借贷。在商海摸爬滚打多年，励顺良当然知道替人担保有风险，但他很少拒绝。一个是性格的原因，他比较好说话；还有一个原因是面子，请他作保的都是生意上的朋友，甚至朋友的朋友，没法拒绝。励顺良苦笑道："做了一辈子生意，为人最重要的是'诚信'二字。经营企业这么多年，从来没有发生过质量问题，也从来没有和人打过官司。大家相信我的为人，一般都是先打货款再提货的。大家相信我，我也应该信别人。就是因为太信，铸下大错。"从2010年起，励顺良的担保开始出现问题。"刚开始一两百万元的债务还能承受，毕竟每年做慈善也不止这些钱，但后来越来越多了，我就知道不对了。"直到得知最后一个欠他200多万元的老板跑路后，他的血压一下子升高，晕了过去。近年他想尽办法变卖多处房产及祖宅还债，至今他还背着1800多万元债务。"只要还有一口气，砸锅卖铁也要还！"励顺良说。

励顺良还把自己多年收藏的一些古玩字画拿到上海去拍卖，但不久又拿了回来。"水太深了，我觉得心里不踏实。"两万元的画，估到了100多万，他觉得应该不会有人买，就算别人买了，他也不会安心，所以又原封拿了回来。资金没有回笼，即使身处窘迫，他仍然坚守诚信，不肯去欺骗别人，诚实不欺，难能可贵。"以前有点钱都拿来做慈善，现在一有钱就拿来还债，其实生活也没有多少落差。"励顺良说。有人问他创造了那么多财富，帮助了那么多人，为什么总让自己的日子过得这么糟糕。"糟糕吗？我觉得还好。"他说："好人，该怎么做？每一枚硬币都有正反两面。"励顺良觉得，这一次打击让他看清了许多事情。当有人问他"之前捐了那么多钱，现在背了这么多债，做这个"好人"后悔吗？励顺良说："不后悔，我们家的家教，就是讲人要有善心，有能力了就要行善。"他接着又说："我们也开始教育正在读大学的长孙，防人之心不可无，学会保护自己是前提。"他说，自从欠债的事传开后，他尝到了太多的人情冷暖，而最近却一直被温暖包围着。他觉得这么多年"好人"不是白做的，否则，不会有那么多鼓励和支持。对他来说，这肯定是一种力量，鼓励他排除万难坚持下去。

和《诚信之歌》书中的许多人物一样，"好人励顺良"没有退缩，古稀之年仍勇于担当，践行着一生的诚信。荣也好，毁也罢，他依然微笑着面对——这是我们身边的故事——这是诚信者的赞歌。像这样的故事，每天都发生在我们身边——励顺良的故事还在继续，一大批诚信者们的故事还在继续。

培育和践行诚信价值观意义重大，诚信是市场经济发展的基石。市场主体诚实守信，不仅能够避免逆向选择和道德风险、降低交易成本，而且能够形成合理的市场秩序，增强经济社会活动的可预期性，提高经济效率。诚信要求人们在社会交往中，遵守诺言、契约，反对毁约和违背诺言的行为。诚信道德模范如人们身边的道德标杆，具有"润物细无声"的道德说服力。应大力宣传诚信道德模范真实感人的事迹，营造诚实守信光荣、虚假失信可耻的社会氛围，充分发挥诚信道德模范的社会辐射效应。人们唯有信守约定、践行承诺，才会心里踏实有安全感、彼此信任有幸福感。

臧修臣撰写的《诚信之歌》，带给我们的不仅仅是感动，《诚信之歌》是对心灵的感召。净化向善，多一个诚信之人，生活就多一缕阳光。在阳光下，闪着人性的光辉，震撼着我们的心灵。

黄金有价，诚信无价。诚信的故事，可以平平常常，也可以感天动地。只要我们坚守自己的信念，凭着良知做事，由无数和谐音符汇聚成的诚信之歌，将在我们心中久久回荡。弘扬优秀传统，传播和谐之声。诚信的力量，将汇集成河，在中华大地上奔流不息……

当诗词遇上鲁奖

从前，诗词与鲁迅文学奖，似乎扯不上什么关系。而今，当有诗人获得此奖项，我们的目光才开始真正聚焦于此。是啊，诗词沉寂得太久，仿佛中国三千多年诗歌史那般漫长。诗坛却又是如此喧哗，如同大街小巷的叫卖声，从未在我们身边停歇过。

谁又能拒绝你呢？儿时，你是唐诗，带给我们春的渴望。青年时，你又婉约如宋词，给我们夏的热情、秋的缠绵。老年时，我们还会回忆起儿时的诗歌，我们更会感受那五千年的文明之光，怎样辉照我们的心灵经久不息。

你其实无处不在。即使忙碌中的我们，会把你放在箱底，但当我们疲惫的时候，读你、写你，我们便会找到真实的自己——作为华夏子孙的自己。不去理会喧嚣，不去理会时间的脚步，你让我们沉静而安详、欢乐而惬意。在我们心中，没有什么可以和你比肩：即使名利，即使奢华，即使……即使一百年，即使三千年，即使……我们何曾离开过你？大约一百年前，中国诗歌分成新诗与传统诗词，你被称为"旧体"，是被摒弃的对象。然而今天，诗坛还是不分伯仲，甚至很多人又从写新诗回到写"旧体诗"，新诗以无拘无束的自由，换来自我的迷失，照搬西方，在失去传统的同时，亦失去自己的根、自己的血脉和民族性。而你却因自己厚重的根基，文化一脉之传承，持续三千多年而不朽，即使今天处于创作的低谷，即使我们没能再出现唐诗、宋词那样的高峰，即使我们因已完全脱离开过去的时代背景、生

守望集

活方式，而难以像古人那样潜心创作或缺少创作的环境和心态，但仍有无数人为你痴迷，也仍有很多渴望的心灵，被你召唤，为你沉醉，并相信总有一天我们会创造奇迹，谱写出新时代的壮歌。

即使今天的诗词作者总体水平不高，精品寥寥，不足以传世，但我仍要称你为不朽的"传奇"，中国人的"千古传奇"！不管有多少人曾经摒弃你，说你陈腐、过时，但也有更多人在你身上尝试着做更多的创新，你不是出土文物，你是中华文化的"活化石"，你的基因，优良的基因，取之不尽，让无数炎黄子孙受益无穷，你那真、善、美的种子，在今天这个时代的土壤里，还会生根、发芽，结出硕果。诗是我们民族的，与我们共生的，永远不会消亡。诗词产生、发展、繁荣，走过漫长的道路，到今天已形成完美的形式、优美的音韵，让人无法抵挡的美与和谐。

自《诗经》《楚辞》发展而来的中华传统诗词，历时三千多年，蕴涵着中华民族优秀的人文精神，是传统文学中最精粹的形式，富有声韵上的音乐美、章句上的结构美和意象中的图画美，是中国文学皇冠上的明珠。早在西周初年至春秋中叶已有诗的出现，歌谣是诗的源头，文字产生后，有人记录下来，便是诗。诗的形成是由我国语言和文字的特征决定的。与西方不同，中华民族的语言和文字有显著的特色，中国文字是方块字，一字一义（或多义），有意可解，有韵可押，有四声可分，有音乐节奏。在几千年的发展过程中，诗词形成了一个举世无双的完美系统，具有广泛的表现力和适应性，受到国人经久不衰的热爱，赢得了世界性的尊严，为我们在世界诗坛上赢得了"诗国"之美誉。传统诗词是中华文化的精髓，诗的足迹遍及人类活动的每个角落，中华诗词题材之宽阔，内容之丰富，应用范围之广大，社会影响之深远，体裁之小，空间之大，在世界文学之中，也是罕见的。

新诗，是指有别于古典诗歌的、以白话作为基本语言手段的诗歌体裁。新诗初创阶段的努力，以废除旧体诗形式上的束缚，主张白话俗语入诗，以表现诗人的真情实感为主要内容。因此，当时也称新诗为"白话诗"。但经过几十年实践，不少评论家、诗人和诗歌读者都感觉到当前新诗创作与理论进入一种停滞不前，缺乏生命力的状态，在近一个世纪告别汉诗自己的古老传统后，似乎遇到了语言与文化双重的困难。我们并不清楚中国新诗究竟向哪里走，有什么汉语文化的特点，有什么不同于西方诗歌之处。

在中国新诗近百年的旅途中，新诗从无到有，已有了一定数量的积累和不少诗歌艺术的尝试，但总的说来，作为汉语诗歌，中国新诗仍处在寻找自己的阶段，寻找自己的诗歌人格和诗歌形象。我们主张多元，新诗、旧体诗词并存，共同探讨中国诗歌的未来。没有哪一个国家，像中国这样有着悠久灿烂的文明，持续几千年绵延不绝。从文学史的角度看，古代诗歌史绵延不绝，惟独到现当代缺乏旧体诗词的记述，只有白话新诗的文学史是不全面、不真实的，这是一片巨大的空白。

近百年来新诗逐渐登上诗坛正统地位，现代诗歌用白话写作，打破旧诗词格律，传统诗词处于被忽视的境遇。然而诗词以其顽强的生命力，一直绵延不绝地发展着。近年来兴起"国学热"，人们对优秀传统文化、对诗词的关注越来越多。当前传统诗词出现了繁荣的局面，诗词仍然可以"兴、观、群、怨"，表现当代生活、当代情感。传统诗词因其独特长处，有独立存在的艺术价值，所以一进入改革开放年代，便和者云起。诗词逐渐走向复兴，走出狭小的文人圈子，在各行各业平民百姓中普及，各地诗词社团成员和爱好者群体达百万之众。全国诗词年产量过百万篇，约为全唐诗的二十倍。而且由于它的短小精炼，便于创作和传播，更适应现代人的生活节奏，受到越来越多人的青睐，开始大规模进入网络。

诗词是从汉字基础上延伸而来的最高文学形态。我们爱诗词，是由于坚定的文化自觉和文化自信。今天，诗词同京剧、昆曲、书法、绘画一样，是我们民族独特的文化形态，展示本民族的文化与精神。与古代诗词不同，现当代诗词必然会呈现独特的风貌。作为汉字的延伸物，诗词是其他民族和国家所无的文化形态，必须忠实继承、努力发扬光大。当然作为中华文化的代表性文学品种，诗词也需要不断创新。虽然作者和创作的数量可观，但令人折服的佳作并不多。有精品才有吸引力、说服力。

文学作品的思想内涵与艺术形式是一个有机统一的整体，诗词格律的宽严、语言的新旧、风格的典雅或通俗，都不是检验作品的绝对标准，惟有情性之真、品德之善和声律辞采之美一体浑融的作品，才有超越时空的价值。

回到诗词与鲁奖，其实，文学奖项中怎么可以缺少诗呢？2013年车延高的诗获第五届鲁迅文学奖，这是新诗第一次获文学大奖，引起热议。尽管众说纷纭，但却可以说明，诗歌在沉寂了多年后又开始受到关注，对中国诗坛来说，这是好事。至于谁获奖，似乎并不重要。就事件本身来说，本质是好的，至于作品优劣，可以慢慢讨论，至于操作程序，可以慢慢调整。作者们可以等，等相关部门把流程调整到位，等一切都顺畅了，那时自会有更多优秀的诗人浮出水面，不管他来自民间，还是来自何处。渠道问题解决了，市场正常化了，人为操作、炒作的可能性将减少。这一次是周啸天获得诗词奖，下一次可能就是你。人人都有机会，只要你的作品"过关"——程序的关，评委的关，读者的关，百姓的关……文学奖项，关乎中国文学奖的声誉和在世界文学的地位，我们不可以不慎重。

对诗人获奖，有争议很正常，这说明我们的目光开始真正关注文坛和诗坛，关心作品的优劣，关心评审的权威与公正性，这是好的趋势。社会在进步，好的作者和作品，或早、或晚总会显露，那些真正为百姓喜闻乐见的作品，会在人们心中树立起一个奖项。

由此想到更多关于诗歌的事。中国传统诗歌走过三千年辉煌的历程，中国人的血脉里，游走着诗的精灵。我们应该发扬诗歌精神，让我们以诗之国的名义，骄傲地重新站立在世界面前。很多文化和文学遗产，值得我们去发现、挖掘，我们不能丢掉自己的传统，否则，即使你走遍天涯海角，也是无根的，永远跟在别人的后面，呼吸着别人的空气，感受着别人的文明，从而失魂落魄，失去自尊和自我而被人小视。唐诗、宋词以及历朝历代那些优雅的诗篇，从儿时起，就激荡着我们的心灵。中国现代诗歌经过近百年的不断探索，在今天终于呈现出蓬勃的气象，这足以令人欣喜。

当诗词遇上鲁奖

说到诗词，不能不说说当代诗歌的现状。简而言之，当代诗歌不为民众普遍接受，其面临的普遍性问题是缺少精品。缺少打动人心的力量，自然缺少读者，缺少市场，缺少关注，缺少生气。尽管几十年来，大量的诗歌爱好者们的写作从未停歇过；尽管也有作者获得过一些国外的诗歌奖项，但实际的情况是，影响小，对国内的文坛缺少影响力，对国人缺少感召力。

　　在物质高度发达的今天，当人们在竞争中感到疲惫的时候，或者当积累到一定财富的时候，我们开始想到诗，想到被我们甩在身后的精神——我们奔跑得太快了。我们为什么要写作？我们为谁而写作？我们写什么？怎样写？同样的问题，又开始困扰我们。小说、散文、杂文等很多文学形式可以让我们表达，这里我们只谈诗歌。诗因相对短小、抒情，更易有受众且更易传播。从读者的角度说，读诗比读小说更省时，更能很快获得愉悦与感受，获得共鸣，引人思索，这是诗的长处。诗的读者群应该是很大的，然而诗歌似乎又是最难被理解的，很多诗需要读者用心去感知，方能领会。好诗自有它的标准。好诗也不是评出来的，它就在那里，不管你给不给它桂冠，获得大众认可的好诗如一座座丰碑，矗立在人民心中。什么样的作品可以获奖，应该获奖，而又实至名归？层层筛选、评出的，一定是佳作吗？评委们也透露苦衷：不好操作云云。我们相信评委。待网络机制运行顺畅后，自然可以不被人利用、恶搞或虚假投票，通过网络，每个作者都可以参与，都有被评选到的可能，而不是被拒之门外，或由于种种原因，不被推荐。人人都有机会参与评选。被评选、或选别人。赢者心安，输者口服。投下自己宝贵的一票。是检验作者实力的时候了！也许这是理想状态。假以时日吧，或者可以参照或学习国外一些文学奖的评选方法。

　　这里且不评说获奖诗词本身的艺术性。获得鲁迅文学奖以后的诗词，将如何？鲁迅文学奖向我们敞开了大门，我们用什么去迎接它？今后该何去何从？众所周知，当今的诗词创作成绩并不乐观。由于缺乏深厚的国学根基，普遍水平一般。这也提示我们，诗词的未来探索之路还很漫长。诗词作者也理当补课，博涉群经子史，厚植根基，与国学研究者携手并进，消除壁垒，共同促进中华文化的复兴。

近百年来随着白话新诗的诞生，新诗一直成为中国现代诗歌的主体。旧体诗词写作也呈现出新的面貌。现当代诗词，怎样更好地贴近生活，为社会、为人民、为时代服务，更加融入社会生活中，成为人民群众喜闻乐见的形式？是一个永恒的课题。笔墨当随时代，作品要符合时代，要有时代精神。要很好地继承、创新。没有创新就没有生命力，但没有传统何谈创新？重新寻找自己的诗歌传统。

能获此奖项，是诗词界同仁多年共同努力的结果，打破了多年来鲁奖诗歌获拒绝诗词的现状，中华传统诗词终于"登堂入室"了。欣喜的同时，也留给我们很多的思考。如果用高标准来要求，我们的差距又在哪里？和新诗比，和古代诗人比。近百年间诗词的探索，诗体的探索，诗歌的民族性、大众性、现代性，很多值得我们长期去探讨。诗是一个人、一个时代心灵的记录。人人都有一颗体察万物的心灵，生命无穷，诗词之火就不会熄灭，好诗永远写不完。当今传统诗词已经复苏，随着国家综合实力的不断增强，国民素质的不断提高，我们将迎来一个中华文化全面复兴的伟大时代。我们期望更多的精品能够流传下来，为诗坛谱写新的篇章。作为中国诗歌，旧体诗、新诗可以互相学习、借鉴、齐头并进。其实我们更希望旧体诗、新诗这一对中国诗坛的姊妹花，在未来愈加灿烂，既古雅又具现代气息，以全新的姿态，骄傲地绽放在世界诗坛。

禅学与《沧浪诗话》的独创性成就

诗具有"不涉理路，不落言筌"的特征，学诗也不能用一般的求知方法，因此，严羽在《沧浪诗话》中强调"学习诗歌主要不是靠学习"，而是靠"妙悟"。

严羽是在禅风很盛即禅文化区内活动的，他并不是以"悟"论诗的创始者，而是以"悟"论诗的发展者。"悟"字古已有之，原为觉悟、理解，但到后来基本上成为佛学概念，尤其为佛教中的禅宗所强调，含义也有发展。佛理本身是虚幻的，但，心领神会这种思维方式却是现实世界的客观存在。诗，作为一种通过审美境界来反映生活的艺术，就是可以意会而难以言传的，严羽说："读《骚》之久，方识真味。须歌之柳杨，涕泪满襟，然后为识《离骚》。否则如夏釜撞瓮耳"。（《诗评》）就是指的这种情况。理解一首诗如此，掌握诗这种艺术也是如此，这就是艺术思维的特殊性。

严羽以禅论诗或者说以"悟"论诗的主要发展是，首先，他把"悟"确定为学诗、作诗的基本思维方法，提高了"悟"在艺术活动中的地位。"禅道唯在妙悟，诗道亦在妙悟"，就是说只有依靠"妙悟"才能懂得诗，只有"妙悟"才是从事诗歌创作的正路。"唯悟乃为当行、乃为本色"，就是说只有善于"悟"的人才是在行的、真正的诗人。这样，"悟"就作为学诗、作诗的基本思维方法确定下来了，过去，一直没有人能这样鲜明地提出，把"悟"的重要性提到这样的高度。

其次，他以"妙悟"同"学力"相对待，使"悟"这个概念的含义更加明确。严羽以孟浩然之"妙悟"同韩愈之"学力"相对待，则"妙悟"显然是指与逻辑思维相对待的另一种思维方法，严羽在讲"悟"时不是提"学"的，"悟"当然也要通过品味具体作品来进行，这时他就用了作动词"悟"用的"参"。在他的观念中实际上无所谓"学诗"，学诗就是"悟诗"。

第三，严羽以作品的艺术境界作为衡量作者的"悟"的标准，使"悟"的含义更加明确。他在《沧浪诗话》中提出"悟有浅深"，并把其分为三种情况："汉魏尚矣，不假悟也"；"谢灵运至盛唐诸公，透彻之悟也"；"他虽有悟者，皆非第一义也。""他"就是指中、晚唐诗人和宋代的永嘉四灵与江湖派（见《诗辨》）。那么，严羽这样划分的依据是什么呢？是根据作品的审美境界，他认为，汉魏之诗，"词、理、意兴无迹可求"，有"意兴"又不是自觉得"尚意兴"，这里便说"汉魏尚矣，不假悟也"。意思是汉魏诗人自发地合于"妙悟"，不是不"悟"，也不能说是"一知半解之悟"但还未达到"透彻之悟"。审美境界是艺术思维在作品中的体现，从审美境界的有无高下来判断是以"妙悟"为诗还是以"学力"为诗，以及"悟"的深浅，同样表明，严羽所理解的"悟"就是今人之所谓形象思维。

以上三点，第一点是提高"悟"的地位，后两点却是矫正"悟"的含义，因为艺术思维问题是一个十分艰深的问题，对"悟"的两种含义的辨析又需要有很强的思辨能力，考虑到这些因素，就会感到严羽的上述见解，都是在解决这个问题上所作出的可贵贡献。

严羽作《沧浪诗话》的理论是"借以禅喻诗，定诗之宗旨。"综上所述，更可见一斑。说到禅，有必要把禅学与诗学的关系再说一下。

禅学，可以说是融合了中国传统文化思想与印度佛文化思想的学说。禅学之所以与诗学发生那么密切的关系，并不是因为——或者主要不是因为——作为佛教流派的禅宗教义为古代诗人所信奉，而是因为禅学所体现的文化思想精神，恰恰与诗学之理想相结合，是的，与禅学相契合的诗学精神，正是在两度超越的层次上对现象世界的敏感把握。中国古典诗学，在达到与禅学相契合的境界后，才算是走完了它的自我确定的历程。在某种意义上，体现着禅学精神的诗学是一种独立自由的诗学。

禅学的第一境界是："落叶满空山，何处寻行迹"，这是未到理性认识的原始直觉阶段，所以见山是山，见水是水；禅学的第二境界是"空山无人，水流花开"，自然景象无处不是道的体现，但由于此时所执着唯在空寂之理念，所以，见山已不是山，见水已不是水；禅学的第三境界是："万古长空，一朝风月"，永恒与无限之本体表现为眼前瞬间的影像，于是复又由空寂之念中解脱而出，回到活泼的直觉世界，是所谓依然见山是山，见水是水。不言而喻，尽管依然是见水见山，却已经有过一个"直向那边会了，却来返里行履"的过程，禅学的直觉真实论，是继理性否定了直觉之后再次将理性否定掉的直觉真实论。严羽《沧浪诗话》中《诗辩》中："诗有别趣，非关理也。"围绕着"别趣"之说，人们打了无数笔墨官司。其实，严羽本意，只在"不涉理路"。"非关理者"不是排斥理性，只是勿为理缚，而要想不为理缚，就须化理为趣。"别趣"一说的要义正在于此。所谓化理为趣，便是寓教于直觉之中。唯其如此，严羽之"别趣"之说，无疑是具有审美直觉论的性质的，这一点，与禅学之中的直觉真实论是相契合的，也就是说，严羽在《沧浪诗话》中将诗学的审美直觉论与禅学的直觉真实论有机地结合在一起，这也是其以禅喻诗的又一独到之处。

参考书目：①中国文学史，1987年，北京出版社。②中国诗学与传统文化精神，1989年，四川人民出版社。③中国诗学，1992年，三联书店。④沧浪诗话校译，1961年，香港版。

守望集

诗歌修辞美二题

俗话有："三分人才七分打扮"之说，这主要是对人的衣着仪表而言；对于诗歌创作来说，何尝不是如此呢？诗人不但要善于形象地感受形象地思考，更要善于形象地表达。生活打动了诗人，使诗人"情动于中而行于言"，但诗人所表达出来的思想和情感却未必能打动读者的心灵。这是为什么呢？个中缘由早已为文艺复兴时期意大利作家薄伽丘一语道破，他说："诗的冲动不管多么深入地激荡了诗人的心灵，但如果缺乏思想所必需的某些手段，那么还是很少会完成任何值得赞赏的东西的——我的意思是，例如语法和修辞的一些规则之类，具有这类的丰富知识有时候还是需要的。"（薄伽丘：异教诸神谱及第14章第七节《诗的定义，它的起源和作用》）

诗歌是最高的语言艺术。缺乏艺术美质的语言所构筑的诗歌，充其量不过是美好诗情的恶劣表现。诗人要想完美地传达出诗歌动人心弦的思想感情，就必须运用如薄伽丘所说的"某些手段"。而修辞，就是其中重要的手段之一。

修辞，是选择最适合表达需要的语言手段，来增强语言的说服力和感染力，提高其表达效果的方法。修辞的范围很广，包括词语和各种句式的选择，及各种修辞方法的运用等等。这里，只是把诗歌创作中出现的一些常见的修辞方法加以归类总结，探求其在诗歌创作中的审美意义，以及如何运用这些修辞方法才能增强诗歌表达的美学效果，达到引人入胜的艺术境界。

一、比喻美

比喻这种修辞方法在诗歌中的美学作用有三：一是加强诗歌的形象化；二是使那些抽象的难以描摹的对象，譬如心情、道理等具象化；三是经过联想的美化，把差异最大的事物出人意外地结合在一起。

比喻，就是我们平常所说的"打比方"，即用某一事物或情境来比另一事物或情境。它由本体（被比喻的事物）、喻体（打比方的事物）和比喻词三部分组成。比喻又分明喻、暗喻、借喻、反喻等多种类型，一般常见的有明喻、暗喻、借喻、复喻（或称博喻）四种。

明喻又称真喻，它是用"像"等比喻词联结本体和喻体，表明相似关系。如南北朝民歌《敕勒歌》中：

敕勒川，／阴山下，／天似穹庐，／笼盖四野

这首民歌用"穹庐"比喻天，不仅真实地表达了北方牧民对天的独特感受，且富有浓郁的地方色彩和鲜明的民族特点（穹庐即圆顶毡帐，蒙古包）。

暗喻，又称隐喻，这是诗歌创作中比较常用的创造形象的方法，比明喻又进一层。暗喻是用"是"等比喻词联结本体和喻体，表示二者之间的共同关系和相同特征。

借喻，又比暗喻更进一层，它的特点是主体和比喻词都不出现，直接由喻体来代替本体，如王昌龄《芙蓉楼送辛渐》一诗中就运用了这种比喻：

寒雨连江夜入吴，平明送客楚山孤。

洛阳亲友如相问，一片冰心在玉壶。

这句"一片冰心在玉壶"中，"冰心"晶莹透亮，"玉壶"纯洁坚实，诗句隐喻诗人当时的心境，意在说明诗人气节高尚，心地光明，决不因遭到贬斥而改志节（第二句中"楚山孤"也是隐喻，虽为写景，实乃暗示诗人送走辛渐后的孤独之感）。

复喻，就是运用一系列比喻来说明或描绘本体。唐代诗人白居易《琵琶行》中，在描绘演奏琵琶的音乐时，运用了"大弦嘈嘈如急

雨，小弦切切如私语""大珠小珠落玉盘""间关莺语花底滑，幽咽流泉水下滩""水泉冷涩弦凝绝"，"银瓶乍破水浆迸，铁骑突出刀枪鸣"等一连串比喻，获得了令人陶醉的艺术魅力。

比喻的各种类型各有所长，总的说来，都是在不同的事物中间寻找和表现相同特征的修辞方式。在诗歌创作中，诗人并不死守某一手法的模式，而是根据需要充分发挥自己的创造性，使艺术手法更加丰富多彩，体现作者的艺术匠心。

诗歌中的用比，应当具备以下三个特点，才能收到美的效果。

首先，必须贴近自然。本体和喻体总是不同类的，但二者又异中有同，否则就无法作比。所谓比喻要贴切，就是本体和喻体间的相同点要找的准确，如陶渊明诗《归园田居》中句：

少无适俗韵，性本爱丘山。

误落尘网中，一去三十年。

羁鸟恋旧林，池鱼思故渊。

陶渊明误落庸俗污浊的封建"官场"三十年，其在抒写方式上，将"官场""羁鸟"和"池鱼"有机的结合，在它们之间找到了性质上的共同：不自由，受拘束。因此才使这首诗具有新鲜的美感。

其次，必须新颖。英国唯美主义作家王尔德说："第一个用花比美人的是天才，第二个再用是庸人，第三个就是蠢材了。"比喻是诗歌中甚为古老又很常见的修辞方式，诗人在用时很容易落入旧套，因此，诗人必须善于储存自己的亲身经历的形象，既破人之旧套也破己之旧套，才能在比喻这种艺术手法的运用上推陈出新。

第三，要奇特。就是说诗人要善于在看似冰炭不投的事物中找出相同的特点，本体与喻体之间的不同点越大，相同点越奇。正如古人所说："物虽胡越，合则肝胆。"（刘勰《文心雕龙》）

贴切、新颖、奇特的比喻，可以开拓出美妙的诗境，相反，则是无法创造出诗的审美效果的。

二、夸张美

夸张，是诗歌中出现较多的一种修辞手法。夸张是为了更突出、更鲜明地表达某一事物，对事物的形象、特征、作用和程度等作扩大或缩小描述的一种修辞方式。

李白诗句："白发三千丈"即是夸张的使用。那么，夸张这种修辞手法，对于诗歌的创作与欣赏究竟有什么作用呢？刘勰《文心雕龙》中有"文辞所披，夸饰恒存"句，现实生活中某些事物即使再精细的描摹，也很难如实地再现出来，无法给人留下鲜明而深刻的印象。在这种情况下，夸张就显示出它不同凡响的效果了。

比如写黄河那一泻千里、奔腾澎湃的气势，只有"黄河之水天上来，奔流到海不复回"（李白）这样的句式才能尽传其神。由此可见，善于运用夸张，不仅可以传难言之意，得言外之情，还可收到"发蕴而飞滞，披瞽即骇聋"（《文心雕龙·夸饰篇》）的艺术效果。

诗歌里的夸张，总是与诗歌强烈的抒情分不开的。诗歌是主情的艺术，诗歌作品中反映了诗人对生活的感知、认识和评价，诗歌是重视诗人主观情感的抒发而不重客观事实的记录，当诗人"情动于中"，不吐不快，又觉得如实记录和描述也不足以表达自己的感受，不足以驰骋其情怀的时候，夸张就自然而然地产生了。夸张是诗人审美地把握世界的方式之一，追求的是艺术的真实美，我们不能因为其言辞之不近常理常情就怀疑它不能真实地反映客观。当然，诗人也不能因夸张不拘泥于事物的客观真实不注重形似，就可以毫无节制地乱夸张一通。再，夸张可以不合常理，但必须遵循情在理中的原则。还有，就是夸张必须以现实生活为基础，诗人一定要从自己在生活中获得的真实而强烈的感受出发，运用夸张，将主观情绪的"真"与客观对象的真实的"真"有机地统一起来。否则，夸张就会成为浮夸，浮夸不是艺术。

谈青少年学习诗词

一问：诗词是什么？是怎样产生的？为什么说诗词的形成是由我国语言文字的特征决定的？

诗是最能表达思想感情的文学体裁，是我国最古老的文学形式。早在西周初年至春秋中叶，已有诗的出现。诗，源自群众劳动生活中，发自内心的感叹和呐喊。歌谣是诗的源头。文字产生后，有人记录下来，便是诗。词、曲是后来在诗的基础上发展起来的。孔子收集、整理民间诗歌，称《诗三百》，奠定了中华诗的基础，汉代尊为经典，始称《诗经》。战国的《楚辞》，汉代的乐府，再经魏晋六朝的诗歌演变，出现了唐诗的高峰。随后，宋词、元曲相继而生。

中国是诗之国，诗的足迹遍及人类活动的每个角落。这不是偶然的，因为诗的形成，是由我国语言文字的特征决定的。与西方的语言文字不同，中华民族的语言文字有显著的特色。中国文字，是方块字。一字一言（或多言），一字一义（或多义），有意可解，有韵可押，有四声可分，有音乐节奏。

正因为我国语言文字有这些特点，诗的应运而生，是自然而然的。我们能以二字、三字、四字、五字来表情达意。而诗的形式发展，也有二字，如（断竹，续竹，飞土，逐宾），三字（人之初，性本善），四字（关关雎鸠，在河之洲），五字、六字、七字，则更能完整地表达思想感情了。

隋唐以后，推行科举制度，以诗文取士，以诗应酬，以诗言情，使诗既登大雅之堂，又深入到社会生活的各个角落。可以说，中华诗题材之宽阔，内容之丰富，应用范围之广大，社会影响之深远，体裁之小（20字、28字等），空间之大，不独在我国的文学界，甚至在世界文学之中，也是罕见的。

我国在世界诗坛上赢得了"诗国"之美誉。诗，究竟是什么？简而言之，诗是诗人"感物吟志"的形象载体，也是所有文学品种中产生最早、最直接诉诸心灵、反映社会生活的一种艺术形式。

诗词在中华文化上、在人文教化上和道德传承上，都占有重要的地位和不可代替的作用。

二问：为什么要提倡青少年学诗？传统诗词的教化作用是什么？

青少年学诗，在我国有数千年的传统。古往今来，诗与青年人关系密切。早在两千多年前，孔子就提倡学习诗歌，他说："不学诗，无以言。"意思是不学诗，就没有正确的言论。为此，他将诗教列为六艺之首。历代青少年都努力学诗，以读诗为主课，并有许多以诗成名的故事——骆宾王，7岁写了"鹅鹅鹅，曲项向天歌，白毛浮绿水，红掌拨清波"的诗。王维，17岁写了《忆山东兄弟》"独在异乡为异客……"白居易，写《赋得古原草送别》时，年仅15岁。

传统诗词，是中国文学皇冠上的明珠，凡炎黄子孙没有不被其熏陶、感染的。小孩子从能开口学说话时起，父母就教他背诵"床前明月光""锄禾日当午""曲项向天歌"等诗句。

孔子曰："诗可以兴，可以观，可以群，可以怨。"

兴——振兴民族精神，能鼓舞、激励人们奋进。

观——提高观察知情能力，可观民风。

群——增强群体观念，能团结大众，为一个共同的目标而奋斗。

怨——针砭社会弊病，起教育和警惕作用。

在当代，诗教被专家学者公认有六大功能，即立德、启智、健心、育美、燃情和创新。

我们要利用经典诵读和诗词创作活动，对广大青少年进行热爱祖国语言文字，传承和弘扬优秀传统文化的教育，树立良好的社会风气，促进精神文明建设，构建和谐社会。特别对青少年，受一些不良社会风气的影响，有的不爱学习、痴迷网吧、盲目攀比。有的不尊重师长、不孝敬父母。这些人文的丢失，说明加强对青少年的素质教育，已引起了全社会的广泛关注。

我们知道，在传统诗词中，包含有许多做人的道理。宣传这些优秀的传统文化，并通过广大青少年自己学诗、读诗、写诗的活动，激活诗词的教化功能，使正确的人生观、价值观，潜移默化地"内化"为人的素质，陶冶情操，升华精神境界。许多传世佳作，内涵深刻，意存高远，凝聚着中华民族精神，一个民族、一个国家，有了这些精神，就会打而不垮。

我们不妨摘录一些诗人佳作，看看他们给了我们怎样的启示。

1、对国家：有林则徐的"苟利国家生死以，岂因祸福避趋之。"

2、对人民：有杜甫的"安得广厦千万间，大庇天下寒士俱欢颜。"

3、对故乡：李白的"举头望明月，低头思故乡。"

4、对父母：孟郊的"谁言寸草心，报得三春晖。"

5、对友谊：王勃的"海内存知己，天涯若比邻。"

6、对气节：文天祥的"人生自古谁无死，留取丹心照汗青。"

7、对立志：李白的"天生我材必有用。"

8、对学习：杜甫的"读书破万卷，下笔如有神。"

9、对光阴：颜真卿的"黑发不知勤学早，白头方悔读书迟。"

中华诗词的主题内容博大精深，若得其精神实质，并学以致用，也足可作我们的座右铭，而终身受益。

诗词有强大的生命力，它是中华文化的精髓。当前传统诗词出现了繁荣的局面，很多学校的中小学生，都在学习诗词，不少学校评上全国诗教先进单位。教育部在语文课程改革中，将阅读提到了一个重要的地位，对中小学生诵读篇目和课外阅读古诗文做了规定，小学生80首，绝句为主；初中生70篇，其中文言文20篇，古诗50首……这对提高学生人文素质、文化品位极有用处。不但学生的文学水平普遍提高，而且开始写出比较好的诗。

在这种情况下，诗教"六进"（即进学校、进机关、进社区、进农村、进企业、进军营）工作应运而生。不仅是传授诗词的写作方法和技巧，而是要通过"六进"继承和发扬传统文化中的人文精神。

这也是我们以诗育人，进行诗教的现实意义。通过教育部门、学校、诗词组织，对在校青少年开展诗教。配合语文教学改革，指导学生读诗写诗，弘扬诗教，向素质教育转轨。根据各地诗教情况的交流，让诗词进入中小学校园，培养青少年诗人，既是必要的，也是可行的，我们已取得的成绩和经验，就是最好的证明——指导青少年读诗、写诗，可以激起思维浪花，开发智力，不但不影响其他的功课，而且由于学得活泼、轻松，提高素质，克服"应试教育"的弊端，其他功课会学得更好。同时，学生的个性特长得到了发展，潜在的天赋才能得到了挖掘，以诗促文，一些小诗人的作文水平显著提高，作品在报刊上崭露头角。

三问：那么，学习写作诗词，青少年怎样入门？能否简单讲一下诗词格律知识。

五言诗和七言诗，是汉朝产生的诗体。五言诗起源于西汉的民谣，东汉末的《古诗十九首》，是最早出现的成熟的五言诗。三国曹丕的《燕歌行》是第一首完整的七言诗，但它还是句句押韵的。隔句押韵的七言诗最早的是鲍照的《拟行路难》。到齐梁时代，诗体又逐渐发生了变化。这种变化主要是随着四声的发现，而在诗歌创作中开始讲究平仄。

我们大致了解一下格律的基础知识。先说"古体诗、近体诗"的概念我国的传统诗，又称为旧体诗，总体上可分为：古体诗、格律诗两大类。

古体诗产生较早，形成于汉魏六朝。唐代形成了格律诗，也就是"近体诗"，包括律诗和绝句。由于这种诗歌成熟于唐代，唐人称它为"近体诗"，后人一直沿称至今。

近体诗与古体诗的主要区别是：讲究格律、平仄、对仗的，称为"近体诗"。不讲究平仄、对仗的，称为"古体诗"，又称"古风"。

下面重点谈近体诗的格律——

近体诗（格律诗），主要有四个特点：（1）句数固定。（2）押韵严格。（3）讲究平仄。（4）要求对仗。

一、句数：律诗都是八句，绝句都是四句。

二、押韵

1. 诗韵。押韵是我国诗歌的第一个特征，从《诗经》到后代的诗词，几乎没有不押韵的，民歌也要押韵。

所谓押韵，就是把同韵的字，放在诗句的固定位置上。一般是放在句尾，所以又叫"韵脚"。押韵，使诗句产生韵律美、和谐美。

诗词中的韵，大致等于汉语拼音中的韵母。一个汉字用拼音字母拼起来，一般都有声母和韵母。例如："公"字，其中的"g"是声母，"ong"是韵母。声母在前，韵母在后。韵母相同或相近的字，就是同韵字。如"公、东、宗、龙"等，它们的韵母都是"ong"，所以它们是同韵字。

近体诗，一般是用平声韵，隔句押韵。即绝句的二、四句，律诗的二、四、六、八句，必须押韵。

2. 韵书。将常用的几千个汉字，按读音相同或相近，声调相同或相近的原则，编组成书，就是韵书。

古代的韵书有《平水韵》。现代的韵书如《中华新韵》，为新韵。

3. 现在写诗，分成古韵和新韵。古韵以"平水韵"为准。新韵一般以"中华新韵"为准。

三、平仄

现代汉语拼音，把声调分为四声：

一声阴平（－）；二声阳平（ˊ）；三声上声（ˇ）；四声去声（ˋ）。

——阴平、阳平统称"平声"。

——上声、去声统称"仄声"。

平仄是在四声的基础上，归纳出来的。平指平直，仄指曲折。

平仄，即平声和仄声。

平：现代汉语的第一声、第二声。（－）、（ˊ）

仄：现代汉语的第三声、第四声。（ˇ）、（ˋ）

学写格律诗，应先辨别平仄。辨别平仄的基本方法有：

1. 按新声，查《字典》，根据"四声"音标判明字之平仄。

例如："春夏秋冬"四字，除了"夏"是仄声外，其余三字都是平声。

或用专门的工具书，如《中华新韵》等韵书，查对平仄。或运用网络工具。

2. 还有一种最快捷的方式：用普通话拼读，辨别平仄。

举例说明：

阴平（–）：包（bao）、昌（chang）、飞（fei）

阳平（ˊ）：雹（báo）、常（cháng）、肥（féi）

上声（ˇ）：宝（bǎo）、厂（chǎng）、匪（fěi）

去声（ˋ）：报（bào）、唱（chàng）、废（fèi）

（1）近体诗的平仄声调，基本上是两个字为一个音节。

（2）句子中的平仄关系，是平平仄仄交替变换的。

近体诗的平仄看起来复杂，但基本要求只有一点：平仄相间，以求得声调的抑扬顿挫。

如，五言诗的平仄，可以看成是在"平平——仄仄"或"仄仄——平平"的基础上，再加上一个音节形成的：

（甲）仄仄——平平——仄（乙）平平——仄仄——平

（丙）平平——平——仄仄（丁）仄仄——仄——平平

以上这四种句式，是近体诗的四种基本句式。七言诗，不过是在前面加上相反的平或仄，即：

（甲）平平仄仄平平仄（乙）仄仄平平仄仄平

（丙）仄仄平平平仄仄（丁）平平仄仄仄平平

这四种基本句式的交错，就构成不同格式的律诗。

律诗有四种基本格式，即仄起仄收、仄起平收、平起仄收、平起平收。

（律诗的平起、仄起，以首句第二字的平仄为准。平收、仄收，以末句最后一字的平仄为准。）

四、对仗

对仗，即对偶。对偶，指的是两句相对。它的作用是造成语言的整齐美、对称美。

　　律诗，由四个联组成，中间两联，要求对仗。

　　上面讲了格律诗的三要素：押韵、平仄、对仗。

　　格律诗是经过千锤百炼，形成的"黄金定律"。格律诗，多则八句，少则四句，从字数说，多则 56 个字，少则 20 个字，语言精练，好记易背，融对称美、节奏美、均齐美、简洁美和音乐美于一首诗中。

　　律诗的韵律比古风要严格，学起来似乎难度较高，背出四句平仄口诀，掌握其中规律和要领，就没有学不会的。

　　在中国的诗歌发展史上，古体诗和格律诗占有同等地位，二者并行发展。历代都有很多诗人写出优秀的古体诗篇。由于古体诗在形式上比较自由，对初学者的束缚较少，因此，从古体诗入手，是传统诗词写作入门的捷径。有兴趣的，不妨一试。

　　四问：了解诗词格律的基础知识后，如何进行创作，怎样才能把诗词写好？针对青少年写诗，请给出一些建议。

　　诗，虽说是激情的产物，是人类生活的一种高级表现形式，集精、美、高、雅于一身，但它植根于现实生活之中，并非神秘莫测、或虚无缥缈。学作诗、自然也不是高不可攀。

　　写诗不难，但要写出好诗，就要下真功夫了——

　　首先，要多读。培养自己爱书、读书的优良习惯，或泛读精研，或死记硬背，坚持不辍，就能背熟几百首诗以上，这是一笔不小的财富和资本。读多了，习惯于诗的语言，沉浸在诗的意境中，享受着诗的音乐节奏，吸收丰富的营养，充实自己，提高精神境界。多读、多写，多动脑筋、想问题，从古今名家的代表作品中汲取养料，为我所用。诗要多读，要吟诵，广泛吸收前人的艺术成果。所谓熟读唐诗三百首，不会作诗也会吟。

　　其次，要形象思维。写诗不能只用逻辑叙述，应突出形象，使人读起来感到具体、生动。如刘禹锡《望洞庭湖》："湖光秋月两相和，潭面无风镜未磨。遥望洞庭山水翠，白银盘里一青螺。"拟人化是形象思维的重要手法。把静物写得活泼生动，写得有情有意。

传统诗词有基本固定的格式，只要你有一定的汉字基础，只要有兴趣、有信心，就能够很快学会。了解诗词的写作常识，掌握基本功。多读、多写，用形象思维，并在选题、立意、语言上，多下功夫。日积月累，自然会熟能生巧，写出真诗好诗来的。

关于作诗，还有所谓"诗外工夫"与"诗内工夫"的说法。

"诗外"一说，是南宋诗人陆游，在晚年写给儿子的诗中提出的告诫："汝果欲学诗，工夫在诗外。"

这个"诗外"，是指生活是创作的唯一源泉，诗是现实生活的真实反映。没有生活，创作必然成为无源之水、无本之木。诗人艾青在《诗论》中指出："最伟大的诗人，永远是他所生活的时代的最忠实的代言人"。

如果说，"诗外工夫"是诗人从事创作的根本，那么，"诗内工夫"就是诗人为实现自己的创作理想，写成诗篇必不可少的重要手段。它包括创作全过程所运用的一系列艺术技巧，如何从现实生活中选择素材、确定主题，如何构思，营造意境、谋篇布局等，诗人都得独具匠心，力求精致完美，始成佳构。

总之，学写诗不难，要写好真不易。因为格律方面，10 分钟就可以领会。因为写得好不好，主要不是技巧问题，而是个人的学问、经历、品行、修养等决定的。诗如其人。写诗，也就是做人。人的阅历广，见识多，人品好，风格高，写的诗才有深度。

五问：诗词是一种古老的文学形式，能否谈谈当代诗词的现状，我们怎样才能更好地继承诗词传统？

诗是吟唱生命的，是一个人、一个民族、一个时代心灵的记录。人都有一颗观照天地、体察万物的心灵，生命无穷，诗词之火就不会熄灭，好诗永远写不完。诗词，仍然可以表现当代生活、当代情感，当代仍然需要"兴、观、群、怨"。传统诗词还有其独特长处，有独立存在的艺术价值，所以一进入改革开放年代，便和者云起。

诗词逐渐走向复兴，主要表现有三：1．庞大的诗人队伍和爱好者群体。各地诗词社团成员，号称 200 万诗人。诗词走出狭小的文人圈子，在各行各业平民百姓中普及。2．创作规模。全国诗词年产量过百万篇，约为全唐诗的 20 倍。各地的诗词刊物就有千余种。3．大规模进入网络。

在几千年的发展过程中，诗词形成了一个举世无双的完美体裁系统，具有广泛的表现力和适应性，同时还能以海纳百川的气概"无日不趋新"，所以能受到国人经久不衰的热爱，赢得了世界性的尊严。

而且由于它的短小精炼，便于创作和传播，更适应现代人的生活节奏，适合于网络传递，所以受到越来越多人的青睐。青年人并不排斥旧体诗词，在他们身上都有诗词的基因，呼之即出。年轻人写诗词，主要是自我表达、情感抒发、心灵交流的需要。

当代诗词，是源远流长的中华民族诗歌史有机的组成部分。五四以来，新诗逐渐登上诗坛正统地位，传统诗词处于被忽视的境遇。然而诗词以其顽强的生命力，一直绵延不绝地发展着。90 年代兴起"国学热"，人们对优秀传统文化、对诗词的关注越来越多。

在古代，诗处于文学正统地位，词也很早就成为士大夫抒情言志的工具。与古代诗词不同，现当代诗词必然会呈现独特的风貌。作为汉字的延伸物，诗词是其他民族和国家所无的文化形态，必须忠实继承、努力发扬光大。

诗词，是从汉字基础上延伸而来的最高文学形态。没有受过教育的人，不可能爱诗词。只有识了字、读了书、习了文，这个兴趣才会出现。我们爱诗词，不是本能，而是由于坚定的文化自觉和文化自信。今日，国人文化自觉上升，文化自信强化，越来越多的人爱上了诗词。诗词同京剧、昆曲、书法、绘画一样，是我们民族独特的文化形态，展示本民族的文化与精神。

作为中华文化的代表性文学品种，诗词也需要不断创新。目前传统诗词只是在走向复兴，并未完全复兴，主要是缺乏精品力作。虽然作者和创作的数量可观，但令人折服的佳作并不多。各方面的共识：

关键在于出精品。有精品才有吸引力、说服力，才能流传，达到真正的复兴。

另一个重要举措就是抓诗教。各地诗词学会，同教育部门配合，推动诗教活动，发挥国民教育在文化传承创新中的基础性作用，增加传统文化课的内容，加强优秀传统文化教学基地建设。

六问：学校和家长怎样指导青少年读诗、写诗？具体可行做法是什么？

指导青少年写诗，从模仿到试作，既要遵循格律，形式上又要少受些束缚，采用新声，掌握句型，尽意写作，只要反映生活的真实，写出意蕴和情趣，读来琅琅上口，以后逐步提高。要因人而异，自由选择，有兴趣爱好，愿意尝试的就写，有欣赏水平、有创作能力的多写。

因此，古诗教学，要讲一点格律知识，训练创作，培养兴趣，指导熟读、朗诵、吟唱，体会到诗歌的语言美、音韵美，使青少年受到诗的熏陶，培养健康的审美情趣，提高对美的感受力、鉴赏力和创造力。

实现"成功教育"。

学校领导重视，因势利导，调动师生教诗、学诗的积极性。教好入选课本里的古诗，指导学生课内课

外读诗、吟诗。指导青少年写诗，首先要教青少年读诗。脍炙人口的优秀诗篇，易记易诵，可提高学生的学习情趣、欣赏水平与写作能力，既弘扬祖国传统文学，又相应提高作文教学的效果。

把青少年学古诗延伸到课外、校外去，争取得到全社会关注和家长支持。课本里入选的古诗，教好学好，完成教学大纲规定的任务，实施基础工程。利用早读、班会、课外活动和兴趣小组等，开展读古诗活动。学校课前三分钟都辅以诗教，背诵、朗诵或解读简单创作，诗词活动常态化，形成了良好的诗词学习氛围。

推出便于青少年读者理解的诗词普及书，由专家、学者编写出适合大中小学的分级教材。简明地讲解格律，尽快掌握格律的要领。对

从零起步的人，进行辅导。选编古诗若干首，作为学生课外阅读。推荐小诗人作品向外发表，调动他们的创作积极性。组织小诗人采风、远游等，参加社会实践。争取报纸、电台等媒体，支持报道，让人们多了解。

进一步开展以"诗词进校园"为重点的诗教活动及采风、诗词讲座、诗歌朗诵、诗赛等活动，普及诗词知识，培养后备人才。

中小学成立诗词分会、组建诗词特长班，开展形式多样的学诗、吟诗活动，出版师生诗词专辑，将诗词作品编成歌舞等。扩大对外交流，形成诗教的良好态势。指导青少年读诗、写诗，为向素质教育转轨闯出了一条新路。与家教结合，争取家长的支持。

前面重点讲的是格律诗，有严格的格律要求，学起来难度较高，但只要背出四句平仄口诀，掌握其中规律和要领，就没有学不会的。

诗词分格律诗、古风二大类。青少年写诗，可先从简单的古风入手。古体诗（古风），不讲究平仄和对仗，也不要求每句每字讲究平仄。押韵也较宽，凡音韵相近的邻韵，皆可通用。既可押平声韵，也可押仄声韵，并且平仄韵可以自由转换。青少年可以先从古风写起，逐渐培养学诗的兴趣。

在历史的长河中，中华诗词曾激励了一代又一代人。今天，她也一定能够激励青少年一代成为既掌握先进科学技术，又有高尚的思想道德修养和人文精神的栋梁。

现在，传统诗词，引起学校和家长的重视，这是一件好事。即使不写，读一些、背一些古诗，也有用。趁年轻记忆力强，多读多背，将古往今来最美、最有文采的诗词语言，融入自己的生命中，即便有些不太懂，随着年龄增长，阅历的增加，对诗句的理解逐渐加深，终生享用不尽。

要把诗写好，还有许多细节可以讨论，这里就不展开了。

希望广大的青少年朋友，喜欢诗、读诗、写诗，自觉接受几千年优秀文化的洗礼。高雅人生，从走近诗词开始。谢谢！

试论当代诗词社团（刊物）生存境遇及发展前景

目前，中华诗词方兴未艾，正在从复苏走向复兴，形势喜人。国内各类诗词社团约有上千家，公开和内部发行的诗词报刊有一千余种，每年刊登的诗词新作达几十万首，数量可观。当代诗词社团及其刊物作为中华诗词发展的重要组成部分和重要的参与者，其发展的现状已引起相关部门的重视并进行研究。下面先从我们的《诗词之友》刊物入手，介绍一些实际情况，谈一些认识和体会，供大家参考。

一、关于《诗词之友》

（一）起源

1998年，中华诗词学会举办"世纪颂"中华诗词大赛，我应邀参与了大赛的一些前期筹备工作，为配合大赛进行相关宣传，在学会领导的大力支持和帮助下，于1998年底编辑出版了《诗词之友》对开套红大报，及时报道大赛的盛况，刊发当代诗人词家新作新论，发放给各地诗家、诗友，对大赛特别是对当时的诗词活动和诗词传播，起到了很好的宣传和推动作用。

时任《中华诗词》主编的杨金亭先生这样诠释《诗词之友》："诗词之友"就是诗词的朋友，侧重诗词知识的普及，以诗会友。他和当时的中华诗词学会秘书长周笃文先生等一起给起了这个名字，由会长孙轶青先生题名，刘征先生任名誉主编，郑伯农先生任主编，我任执行主编。1999年《诗词之友》出版三期报纸后，改为大16开的书型刊物，分别请李锐先生和贺敬之先生题写刊名，2001年请著名诗人臧克家先生为《诗词之友》题写刊名，并沿用至今。

　　《诗词之友》诞生在世纪之交，一开始便和中华诗词学会、北京诗词学会等有着较紧密的联系。不久，中华诗词学会成立了"文化发展部"，聘任我为该部部长，以更好地推动中华诗词事业的发展。2002年协助中华诗词学会青年部，参与策划组织了中华诗词首届"青春诗会"，并赞助了全部代表、嘉宾在诗会期间的食宿、采风等费用。北京诗词学会发展我为该会"最年轻的理事"，段天顺会长对《诗词之友》一直关怀支持，《诗词之友》也为北京诗词学会出谋划策，为北京诗词学会主办的《北京诗苑》《诗词园地》及北京诗词学会十周年庆典活动等，做了一些实事。《诗词之友》创办伊始，便得到很多当代诗词名家的关注和支持，给予了很多帮助。创办至今，一直是在当代诗词名家、吟坛大家、师长、同仁的支持和鼓励下不断发展。立足北京，面向全国，以"普及诗词知识、繁荣诗词创作"为己任，结识了众多诗友并结下深厚友谊。十几年来诚信为本，树立良好口碑，刊物不断创新，整体质量不断提高，得到广大诗友的信任，凭着对诗词的热爱，一路走来，与北京及各省市县的各级、各类社团及刊物逐步建立联系，加深了解，互相寄赠刊物，进行交流。目前，已与全国各地几百家诗词社团和刊物建立良好关系，在国内拥有忠实的读者群，具有较广泛的影响。

　　最近几年，为广泛联系诗词社团及刊物，与国内上千家刊物进行交流，逐步发展了一些协办、联办单位，与理事单位一百余家联系紧密。开辟专栏对"理事单位"进行形象宣传，加深了解、互相支持，对其刊物进行介绍，诗词活动进行宣传。为《诗词之友》提供优质稿件的诗词社团及刊物负责人，聘为"特约编审"，为其刊发个人简介和作品等。加强交流与合作，联合举办各类活动等，共同促进传统诗词发展。

（二）发展

《诗词之友》从创办至今，一直从事诗词普及方面的工作，始终面向大众、面向普通诗词作者和爱好者，更多地满足他们学习、交流、发表作品的需要。除每期的封面人物和邀请一些名家、名作外，更多是普通作者、会员、创作员的作品。为提高刊物整体质量，在版式上不断更新，认真听取广大读者意见，2011 年还在全国范围内作了读者意见调查，读者、诗友给予了极大支持，提出了很多建设性意见，对《诗词之友》寄予很大希望，多数建议已被采纳。

从 2000 年开始，一年四期，不间断编印。2012 年由于作者数量不断增加，版面有限，为满足广大诗友发表作品的愿望，决定扩大版面，一年四期改为一年六期，页码也由 48 页增加至 64 页。至 2013年元月，已出刊 60 期，《诗词之友》也即将迎来创办十五年。

十几年间，除编辑《诗词之友》外，还做了一些对诗词作品、诗词资料的归集、整理工作，编印出版《世纪诗词大典》一至十卷，对跨世纪的十年间作者创作的诗词作品进行集结，反映了时代风貌和国家大事，体现出当代诗词作者的创作水平和风格。书中附录部分还收集了一些当代诗词社团刊物的简介及作者的个人诗词作品出版信息。后又编辑出版《中华诗词家名典》一至三卷，配发了作者照片；编辑反映当代诗词、楹联创作成就的旅游诗词集《中国名胜诗联大观》。2003 年编辑出版《抗击非典诗词选》，2005 年编印关注中国教育事业的《中国教育诗词选》等，均在国内产生了一定影响，有更多的诗友纷纷加入，成为我们作者队伍中的一员。

为满足各基层诗词学会诗社成员学习提高的需要，我们组织编辑了《诗词艺术指导教程》系列辅导教材，交由中国戏剧出版社公开出版，以函授的形式指导各学员诗友提高创作水平。并配合制作了吟坛名家诗词讲座的录音带、光盘等，反响良好。此外，还到老年大学和一些理事单位进行诗词讲座和交流活动。2013 年春到中国水电基础局有限公司进行诗词讲座、交流，该公司 60 多位诗词爱好者参加了讲座，向他们传播诗词格律基础知识与写作技巧。该公司系中国电力建设集团的子企业，诗词爱好者众多，群众基础好，领导层对企业文化建设高度重视并给予大力支持，公司主要领导担任诗词分会的名誉会长，每年有计划地举办多项诗词活动，2012年该诗词学会成为《诗词之友》"理事单位"，会上《诗词之友》向该会捐赠了一批诗词书籍和资料，以供学习、参考、提高。

从1999年"九九之春诗词笔会"到2012年"辛卯九九重阳笔会"，十几年间，《诗词之友》在京及外地组织多次各类笔会及采风活动，得到广大诗友和在京诗词专家学者、文化大家的大力支持。其间，得到老诗人臧克家、贺敬之的亲切关怀，当代诗词大家李汝伦、袁第锐等的鼓励，著名诗人刘征、丁芒、李锐、强晓初、霍松林、林从龙、周笃文、杨金亭、郑伯农、方祖岐、李栋恒、李文朝、曲润海、石祥、何火任、晨崧、丁国成、段天顺、易海云、秦中吟等多次亲自参会，文化部门领导孙家正、郑欣淼，著名学者周汝昌、舒乙、程树臻，著名作家谢冕、牛汉、屠岸、柯岩，著名书法家谢冰岩、沈鹏、庞中华，楹联家马萧萧、谷向阳、常江，画家雷正民、张海峰、龙黔石、韦艺和、刘瑞友、何海兴、刘育新等的支持，另有众多新诗、文学界的师友积极参与，《诗词之友》也一直坚持向著名诗人学者等常年赠刊。

2012年起与各地诗词组织及当地旅游管理部门合作，在江西庐山、湖北武汉、湖南炎陵等地，举办了特色专题笔会及采风活动，开阔了视野，增进了友谊，扩大了影响。特别是2013年春与炎陵县旅游管理局合作，在全国范围内进行诗词楹联征集及采风活动，利用当地的旅游资源，发挥其优势，扩大其影响，达到了预期的效果。国内很多楹联学会会员、楹联研究员参与了投稿活动，第一次诗词界和楹联界联合举办活动，做了有益尝试。通过采风、笔会、出版诗集、编辑诗词年鉴等多种形式，集结、发现和推介大批优秀的诗歌作品，收到很好的效果。

（三）创新

刊物是诗词普及的重要媒介，《诗词之友》十几年来始终以"普及诗词知识，繁荣诗词创作"为己任，注重刊物质量，一直努力把她办成广大诗友自己的刊物，贴近生活，贴近读者，团结广大诗友，一视同仁，坚持自己的特色，不断创新。注重基层作者的培养，使之成为诗词作者发表作品的园地和信息交流的平台，使更多的优秀作品能够广泛传播。

2011年的读者意见调查，收到各地诗友寄回的问卷几百份，对反馈的读者意见进行整理和归纳，其中一些诗友还附上信函，充分肯定了《诗词之友》的工作，同时给予许多建设性意见。希望在封面、版式上不断改进，更新颖独特；增加页码，多刊发作品；增加名师讲坛、诗词点评、名篇鉴赏的篇幅；多进行诗词创作知识的普及，促进作品质量进一步提高；多进行编者、读者、作者间的互动交流等等。

十几年间，始终以开放的心态，与各地诗词组织及刊物沟通交流，互刊作品和信息，不断加深了解，互相推荐优秀作品和诗论，对各地大型诗词活动进行义务宣传。广泛联络各地诗词组织，互相支持，开展与兄弟学会的交流协作，尝试开展同书法、绘画、音乐等领域的合作。积极探索，拓展思路，发挥诗词楹联的辐射作用，提高其社会认知度，更好地为社会服务。探索诗企联姻，为诗词事业可持续发展打下物质基础。

办好刊物，精益求精，强化刊物的服务宗旨，增强凝聚力。吸收、吸引新诗词学员，增强后备力量，壮大作者队伍。扎实推进诗词普及工作，繁荣诗词创作，实施精品战略。解放思想，拓宽思路，融入市场经济的大潮，诗词文化与社会需求相结合，主动为各地经济、文化、旅游、教育等部门提供服务，提高影响力。通过积极、健康向上的诗词楹联创作和交流活动，创造良好的文化环境。

发挥网络资源优势，积极筹建网站。近年还建立了自己的网站"中华诗词英才网"，作为宣传媒介，使更多优秀作品能够快速、有效地传播。精力所限，很多工作未能细化，如网页的不断更新等，还需要继续改进，以吸引更多的年轻读者，推动多出精品，努力开创诗词的新局面。

以上介绍了《诗词之友》刊物的基本情况和近年的工作，下面结合我们掌握的一些诗词社团刊物的资料，再谈谈当代诗词社团（刊物）现状，以更好地说明问题。

二、当代诗词社团及刊物的现状

据《诗词之友》不完全统计，目前国内各地诗词学会（协会）约有上千家，虽创办有千余种各类诗词刊物，但公开出版的诗词刊物寥寥无几。除《中华诗词》每期印行近二万份以外，诗词刊物的发行量并不乐观，每期印行千余份甚至几百份的居多，靠发行来维持比较艰难。

其他数量庞大、零散、规模不一的，是民间自办、有地区准印证或国际刊号的诗词刊物，出版周期不等，能坚持正常出刊的，以季刊居多。也有一些是双月刊，像《贵州诗联》（已出刊320余期）那样的月刊并不多。更多的是一些不定期出刊，半年左右甚至一年才出一期（本）。常常是视经费而定，或断断续续出刊，也有少量停刊后又复刊的，或每募集到一个企业出印刷费，便出一期（本）。

最常见的是季刊或双月刊，他们能坚持正常出刊，主要是这些刊物多由当地老干局、文联、政协等主管，财政上给予一些支持，有一些经费拨款，另外有一些诗词爱好者、离退休人员、会员的会费，和一些当地企业的赞助支持。编辑人员主要由离退休干部或会员组成，义务组稿、审稿、校对。作者多为本地会员，每期印数几百册，发放本会会员和寄给兄弟刊物交流。很多刊物以刊发本地会员的作品为主，交流范围基本限于本地及本省内刊物。

以山西为例，今年5月我到太原参加"新田园诗大赛二十年研讨会"，会议日程三天，邀请了北京及河北的几个嘉宾、老师，加上当地省市县诗词学会和县一级诗社的会员等30多人，费用是由当地一位劳动模范、企业家赞助的。会上，听翟生祥先生讲了"新田园诗大赛"举办二十年的艰苦经历，办公用房是他自己家的客厅，经费多是四处"化缘"而来，幸有当地一些有识之士慷慨解囊支持，才得以坚持至今，20年办了五届全国性的大赛，非常不易。其下属的唐槐诗社、杏花诗社等几个诗社，由当地的诗词爱好者自发组织成立，由教师、职员等组成，诗社的活动都是利用业余时间，也没有固定办公场所和经费。

我们经常阅读各地寄来的诗词刊物，从其刊登的社团活动报道中了解他们的一些情况。如最近收到的辽宁锦州《未名诗笺》，18年编辑了80期，从一开始的月刊、改为双月刊，后又改为季刊。其第80期《卷首寄语》写道"我市文化战线的老前辈按捺不住内心火热的激情……他们要作诗填词，于是才有了刊物的诞生"，"18年来在经费拮据的情况下，坚持办到今天"，列举了18年间多位各地诗友对刊物的捐赠，从中可得知刊物的发起缘由和其中办刊的艰辛。2013年6月出版的总第11期《临沧诗词》，在其2012年工作总结中提到"为了进一步提高办刊质量和节约费用开支，将原来每年出版二期的《临沧诗词》专刊改为一期……"也属无奈之举。

2011年我们和江西九江市诗词联学会一起搞过一次活动，该学会由九江市文联主管，一些市级机关离退休的老干部担任会长、副会长，吸收一些爱好诗词的在职干部、市委宣传部门的领导担任名誉会长、副会长、名誉主编，副会长就有20多位（多为在职），以调动各方的积极性和争取各部门的支持。其主办的刊物《匡庐诗词》，在我们和他们搞活动至今的近两年时间里，只出版了一期。也没有什么活动经费，要组织什么活动需四处找赞助，印刊物也是如此。

山东淄博市柳泉诗社2012年举办二十周年庆典活动，我受邀参加。诗词学会负责人是原省部级领导退下来的，很支持各项活动，省相关领导及省诗词学会来人参加、支持，活动就好办一些，经费可以得到基本保障。

内蒙古赤峰市诗词学会是办得比较出色的，学会是在老会长、市委原领导杨凤趾等人的发起下成立的，2012年我参加了他们成立20周年的庆祝活动。其下属的赤峰市红山诗词学会所办的《红山诗词》《紫塞吟坛》，也办得有声有色，关注当地社会发展，关注校园，关注诗教，"雏凤吟声"栏目刊登当地中小学生诗作。（补充：大约十年前，为便于和全国诗词社团联络，《诗词之友》曾绘制了"全国诗词社团通讯联络图"，当时上面就有赤峰市诗词学会，今天它还存在，真是令人欣慰。前些日子，当我仔细查看"联络图"时，却失望地发现，很多标记过的、十几年前联系密切的诗词社团，有一些已经很久没有联系或联系不上了，近几年也一直没见到有交流的刊物寄来，估计其中大部分已经不存在了。）

也有工作卓有成效的，如 2013 年第 1 期《滨海诗联》上，刊登了浙江省诗词楹联学会秘书长周友生的一篇文章，谈到他结识省里几位老领导并在他们的帮助下，解决了办公场所和经费不足的困难。浙江省诗词楹联学会，2006 年起省财政厅将其学会的经费列入省级年度预算，每年拨款 20 万元，省领导批准无偿划拨办公用房。其学会在建设浙江文化大省中发挥了不可低估的作用，诗词文化的社会作用发挥出来了。也许这是个例，但由于他们的积极努力，解决了办公场所和经费问题，具有较好的示范作用。

《防城港韵》2013 年第 1 期（总 18 期）上刊载：2012 年广西防城港市被授予"中华诗词之市"，过去十年的诗教经历，披荆斩棘取得的成果，十年奋斗圆了一个"诗市之梦"。要再奋斗十年，圆一个"诗词强市"之梦。具体操作上做到五个结合，如 1. 坚持传统文化与特色文化相结合，2. 诗教工作与文化旅游建设相结合，等等。成立防城港市诗教创新发展领导小组，认为"诗词强市"是一项民生工程、德政工程……

以上是一些社团刊物的现状，同时也反映出诗词社团刊物的一些普遍问题。刊物缺少读者，写诗的人不看诗，不仅是诗词，新诗也是如此，作者数量远远多于读者数量，这种现象反映出一些问题。归纳为三点：1. 刊物整体质量问题。刊物整体质量有待提高，从内容到形式都欠缺，作品质量差强人意，版式设计欠美观。很多是老干部写作，写给老干部看，缺少年轻的作者、读者群，缺少吸引他们的东西。我们为什么写诗？我们的诗写给谁看？这是出发点，许多作品与群众有着某种距离感。诗人是人民的代言人，诗人的家国情怀与人民群众的诉求应融为一体，应坚持古典诗词的文化精神和情怀，保持对生活和社会的关心，对人类的关怀和对时代的敏感，应关注人类的命运、同胞的处境、生命的价值等重大问题。2. 经费和人员问题。学会多是松散性的群众组织，人员来自四面八方，年龄大、身体状况不佳，或在职在位等，都与学会的工作有一定冲突，规范化管理还不到位。经费解决难，办公用房、工作人员劳务、印刷费用、邮寄费用等。3. 服务意识问题。服务观念较差，为时代高歌，为主旋律服务，为人民大众服务，不应只停留在嘴边，而应落实在行动上。

三、当代诗词社团（刊物）发展前景

中华诗词学会郑欣淼会长 2012 年 12 月 26 日在郑州出席"诗圣杯"大赛颁奖大会时说：2012 年 11 月底，全国共有诗词之市（州）11 个，诗词之乡 96 个，诗教先进单位 89 个。在全国公开发行或内部印刷报刊上，发表的诗词作品每年多达几十万首；在全国中华诗词的文化创作大军已突破两百万之众。从整体上看，这些年的诗词创作是繁荣的，几乎每个市县都有诗词社团和诗词报刊，编辑出版各类诗词刊物、诗词集，举办讲座、笔会、采风、诗赛及各种诗词活动，各地诗词活动参与者众多，诗词发展形势好，也各有一些成功之处，试举几例：

2012 年山西《榆林诗刊》榆林诗词学会成立五周年特刊（2007－2012 年），回顾五年来的大事：2007 年，举行成立大会；2008 年，第十届中国散曲学术研讨会在榆林举行，纪念改革开放三十周年大型诗歌会；2009 年，启动编纂《榆林当代诗词全集》，成功举办"咏榆林诗词大奖赛"，献礼国庆六十周年；2010 年，全国第三届华夏诗词奖颁奖会在榆林举行；2011 年开展榆林市作者诗作年度评奖；2012 年，接待中华诗词研究院、《诗刊》采风团……可看到他们在过去五年里取得的成就。榆林诗词学会自成立之日起，即得到陕西省及榆林市各级领导高度重视，联络各地诗词组织，开展全国及地方各级诗赛，扩大了影响，成绩卓著。

再看看榆林诗词学会 2013 年工作设想：以弘扬中华诗词传统、繁荣当代诗歌创作、促进先进文化建设为宗旨。1. 加强组织建设，壮大诗词队伍。2. 强化精品意识，办好学会会刊。3. 进一步开展以"诗词进校园"为重点的诗教活动及采风、诗词讲座、诗歌朗诵、诗赛等活动，普及诗词知识，培养后备人才。4. 广泛开展与兄弟学会的交流协作，开展同书法、绘画、音乐、摄影界的合作。5. 精益求精，完成《榆林历代诗词全集》编纂工作。市委宣传部副部长指出：诗词工作者是全市文化建设的一支重要力量，诗词工作是全市文化工作的重要组成部分，要振奋精神，创造出反映时代、反映生活的优秀作品，为文化大发展、大繁荣做出新贡献。

又如广东梅县梅岭诗词联学会主办的《梅岭诗风》季刊，2012年第 4 期，由梅县梅岭诗词联学会与兴宁市石马镇人民政府办公室合编；2013 年 1、2 期合刊为嘉应学院特刊，该期特刊对嘉应学院建院一百年的成就进行了宣传，刊登了数十幅校园的图片、并配发了几十首为嘉应学院建院一百年新创的诗词。通过多种方式筹集资金，解决了学会正常工作的运转，量入为出，精打细算，节约开支，使收支平衡，略有结余。

《淮海诗苑》2011 年第 4 期（总第 100 期）上刊载：《淮海诗苑》是江苏淮安市老干部诗词协会主办的江苏淮安市诗词协会会刊，自 1986 年创刊，每年 4 期，回顾 25 年的办刊历程，可谓百期辛苦不寻常。25 年，每期刊登 500 首诗词计算，共发表诗词联 5 万首、近百篇诗评诗论文章，并结合采风和纪念活动编辑出版了 20 多部诗词专辑，在推动诗词普及、繁荣诗词文化方面作出了贡献。其基本做法是：1. 组织理论研究和交流。举办诗词讲座，专家做报告。2. 求新求美，不断创新。开本从 32K，到 2005 年改为 16K，封面图案不断改进，栏目设计更趋合理。3. 扩大稿源，用稿有选择余地。不到 10 平方米的办公条件下，利用网络，用网上高精尖的诗词充实稿源。利用《淮安日报》周末文艺版，刊登一些传统诗词。每年一次精品诗作奖，网上投票，举办诗联作品成果展。也总结出问题，如精品力作不多、有时未按时出刊、校对还不够仔细等。

由广东江门新会冈州诗社编印的《冈州诗草》2012年1月（总第57期），刊登了一则《承接命名撰联服务启事》，上面写道：为适应市场经济发展和社会各行各业需要，本社开设公司企业命名、个人起名和撰写对联（包括嵌名、各类喜事、婚姻、祝寿、新居进火、祠堂等）。

为各界人士服务，保质完成，令人满意。他们充分发挥自身优势，为社会大众服务。还配合"2011 中国·会陈皮文化节"，为文化节组稿。配合江门市海洋局等单位成功举办"江门中华白海豚杯"全国诗词邀请赛。编印以上两项活动的专辑，刊登诗词作品和相关介绍文章，对新会陈皮和江门中华白海豚进行了很好的宣传。

江苏滨海的《滨海诗联》2013年第2期（总48期）卷首语：由江苏滨海县文联主管，滨海县诗词楹联协会主办的《滨海诗联》，2013年由滨海农商银行协办。12年前成立到现在，始终依靠县委、县政府的坚强领导和社会各界的宝贵支持，大力弘扬时代主旋律，主动配合县委、县政府的中心工作开展采风、创作、展览、诗联朗诵等各项社会公益活动。支持、配合县委宣传部、县文广局、县教育局、县文明办、县新闻宣传中心、县文联、滨海农商银行等七个部门，成功举办了滨海县"五大会战"诗词楹联朗诵会，既策应了县委中心工作，也丰富了其诗词楹联教育活动的内涵。讴歌滨海经济建设所取得的巨大成就，讴歌全县城乡面貌的巨大变化。江苏滨海县系中国楹联之乡、中华诗词之乡、中国书法之县。诗词活动涉及工业、农业、教育、文化，社会生活的方方面面。

宁夏诗词学会主办的《夏风》，是办得比较有地域特色的。2012年《夏风》创办20周年，在《夏风》二十周年专号上刊登了20周年寄语：二十年来，《夏风》在自治区党委领导和社科联业务指导、宁夏日报及区内外作者的大力支持下，坚持"二为"方向、"双百"方针，紧紧围绕着党中央的战略部署和自治区党委的中心工作，为弘扬民族传统文化，宣传宁夏，深入基层采风，编发专栏专版。在经费不足、物价上涨的冲击下，一班年迈的离退休业余编辑，顶住困难，变压力为动力，自力更生、艰苦奋斗、坚持办刊。由宁夏日报原两月一期一版到独立办报一期四版；又从报型转为刊型（季刊）。至今已出版 67 期，共发表诗、词、曲数万首，诗论数百篇，推出宁夏诗人 36 人，诗歌信息近千条。其中不少作品和文章被区外和中央报刊转载，并收入有关选集。有不少作品获自治区及区外全国性诗赛奖项，2011 年宁夏社会科学联合会成立 30 周年，《夏风》又被评选为优秀刊物……宁夏历史上基本是诗词沙漠，改革开放以来，随着五湖四海支援宁夏，才有了一些诗词作者。1988 年自治区诗词学会成立，会员只有 20 人。当时，真正达到发表水平的仅有 10 来个人。随着全区文化事业的发展，诗词队伍不断壮大，迄今已有 200 多名会员。"它山之石，可以攻玉。"在以宁夏作者为主的同时，也像全国兄弟刊物一样，适当采用外稿，是为了区内外作者互相交流学习。今后要继续坚持"二为"方向，"双百"方针和"三贴近"、主旋律、多样化相结合的原则，在建设中国特色社会主义文化总目标中，建设有西部尤其是宁夏特色诗词，力求作品能体现社会主义核心价值体系，有时代生活气息，有鲜明的人文精神。

《庐陵诗词》2013 年 6 月（总第 22 期）上刊载：江西吉安市庐陵诗词学会 25 年，出刊 21 期、选集 3 部。参加吉安的城镇建设、生态文明建设、庐陵文化传承工作和庐陵文化公园、名胜古迹、步行街的新作楹联。诗词创作力求贴近时代、贴近生活、贴近群众，适应吉安的经济、社会发展要求，深入农村、街道、企业开展采风、诗会活动。

《江西诗词》2012 年第 2 期刊登了一篇《中华诗词之乡——靖安启示录》的文章写道：作为江西省最早命名的中华诗词之乡，人文底蕴深厚的山区小县，1987 年成立，至今已 20 多年，诗词学会每年召开谷雨、重阳诗会，编辑出版诗词专集。围绕国内外重大事件、县各项中心工作、旅游事业发展等，开展创作活动。多年来取得可喜成果，有多部诗刊、个人诗集出版，多人作品在国内大赛中获奖，全县已有诗词组织 27 个，并做到了有场所、有牌子、有经费、有活动、有成效，多次被评为"诗词之乡"，各大媒体争相报道。靖安县带给我们很多启示，成功经验值得借鉴：1. 高层领导重视，带动部门、

试论当代诗词社团（刊物）生存境遇及发展前景

基层积极联动。县委书记、县长出任诗词学会名誉会长，学会日常经费列入县财政预算，专项活动另行追加。有稳定的经费来源，还可从中央支持乡村文化活动经费中分一杯羹。该县涉文方面的重大活动，诗词学会都参与。各乡镇主动要求诗词学会实地采风、创作，以提高当地知名度。2. "诗词进校园"扎实推进。学校课前三分钟都辅以诗教，背诵、朗诵或解读简单创作，诗词活动常态化，形成了良好的诗词学习氛围。

综合以上一些实例，可看出国内的诗词创作、诗词活动很多，有一些成功经验，也有不足。我将其归纳为以下几点建议，以求诗词社团刊物不断改进，互相借鉴，找到突破口，使自身更好地发展。

第一，融入社会，服务大众。

诗词社团及刊物多来自民间，是群众性的自发组织，因对中华诗词的共同爱好而成立。无编制、无经费、无固定办公场所是常态。应树立正确观念，不"等、靠、要"，而是挖掘自身潜力，变被动为主动，努力追求社团及刊物的良性发展。

挖掘潜力，有的放矢，服务当地经济和社会发展。如广东冈州诗社的《冈州诗草》，在2013年8月刊登了诗词大赛征稿消息："融合银行杯"全球华人咏台山玉诗词大赛，与江门融合农商银行、江门市玉石协会等联合举办活动，宣传当地企业和资源，通过大赛活动让社会上更多人得知广东新会是著名的"侨乡""鱼米之乡"。冈州诗社熟知当地丰富的资源并进行了"二次开发"，发挥自己的长项，用诗词为社会服务，发挥了诗词的"有用性"——让诗词与人民大众、与现实生活更贴近。不仅为当地经济建设服务、宣传，同时更好地开展了自己的诗词活动，使更多的同行了解冈州诗社，树立了自己的形象，反映出时代意识，与时俱进。彰显了存在的价值和意义，发展的可能性增大了，因此每期刊物都得到当地华侨的赞助、支持。

诗词不能生活在空中楼阁，诗人要走出自己的小圈子，更多地介入、主动参与，变被动为主动，促进当地经济建设，宣传当地知名企业，为当地经济和文化建设出力，得到领导重视和支持。时代意识、大众意识是诗人的第一要务，要在服务大众，服务社会，促进社会和谐中发挥自己的作用，文化体现了它的价值，才更有吸引力。

通过举办、协办各类诗词活动，扩大影响，更多地参与各类社会活动。通过采风、笔会、出版诗集、编辑诗词年鉴等多种形式，创作、发现和推介大批优秀的诗词作品。组织各类诗词吟唱、讲座、诗书画笔会等，丰富人们的文化生活。加强同其他诗词、楹联社团的联系与合作，加强与新诗、歌词、散文诗等诗体的诗人联系与合作，并与音乐、吟诵、书法、绘画联姻，努力让当代中华诗词传播得更加广泛，更加具有感染力、震撼力。充分利用网络等新媒体，对中华传统诗词进行传播。

老诗人刘征先生曾讲"让诗词走出诗歌圈，走进大千世界"的办法，如办诗书画展、出诗书画册、给诗词谱曲、开诗词演唱会、出光盘、立诗碑、诗牌，诗词上广告和包装等，许多可以去尝试、去拓展，以扩大传统诗词的社会影响力，提高认知度、美誉度。

我每到一处，参加各地的诗歌、诗词书画、甚至赏石展等交流活动，都对传统诗词进行宣传，很多人对传统诗词感到十分陌生，让人感到诗词普及的力度远远不够。诗词社团应积极发展会员，扩大中华诗词的群众基础，改进工作作风，吸收更多年轻人加入，壮大读者和作者队伍，实现创作繁荣。

第二，繁荣诗词，力推精品。

我国几千年来流传下来大量脍炙人口的诗篇，在记载历史、传承文化、启迪思想、陶冶情操、交流情感、丰富人的精神世界、提升中华民族凝聚力、推动社会文明进步等方面，发挥了重要的作用。

我们今天的创作，更需要精品来支撑。繁荣诗词创作，离不开精品；文化传承，更依赖精品。精品力作不够，中华诗词就不会有真正的繁荣，难以长盛不衰。唯有更多名作、精品的诞生，才可以树立当代诗词的良好形象和地位。刊物是最好的媒介，是大众了解当代中华诗词的重要窗口，也是学习、研究、交流的园地，是各地诗人词家展示才华的舞台。应不断进行刊物的改良，强化精品意识。打破地域性，以博大的胸怀，传播精品，发现、推介各地有潜力的诗家。搞好诗词评论，倡导诗论新风，推崇诗词大家，推出诗词新人，提倡经典，提升整体鉴赏水平。

作品内容应贴近时代，增强使命感和社会责任感。对中华诗词的传承、繁荣和发展，发挥应有的积极作用。对弘扬中华民族优秀传统文化，提高国民综合素质，作出应有的贡献。按照贴近生活、贴近实际、贴近群众的要求，促进更多精品力作的产生。

精品是时代精神、先进思想、真挚感情、艺术感染力的高度统一。实施精品战略是一项系统工程，既需要诗词家的呕心沥血、潜心创作，也需要编辑、出版、评论界的大力支持。应逐步建立当代诗词创作、诗词研究、诗词传播的一整套机制。传播很重要，现在写诗的人缺乏一群人来研究、来鉴赏、来传播。媒体发展的日新月异，现在有无数的手段可以传播信息，好作品应该有好的传播方式和渠道，才会被大众和社会认知。优秀作品能够有效传播出去，方可推动精品战略顺利实施。

第三，加强诗教，积极推广。

中华诗词是传统文化的瑰宝，她借助于汉字方块、独体、单音、四声、一字多义的独特优势，按照"篇有定句，句有定字，字有定音，音分平仄"的美学格律规则，形成了世界上无可比拟的大美文学作品。神州大地上，格律诗词已经从复苏走向复兴，不少地方的诗教已蔚然成风。

一些地区的老年大学诗词班，不断吸收退休的老干部、职工加入到诗词创作的队伍里来。更可喜的是一些在校中小学生群体的加入。开展诗词进校园，是一种使命。让优秀文化扎根校园，使学生从小就接受优秀传统文化潜移默化的熏陶，培养他们成为具有高级文化趣味的群体，这是校园文化建设的当务之急。一些地区的中小学校长注重校园文化建设，语文老师对学生进行诗教，激发学生学习古典诗词的兴趣。如《遵义诗词》132期：贵州省教育厅《举办第三届大中学生中华诗词大赛》，遵义市教育局、遵义市诗词学会成立参赛领导小组，市教育局局长和市诗词学会会长任组长。促进诗教活动深入开展，发挥诗词"启智、立德、燃情、育美、创新"的功能。省教育厅、省文明办、省文联授予"诗词校园""诗教先进单位"。很多诗词刊物开辟了"校园诗词""雏凤新声"等栏目，刊登大中小学生的诗作，应提倡、鼓励更多的年轻人写诗词，使诗词创作后继有人。

加强诗教，努力做好诗词创作的社会推广。诗教不仅限于校园，更应扩大至全社会，用新型的格律阐述方式，推出便于现代读者理解的诗词普及书。简明地讲解格律，使普通大众能尽快掌握格律的要领。为公众服务，建立面向社会人士的诗词创作辅导平台，对从零起步的人，进行辅导。随着社会文明的进步，人们的闲暇时间会越来越多，人们对精神文明的需求越来越多，一定会有更多人喜欢写诗词、欣赏诗词。努力推动诗词事业健康发展，是我们的责任。诗词文化作为民族的瑰宝，在五千年的文化传承中的地位不可替代，把这笔宝贵的财富挖掘出来，让更多的人继承这一文化，还有很多工作要做。

结束语

在文学并不景气的今天，诗词作为纯粹、高雅的文学形式，更是读者寥寥。但同时，广大诗词作者的创作热情并不因此消减，全国逾百万的诗词作者，每年创作数百万的作品就是证明。究其原因，我想应该是中华诗词永恒的魅力，撼动着我们的心灵，如泉底的溪流，汩汩而动，必将汇流成河，谁也阻挡不了。

我作为一个诗词编辑，十几年来可以说每天都与诗词接触，诗词刊物、诗词作者、诗词作品，读者诗友来电、来函、网聊、QQ，诗词网站、博客、微博、微信、飞信，接待外地来京的诗友、面谈交流，参与各种诗词笔会、采风、座谈研讨会、诗评序跋等等，有了诸多切身体会，就此谈一些自己的感受和看法，希望可以抛砖引玉，让更多的专业人士关注诗词社团刊物的现状，共同为当代中华诗词的发展献计献策。正确引导、发展好民间诗词社团刊物这些基层的"细胞"，给"诗词之树"输送更多的养分，它才可以根深叶茂，青春长驻。

以上到举了《诗词之友》十多年里接触到的比较典型的社团刊物，使大家对当代诗词社团（刊物）有更多了解，供交流参考，以弥补此类研究的空白。繁荣和发展诗词事业任重而道远，诗词社团及刊物更有一份肩负的责任，愿我们为此不懈努力！

当代诗词社团发展脉络初探

一、从诗词近百年的发展谈起

中国是诗的国度，从《诗经》开始，一部三千多年的中国文学史，也可以说是一部诗歌发展史。近现代以来，中西方文化产生激烈碰撞，中华优秀文化传统面临挑战，自 1919 年起，随着白话新诗的诞生，新诗逐渐成为中国现代诗歌的主体，与此同时，旧体诗词也呈现出新的面貌。这里简单回顾一下近百年诗词发展的历史，从时间上，大致分为以下三个阶段：

（一）1919 年至 1949 年

新文化运动对儒家思想与文化进行了激烈批判，传统诗词成为文学革命的对象，产生了白话新诗，废除旧有的格律，诗体趋向欧化。自此诗词被冷落，但旧体诗词的传承与创作并未因此中断，1931 年"九一八"事变、1937 年"七七"事变、直到 1945 年日寇投降，国土光复，无数诗人词家用自己的作品反映风云多变的时代，大量爱国诗词的涌现，在题材、内容、表现手法和艺术风格等方面，均有更多的开拓和创新。

（二）1949 年至 1980 年

包括诗词在内的传统文化受到批判，学术界对古典诗词的文学研究截止于"五四"前的清末民初，古代文学研究者不关注"五四"后的现当代诗词，现当代文学研究者也对现代旧体诗词不屑一顾，各种版本的现当代文学史只谈新诗，没有旧体诗词的位置，使旧体诗词长期遭到冷落。

（三）1980 年至今

改革开放后，文艺创作出现了百花齐放的局面。七十年代末至八十年代初诗词开始复苏，各省市诗词社团纷纷成立，举办各类研讨会、吟诵会、诗词大赛等，多种刊物公开发行，多种现当代诗词选本争相出版，诗词活动在社会上蓬勃开展。

1978 年，北京成立了野草诗社，成为中国当代最早成立的一批诗词社团。1981 年，在广东广州成立了广州诗社。1983 年，在江苏南京成立了江南诗词学会。各地诗社的纷纷成立，为成立全国性的诗词社团奠定了一定基础。1987 年，中华诗词学会在京成立。此后的一年间，各省市诗词社团纷纷成立，先后有二十多个省市在诗社的基础上成立了诗词学会。三十多年来，各地通过建立组织、开展活动、编发刊物，诗词创作数量日渐涌现。二十世纪九十年代以来，随着互联网的迅速普及，出现了各种诗词网站，其作者和爱好者多由中青年组成，诗词作品凭借高科技手段传播交流，开辟出广阔的天地。

为了更好地传承、繁荣和发展诗词事业，2011 年，中华诗词研究院在京正式成立，以官方力量推动当代诗词的发展。成立三年来，在凝聚诗词人才、繁荣诗词创作、引领诗词评论、推动诗词研究、收集诗词资料等方面做了大量工作，发挥了巨大作用。

近三十多年是当代诗词迅速发展的三十多年，传统诗词经过一段曲折历程之后，已逐渐恢复活力并不断发展，成为当今文化和文学创作的一个重要组成部分。下面就目前所掌握的一些当代诗词社团及刊物资料，对八十年代以来传统诗词的基本面貌进行探讨，抛砖引玉，以期为诗词社团今后的发展和诗词事业的繁荣尽绵薄之力。

二、当代诗词社团、创作队伍及刊物概况

研究近三十多年来的当代诗词状况，不可能脱离诗词社团、诗词创作队伍和诗词刊物，可以说，社团、队伍、刊物三者息息相关。各级诗词社团的成立与发展，在开展活动、创办刊物、团结新老诗人、诗词爱好者等诸多方面做了大量的工作，为"三个文明"的建设作出了重要贡献。据有关资料统计，各地诗词组织已多达数千家，诗词期刊近千种，作者在百万以上，作品数量更是惊人。散布于各地的诗词组织众多，对其进行调研和了解，将有助于诗词社团的管理、资源的整合，形成合力，并健康有序发展。

（一）诗词社团的现状

1. 起因分析

当代诗词社团，是新时代背景下的产物，多以繁荣诗词创作、振兴诗词事业为主要目的而成立。三十多年来，各地社团成员的活动，大多以社团为组织、为单位，呈点状分布。

当前的诗词社团与以往不同，体现出鲜明的时代特色：各地诗词社团是由广大诗词作者和诗词爱好者的自发组织成立，是群众性的文化社会团体，以"两为"方向和"双百"方针为宗旨，继承弘扬中华诗词的优秀传统，实行诗歌创作与活动并举，努力面向时代，面向社会，为繁荣诗歌创作、传承中华文化而尽责。如江苏宁海县《跃龙诗声》，是一家县级刊物，1980年成立，从五人创社，发展到了今天的百人队伍。创办三十年来，秉承传统，为农村基层服务。发挥优势，为中心大局（经济社会的发展，文艺事业的繁荣）服务。以宣传、服务宁海为己任，关注民生。走出去，引进来的活动宗旨，宣传宁海的旅游资源。又如内蒙古《紫塞吟坛》，办刊宗旨十分明确：培

育诗坛新人，推进校园诗教。设有"小学、中学、大学生诗词作品选"等固定栏目，是为本地区大中小学诗词教学、创作服务的半年刊。再如湖南澧州《澧州诗词》，澧州屈原行吟处，有着十分浓厚的文化底蕴。1986年春，澧浦诗社诞生。坚守艺术的精神家园，继承传统，锐意创新。超越自我，出精品硕果。

此外还有一些诗词社团之外的学校诗社，如北京大学的北社、清华大学的静安诗社，中国人民大学、武汉大学、华中科技大学等大学诗社以及各地的中小学诗社等，多是教师、教授指导学生创作，通过教学传承诗教的学校诗社，也是一个重要的方面军。

2. 各地社团发展不平衡

诗词社团，是当代诗词发展的重要载体和媒介。诗词社团，对诗词的传播、普及、发展等，起着十分重要的作用。没有社团的推动，当代诗词难以形成今天的局面。

各地社团为当地的经济建设、文化繁荣，发挥了重要作用。社团开展的活动，主要有讲座、采风、出版、赛事等四种，社团通过以上活动，对社会产生影响。省级社团指导市、县级社团开展工作，各市、县级社团，配合当地经济与文化建设开展诗教、诗词活动，扩大影响。社团名称有诗词、诗联、散曲、辞赋学会、协会、联谊会、诗社等。虽为诗词社团，但不少尚有骈文、曲、赋、联句、诗话、词话等创作，有时也含在社集、社刊中。社团创作的文体样式，集旧体文学中的各种文体，如诗、词、赋、曲、联的创作研究等于一体，以及诗集、词集、诗钟、文、曲等，也有单行本的社友录等。

从地域上看，诗词社团覆盖了全国大部分省市，各省份诗词社团多少不一，诗词社团多的省份，如湖南、江苏、湖北、山东、江苏、河南、广东、广西等较多，有的省份诗词组织建设较为薄弱，也有个别地区近之于无，如西藏自治区还未建立有诗词组织。这种分布的不均衡，正是区域文化发展不均衡的反映，也是历史、经济等因素限制的结果。

促进社团的和谐发展，是当代诗词发展的前提和重要保证之一。怎样获得长足发展，是摆在我们面前的重要课题。下面以几个诗社为例，做个简要分析：

（1）坚持先进文化前进方向，服务大局

如贵州省诗词楹联学会及其会刊《贵州诗联》，社团作为群众性学术、文化服务组织，要坚持先进文化前进方向，进一步完善组织机构和服务体系，提高服务水平、创作质量，践行精品战略。为诗词事业振兴发展大计，抓普及，办活动，促提高，广泛开展诗教工作。如学会主动与教育部门加强联系，共同配合，把诗教活动更好地深入开展下去，不仅是教学生写诗、获奖，更要让学生从诗教中受到教育，更好地成长。实施诗词精品战略，抓诗词质量、刊物质量。《贵州诗联》至今已出刊三百三十余期，他们办刊思想明确，充分认识到宣传思想文化工作的重要性。服务大局，把握大事，找准工作切入点、着力点。坚持以人为本，树立以人民为中心，社会效益放在首位，取得很好成果。

（2）开展活动，彰显价值

如安徽马鞍山《牛渚诗词》，2005 年中国诗歌节在马鞍山成功举办后，一年后注册登记了马鞍山牛渚诗词研究会，由市政府办公室主管、市文联代管，争取到十几个部门的支持，

对研究会的办公地点、设施、经费上予以支持。成立了十个分会，接纳七个团体会员单位，会员人数 3069 人（个人会员 174 人，团体会员 2895 人）。他们成立分会，接纳团体会员单位，迅速壮大了组织，获得了政府的支持。认识到一个组织要有活动，开展活动，才能彰显价值。经费来源主要有政府关心、单位支持、企业赞助，以及个人无私奉献。

（3）地区诗词联谊会，探索诗词发展新模式

社团间，并非隔绝的。如《梵净山风韵》，由贵州铜仁市诗词楹联学会主办，教育、民政、计生委、旅游局协办。贵州铜仁市，地处武陵山区腹地，是大西南连接沿海地区的交通枢纽，素有"黔东门户"之称，聚居着汉族、土家族、苗族等 29 个民族，其中少数民族人口占 68%，民族文化多彩。2005 年共同发起的湘鄂黔渝毗邻民族地区诗词联谊会，按渝、黔、鄂、湘顺序，每两年轮流召开一次年

会，是广大诗友交流的友好平台。多年来，在四地组织的努力下，为繁荣文化、交流民族感情、促进经济社会发展等作出了积极的贡献。现已举办第六次年会，会上各方代表介绍创办"诗词之州"等成功经验和做法，探索更多的诗词发展新模式，创作出更多精品力作。会上总结出在一些文化发达地区，诗词工作深入人心，但发展还不平衡，还有很多工作要做，于毗邻的湘西、恩施、黔江地区相比有很大的差距。湘西、恩施、黔江地区的文化发达，诗词工作深入人心，创建了不少"诗词之乡（县、州）"，值得学习借鉴。以创建"诗词之州"为载体，推进"文化强州"战略的实施。领导重视，创建工作高调起步，各级政府将开展创建工作所需经费和诗联学会的日常经费列入财政预算，确保创建工作的正常开展。以诗词"五进"为载体，大力繁荣诗词创作，壮大诗词队伍，打造诗化环境，突显民族特色，把诗词文化与少数民族文化有机结合，推动多民族文化大发展大繁荣的实施。

（4）完善各级诗词学会，贯彻文化强市战略

如辽宁营口市诗词学会，为贯彻市委、市政府文化强市战略，创建诗词之市，促进营口诗词事业的进一步繁荣和发展，更好地为全市"三个文明"服务，制定了《营口市诗词学会五年发展规划》，五年期间力争50%县区完成"诗词之乡"的创建任务。

又如贵州兴仁县，县委、县政府对创建"中华诗词之乡"工作高度重视，成立了创建工作领导小组，从政策、机构、编制、人员和资金投入上给予大力支持。注重创作，开展了多种形式的培训；创办了《东湖》《兴仁文苑》《凤凰山》等刊物。通过努力取得一定成效，2009 年省教委、省诗词楹联学会联合授予兴仁一中"诗词校园"称号。认为创建"中华诗词之乡"工作，是推介兴仁、宣传兴仁的好机会，其目的是让干部、学生喜欢并爱上诗歌创作，并把它作为一项长期追求，这对全县文化发展将起到重要作用。创建工作逐条抓落实，力争覆盖全部乡镇，每个县一个学会。

3．海外诗词社团

海外诗词社团多成立于上世纪六七十年代。据不完全统计，海外

三十多个国家和地区的华人中拥有诗词社团组织，已成为海外传播中华文化的一支重要力量。如在加拿大的温哥华、维多利亚、多伦多、魁北克等地区，华人社团的诗词作者和诗词爱好者纷纷结社，吟诗作赋，开展交流集会，出版诗词刊物，有的网络交流也十分活跃。

海外诗词社团与国内诗词社团的联谊，起到了促进诗词复兴的作用。如美国四海诗社、泰国泰华诗学社、马来西亚槟城诗社、新加坡新声诗社，他们纷纷与国内诗词社团建立联系。新加坡新声诗社后来建立全球汉诗总会，后主要活动基地转移至国内的广东深圳。当前，海内外诗词文化交流不断加深，举办诗词吟唱会。纽约诗词学会曾组团，在北京、西安、广州与当地诗词名家互相谈道论艺。泰国《国风吟苑》日本《吟咏新风》等，也频繁进行诗词交流。通过这些活动，当代诗词文化正在由复苏走向复兴，由海内走向世界。目前，全世界有四百多所孔子学院，遍布一百二十多个国家和地区，其教学内容中都有诗词。诗词正带着迷人而独特的汉韵唐风走向世界，成为抒发中华情、描绘中国梦的重要载体。

（二）诗词创作队伍情况

三十多年来，以一大批中老年为中坚力量的诗词作者和诗词爱好者们，努力实践，开创了诗词复兴的大好局面。近年来，诗词创作队伍不断扩大，诗作、诗集大量涌现，其势令人可喜。诗词作者和诗词爱好者队伍是诗词创作和传播的主体，是传承诗词文化的重要力量。对他们进行分析、研究，发挥其主观能动性，是诗词事业繁荣、发展中重要的一环。下面对诗词创作队伍进行简单分析。

（1）从职业上看，作者分布在社会各界、各行各业。各地诗词社团的形成，是以离退休老干部、老领导、知识分子为核心，以平民诗人为外围的群体，有工人也有农民。知识人士是近百年传统诗词创作的主力军，当今社会，诗词走向群众化是总的趋势。

（2）从学历上看，高、中、低各种文化程度的作者均有。但作者诗作水平的高低，与其文化程度并不成正比。学者中的教授，也有很多不会写诗的。写诗需要悟性，悟性是对传统艺术的领悟能力与对现实生活的感悟觉性。有的作者文化程度并不高，但悟性高，也时有佳作。

（3）从年龄上看，八十年代出现的一批很有造诣的老领导、老教授诗人，多在民国初年出生，年轻时受到较好的教育，他们在八十年代诗词复兴时，为诗词呼吁、倡导，起到重要的作用。进入二十一世纪，声名卓著者日渐凋零。现在七八十岁以上的诗人，有的在各诗词社团担任荣誉职务，参加各种诗词活动。五十岁至六十岁之间的作者，大多在文革中丧失读书机会。这一批中年诗人历经忧患，乐于用诗来表达丰富的人生阅历和复杂的情感，少数也颇有独立精神，不肯人云亦云。在校的大学生、中学生，还有一些小学高年级学生，也在家庭的影响下尝试学写诗词。诗词队伍中，年长的九十多岁，年轻的十几岁，而年纪六十岁以上的占百分之六七十，与八十年代诗词复兴期相比较，青年诗词作者在增多，比例在上升。各项诗词活动仍是以中老年人为参与的主体，如何吸引更多的青年作者参与诗词活动，使诗词真正成为老中青的共同喜爱，是一个需要解决的问题。

（4）从地域分布上看，二十世纪八十年代，南方作者数量以湘、鄂、粤、苏、赣、浙、桂、皖、贵、滇等为多，总体上，南方诗作者多于北方。大致而言，北方中原地区如山东、河北，作者并不很多，而在山西、甘肃作者还要多一些，辽西、吉林也出现一些诗作者群。进入二十一世纪，南北诗人数目差别逐渐缩小。一方水土养一方人，地域是促成诗派产生的一个条件，如历史上有江西诗派、江湖诗派、四灵诗派等。而现在形成地域诗风特色的诗词群体与流派甚少。

（5）从创作水平上看，参差不齐。有的人虽然加入了诗词社团，但刚刚入门，有的以为懂了平仄，或发表过几首诗就是诗人。有的人作诗，只是客观描述某事的过程，只知道写景，诗中缺少本人的情怀与抱负，缺少自信心和个性的张扬。有的人企图以诗去主动承担政治说教的功能。有的人虚心好学，也有的人自以为是。不少诗语言平庸，缺少生动新奇的语言、意象与情景交融的意境。常见到一些老年人，退休后爱好上诗词，几近痴迷，他们求学心切，但不知如何把诗作好，或虽知而下笔仍钻入套路中。当然也不乏有诗词感悟能力者，

守望集

写自己所见所闻，年年有进步，但也有人一直在原地踏步。究其原因，与个人的勤奋与悟性是分不开的。它只能基于每个学诗作诗者的资质、阅历、功底、悟性、特长以及文化心理结构、审美价值取向、语言词汇积淀等各不相同的实际情况，采用量体裁衣，因人而异的办法，各行其是，各扬其长，而后逐渐形成各自不同的创作特色和艺术风格。

要想真正懂得诗词，创作诗词，熟练驾驭这一特殊的文学样式，创作出自己喜欢、别人也赞赏的诗词佳作，成为一个真正合格的诗人，要付出大量的时间和汗水。学习诗词知识，有一个从易到难的过程。个人的勤奋努力与钻研的程度如何，决定其收效的大小、高低与快慢。学诗不是单纯为了休闲和附庸风雅，而是陶冶性情，提高素质，追求理想，服务社会，为传承中华文化传统作出贡献。近三十多年，诗词由复苏走向复兴，不断有新的诗词作者扩大着诗词的群众基础，这是诗词日渐繁荣的一个标志。但虽然力求普及，但诗词的辐射影响力还有些弱，诗词创作队伍还不够强大。

（三）诗词刊物情况

诗词社团及其刊物，几乎是密不可分的。诗词刊物的类型特征，是与其社团的形成、运作方式、活动以及传播、影响等问题紧密相关的。诗词刊物受社团的直接影响，带有社团的明显特征。刊物直观地反映了社团现状，又将为研究社团历史提供重要的实物资料。从诗词刊物等文献资料中，还可反映出当代社团的创建、生存与消散的轨迹与史实。刊物很好地反映、承载着社团历史，使会员及作者的创作成果及时展示和传播，是十分重要的园地和与各界交流的重要窗口。了解一个社团，可以从其刊物入手。有的还以期刊为中心，形成了社团。社团刊物既为群体研究的必需，也是流派研究的要件。很多诗词社团办有诗词刊物，不仅市县，有的乡镇、企业、行业，也办有诗词刊物，作为反映其成员创作成就的主要阵地与窗口。另外，如一些老年大学诗社，一般没有自己的刊物，或者曾办刊物，为不定期，后由于各种原因而停刊。多数诗词刊物主要用于内部交流，有一定的地域性、局限性。有的基本只刊发其成员或者本地作者的作品，较少与外省市或外界进行交流，限制了传播，影响也较小。

现就近两年，常和我们进行交流的国内二百余家诗词社团刊物的情况，进行分析如下。

1. 社团办刊

诗词社团刊物，作为诗词结社文献的重要载体，是诗词社团产生的中心或标志，也是结社文献整理的重要物件之一。

如1984年创办的广州《诗词》报，随后创刊的广东《当代诗词》，湖北《东坡赤壁诗词》，吉林《长白山诗词》，均有公开刊号。1990年，中华诗词学会主编的《中华诗词》第一辑出版，以书号代刊，1994年也有了正式刊号。各省市诗词学会办的刊物，如北京《北京诗苑》江苏《江海诗词》贵州《贵州诗联》宁夏《夏风》山东《历山诗刊》湖北《湖北诗词》甘肃《甘肃诗词》江西《江西诗词》山西《难老泉声》海南《天涯艺苑》广西《八桂诗词》陕西《陕西诗词》安徽《安徽吟坛》云南《云南诗词》新疆《昆仑诗词》青海《青海诗词》等，也都争奇斗艳，各具影响。

2. 不少省的诗词刊物有多个，发挥不同影响力

如内蒙古有《赤峰诗词》《松山诗词》《红山诗词》《紫塞吟坛》《丰川诗苑》等。

甘肃有《甘肃诗词》《阴平诗词》《临洮诗词》《陇风诗书画》等。

陕西有陕西省诗词学会主办的《陕西诗词》，又有陕西省老年诗词学会主办的《秦风》，还有《榆林诗刊》《关雎诗刊》《看今朝》等。

辽宁有《辽河新韵》《瓦房店诗词》《盘锦诗词》《未名诗笺》《大连诗词》等。

河南有郑州诗词学会主办的《郑州诗词》《嵩山诗苑》，又有洛阳老年诗词学会主办的《洛阳老年诗词》，还有《东明诗词》《鹰城诗联》《驿城诗词》《河洛诗文》《南阳诗词》。

山东有《历山诗刊》《明湖诗刊》《金秋诗刊》《文山诗词》《柳

泉诗词》《煤海诗词》《圣域诗联》等。

江苏有《江海诗词》《南京诗词》《滨海诗联》《新沂诗词》《秋鲈诗苑》《东山诗苑》《淮海诗苑》《吟风》《虹园诗草》《都梁诗讯》《昭阳诗词》《洪泽诗苑》《姑苏吟》《子房诗刊》《郁州诗苑》等。并有多家单位共同主办一本刊物的现象，如《清河诗声》，由淮安市清江浦区诗词协会、淮安市清江浦区毛泽东周恩来诗词研究会、淮安市清江浦区楹联研究会三家共同主办；《花果山诗词》，由连云港市诗词楹联协会、连云港市毛诗会、连云港师专诗词研究所三家主办；《徐州诗词》，由徐州市诗词协会、徐州市毛泽东诗词研究会、徐州职工诗联协会三家主办。为创建诗词之乡，江苏高邮市新涌现出三家刊物：《高邮诗词》高邮市诗词学会主办，已出十期；《海潮诗声》高邮市北海诗社主办，已出三期；《凌波雅韵》江苏省高邮经济开发区诗词协会主办，2013 年创刊。

湖北有《湖北诗词》《东坡赤壁诗词》《心潮诗词》《潜山诗词》《象山诗词》《柳浪风》《长坂坡诗联》《荆州诗词》《咸宁诗联》《九州诗词》《离湖诗词》《流响》《随州诗联》《汉东诗词》等。

湖南有《湖南诗词》《武陵诗词》《北湖诗苑》《会龙诗刊》《白云诗词》《邵阳诗词》《梅山诗刊》《兰津诗词》《山乡风韵》《道水诗苑》《怀化诗联》《洞庭诗词》《郴州老干诗词》《郴州诗韵》《莨江诗词》《淮川诗词》《白石诗苑》《桃花仑诗词》《南楚新声》《澧州诗词》《湘澧新声》等。

广东有《诗词》报、《当代诗词》《循州诗词》《冈州诗草》《万川诗萃》《梅岭诗风》《琴江诗苑》《粤东榕韵》《翠园诗词》《潮州诗词》《韶音》《丰顺诗词》《铁峰诗苑》《湛海诗词》《信宜诗词》《老干诗苑》《茂名诗词》等。

福建有《南英诗刊》《寿宁诗刊》《金井诗联》《岩城诗韵》《赛江诗苑》等。

江西有《江西诗词》《庐陵诗词》《春潮》《方山诗词》《匡庐诗词》《新余诗词》《琴江诗词》等。

浙江有《跃龙诗声》《温岭诗讯》《泉溪》《桑园诗联》《余姚诗

讯》《玉环诗词》《飞云诗苑》《沈祖棻诗词研究会会刊》《海之韵》《姚江诗讯》等。

安徽有《安徽吟坛》《敬亭山诗词》《牛渚诗词》《炳烛诗书画》《滴翠诗丛》《展望诗苑》《五松山诗词》《庐州诗苑》等。

广西有《八桂诗词》《来宾诗词》《葵花》《防城港韵》《勾漏诗词》《红棉》《鹅山诗联》《狮山》《广西散曲》《晚霞》《罗池诗苑》等。

贵州有《贵州诗联》《赤水诗词》《乌蒙诗刊》《黔西南诗联》《金沙诗联》《安顺诗联》《播风诗词》《黔南诗联》《梵净山风韵》等。

3. 办好刊物是社团的主要目标之一

与一般的文学期刊有所不同，诗词刊物承载着传承中华传统文化的光荣使命，严肃而高雅。诗词刊物的专业性较强，属于诗歌中的旧体诗词受众小，对读者的要求较高，一般人看不懂，读者面相对狭窄，也限制了传播。知识性强，不能偏重于消闲娱乐，不能媚俗，这就给刊物提出更高的要求，诗词虽为高雅艺术，但又要注重普及，要雅俗共赏，不能曲高和寡。大到办刊宗旨、题材内容，细化到栏目设置、版式，小到装帧、用纸、图文设计，信息量的多少等，各种细节、方方面面都需要考虑。

办好刊物，首先要提高作品质量。有些地市诗词社团所办的刊物，也以质量与设计引人瞩目，如山东《历山诗刊》江苏《江海诗词》《秋鲈诗苑》湖北《东坡赤壁诗词》《潜山诗词》陕西《榆林诗刊》等，注重整体质量，亦突出地方特色。

诗词社团刊物的开本，较为常见的，有 32 开、16 开、大 16 开本等，也有一些书型刊物，或者以书代刊的。报纸型的，只有几种，不多。出刊周期，以双月刊、季刊居多，也有月刊、半年刊、不定期出刊，或停刊后又复刊等情况。

社团刊物一般都栏目众多，题材广泛，内容丰富，有作品、诗评、诗论，注重创作与理论的共同提高。以前单调的版式，有所改观。印刷及纸张上，差强人意的现象正逐渐减少，努力克服百刊一面的同质化倾向。突出地方特色，注意挖掘本土、地方诗人，探讨地方文化遗产、保护地方文化资源的文章增多、意识增强。如安徽《桐城诗词》，有较浓郁的徽州风情，注意挖掘本土诗人，介绍本地重要的诗词文化资源。有的诗刊，开始有意识地去打造精品诗刊、精品栏目。社团都努力办好自己的诗词刊物，把办好刊物作为重要的目标之一。但总体上人才匮乏，限于人力、物力等，常常是主编、设计、校对等集于一身。

以上主要是传统纸质媒体的情况，随着网络的兴起，更多的年轻人在诗词网站上发表自己的新作，网络诗词的比重逐渐上升，在这个新兴媒体中，诗词作者的年龄，呈现年轻化趋势，他们以新的写作风格和趣味形成一个个作者群，利用网络即时上传发表自己的最新作品。如网龄十一年的中华诗词论坛，会员 163669 人次，累计存版帖子总量 21260273 个，平均每日点击发帖量 15000 贴左右。网龄五年的诗词吾爱论坛，会员 42489 人次，平均每日点击发帖量 3000 贴左右。网龄三年的东方诗书画论坛，会员 7314 人次，累计存版帖子总量 2634999 个，平均每日点击发帖量 4000 贴左右。网龄两年的中华风雅颂论坛，会员 4172 人次，累计存版帖子总量 2336658 个，平均每日点击发帖量 6000 贴左右。（截止于 2014 年 7 月 23 日零时）。这里虽然没有社团名称、刊物名称，但却有巨大的作者群。这一新兴媒体和形式，值得关注和进一步研究。

三、社团发展面临的主要问题及原因分析

社团在快速发展的过程中，也存在不少问题。现以学会社团为例（海外社团、学校诗社等此处未涉及），结合社团、队伍、刊物三个方面，综合分析如下。

（一）发展的不均衡性

各地诗词社团，几乎都是相对独立、自发成立的。一般是在省市

诗词社团的指导下开展工作，承担着"传承文明、歌颂时代、繁荣文化、联系诗友"等使命。由于各种原因，社团成立后，各地诗词社团的发展模式、发展速度不一，呈现出发展的不均衡性。

1. 缺乏统一管理

诗词社团一般由各地文联、作协、老干部局、教委等作为主管或代管单位。从社团刊物看，则更为明显。

（1）各地社团刊物的主办方分析

①由老干部活动中心、老干局、老年文化协会主办，或者办公地点设置在老干部活动中心、老年大学的。如江苏《虹园诗草》《都梁诗讯》《昭阳诗词》《洪泽诗苑》《郁州诗苑》。湖北《潜山诗词》《咸宁诗联》《离湖诗词》《柳浪风》。湖南《白云诗词》《澧州诗词》《湘澧新声》《郴州老干诗词》《道水诗苑》《梅山诗刊》《洞庭诗词》。辽宁《瓦房店诗词》《未名诗笺》。广东《信宜诗词》《老干诗苑》。广西《红棉》。浙江《桑园诗联》。广西《鹅山诗联》。陕西《秦风》。云南《老兵诗刊》（现名《滇老诗苑》）《榕苑》。河南《郑州诗词》《洛阳老年诗词》等。

②由市文联、科协，县（区）文化馆、图书馆等主办。如安徽《牛渚诗词》。江苏《姑苏吟》。广东《琴江诗苑》。云南《临沧诗词》《春蚕诗词》。福建《金井诗联》。江西《庐陵诗词》。浙江《海之韵》《温岭诗讯》。新疆《天山诗联》。

③由中学、教育局、文学院（职业学院）、文史研究馆、诗词研究所等主办。如内蒙古《紫塞吟坛》。江苏《花果山诗词》。湖北《长坂坡诗联》。湖南《桃花仑诗词》。新疆《昆仑诗词》。陕西《关雎诗刊》。重庆《新晴诗词》《重庆艺苑》。

④由部队干休所、军区老干部诗词学会主办。如北京《红叶》。济南《金秋诗刊》。

⑤由企业集团、公司、高速路、矿山、经济开发区等主办，或以企业副刊的形式编辑。如山东《煤海诗词》。山西《麒麟诗刊》。江苏《凌波雅韵》。湖南《邵阳诗词》。天津中电基础局《中电基础人》等。江西《春潮》报，则以江西桑海制药厂《桑药之声》副刊

的形式编印。

⑥诗书画社形式。如山东《文山诗词》。甘肃《陇风诗书画》。北京《松风诗书画》。重庆《新晴诗词》。

⑦与政协、文史委，关工委，市政府（镇政府）、区委大院，民主党派、工会等。如湖北《流响》。湖南《白石诗苑》《南楚新声》。广东《循州诗词》《梅岭诗风》《潮州诗词》《韶音》。云南《云南诗词》。江西《新余诗词》。浙江《余姚诗讯》《姚江诗讯》。重庆《建设诗稿》。湖南《北湖诗苑》《会龙诗刊》。

⑧还有由诗社与寺庙共同主办，或由寺庙主办，多见于江浙一带，如江苏《子房诗刊》，由子房诗社、东山寺主办。浙江《集福》，由平阳县集福寺集福诗书画社主办。

可以看出，诗词社团主管或代管单位，大部分与老干局、老干部活动中心等有关。这也不难理解，因最初多是为提高素质、丰富晚年生活而成立的，由退下来的老领导主持局面，经过多方努力，联系到主办方，获得相应的支持。即便是以青年人为主的诗词社团，如湖南由澧县青少年诗社主办的《湘澧新声》，其办公地点也设在澧县老干局诗词学会办公室。

诗词社团多系自发形成，据现有的资料显示，许多小社团、诗社，常因领导人（发起者）的原因（离任或年事已高等原因），而不得不停止活动，停办刊物。社团刊物常处于不稳定的状态。办公及联系地址亦经常变更，造成联络不便。如云南《临沧诗词》，常要寻找新的活动地点，从最初的区文化馆，到老干部活动中心，再到图书馆，几年中，数度变更办公地址。为提高办刊质量，节约费用，由每年二期改为一期。办公、联系地址的经常变更，给互赠刊物交流、投稿等带来不便。

（2）普遍缺乏管理

各地省市级诗词社团，对本地区社团的实际情况，普遍缺乏基本了解，也没有能力去进一步管理，如本地有多少社团、会员人数、刊物情况等，虽然有的地区对此比较重视，有过一些数据方面的统计，但总体看，所谓上级诗词组织、下级诗词组织，大多只是形式上的，没有隶属关系，不提供资金等，亦无多少能力去实施管理，各乡镇、街道等社团应运而生，自发成立，缺乏管理且处于动态变化中。因而，对他们的研究尚属起步阶段，研究机构亦暂时无法取得最基层的数据。

2. 资金匮乏，缺乏物质保障

（1）争取获得财政上的支持或地方政府拨款

各省市诗词社团，力求争得党政部门的支持。社团领导中，不少是从领导岗位退下来的，尚有一定活动能力，依靠当地政府、企业等，获得了一定的财力支持与赞助，开展活动，出版刊物。如广东汕头市有三个诗社，市财政一视同仁，每年分别下拨八万元活动经费。福建晋江的南英诗社，社团自己募集资金达上百万元。有的为创建诗词之乡，当地政府与宣传部门给予极大的关注，多次发文以推动诗词之乡的建设，有的县委书记还担任了诗词社团的名誉会长等领导职务。如成立于1985年的常德市诗词学会武陵诗社，受市委领导，协助常德市中国诗墙管理处，积极投入"中国常德诗墙"的修建和"诗墙丛书"的编纂，积极参与承办了中国常德诗人节，并出版了《常德新韵》等社刊、诗集。2000年上海吉尼斯总部正式对其命名"世界最长的诗书画刻艺术墙"，使它载入了世界文化工程的史册。如今常德的文化墙、个人诗墙，机关、学校的类似文化建筑，有一百多处。为弘扬祖国优秀传统文化、推进诗教工作和精神文明建设做出了贡献。

（2）获得企业集团等在财力上的支持

诗词社团大多属于民间社团，具有民间性，有的得到爱好诗词的企业在财力上的支持，或名人资金扶植、儒商文人赞助等。如山西祁临高速公路有限公司创办的麒麟诗社，2011年由山西诗词学会批准成立，是山西省交通运输系统的首家诗社，旨在为山西高速公路运营管理系统进一步提升企业文化建设和精神文明建设，添砖加瓦。同时，为本系统的诗词作者和诗词爱好者学习、传承近体诗词，搭建一个文化平台，创办有《麒麟诗刊》，已出刊三十期。

（3）自己谋求发展

资金上得到基本保障的毕竟是少数，大量的诗词社团的普遍情况，是在资金、人才等方面，面临各种挑战。如山西运城诗词学会，据其会长杨山虎反映，由于各种原因，十几年前很活跃的学会，近些年几乎处于停滞状态。随着社团成员年龄的老化，一些较小的诗词社团，更是自生自灭，难以统计。类似的诗词社团并不在少数，散布于各地的诗词组织众多，数量的变化增减，也属正常

3. 观念陈旧导致社团发展落后

以上是客观原因，主观上，思维方式落后，与经济社会发展不相适应，也是原因之一。有的社团不知道挖掘本地资源，或利用自己的特色、优势谋求发展，坐等机会降临，使社团停步不前。

也有在先进思想和理念引导下，取得长足发展的。以湖南株洲县诗词楹联协会为例，现已建立分会30余个，会员1000余人。2007年成立后，在县委、县政府的领导和上级协会的指导下，文化复兴的使命在肩，深知文化艺术服务发展大局、服务社会生活、服务人民群众的宗旨。其主要做法有：（1）广泛宣传抓普及。为壮大诗联队伍，该县坚持全党动员、全民参与的宗旨，广泛深入宣传发动，让广大人民群众形成共识。（2）狠抓诗教促提高。将诗词楹联知识的教学纳入了县委党校干部教育培训计划，作为干部教育的内容。教育局还在全县中小学广泛开展了诗教活动，在学生中开展了以"一日一诗"为主要形式的诗词教学和娱乐活动，让广大青少年从中受到传统文化教育，受到爱国主义熏陶。（3）开辟园地创特色。其相关经验可供借鉴：（1）主动为发展大局服务。凡县委、县政府作出一个重大决策，部署一项重要工作，协会都紧跟不舍，紧扣主题，积极创作。全县性的大型会议和重大节日庆典及表彰活动，重点工程建设开工庆典，乃至各乡镇、各单位开展的各项活动，都积极参与组织和策划，并根据领导要求和活动内容，积极为其写诗撰联。（2）自觉为文化建设服务。把诗联创作和创建"诗词之乡"工作作为实施文化提升战略的一个重要组成部分，凡县内开展的各项文化建设活动，都积极参与、紧密配合。如每年春节全县党政军联谊文艺会演、"大众歌手大赛"等活动，诗协都主动为其创作歌词、即赋诗词、撰写对联并

参与评审。（3）热心为人民群众服务。每年春节"送春联下乡"。与国税局、地税局、财政局等，联合计划编辑出版《税法宣传》诗联专辑等。人们在潜移默化中，感受到了中国传统文化的无穷魅力，从中陶冶了性情，净化了心灵，文明素质普遍提高，社会风气明显好转，干部作风大有改善。从大街小巷到山郭村野，到处诗意洋洋，盛世万象尽在好诗妙联之中。

（二）缺少精品，导致发展动力不足

三十多年来，当代诗词作者之众、作品数量之巨，远超前代，但精品匮乏。作品多而精品少，却是不争的事实。如果把作品比作社团的"产品"，那么精品就是"名牌"，是社团长久发展的动力。缺少精品，诗词就缺少吸引人的力量和社会认知度、认可度。缺少精品，将阻碍社团的进一步发展。

（1）精品意识的真正确立

精品从何产生？由于各种原因，当今诗词作者的水平，与近代诗人、与民国时期相比，的确相差一个档次。现代人的生活环境、状态等，与古代截然不同，如果把现代人的急功近利，加之国学修养、文学底蕴的欠缺等算作客观原因，那么在主观上，我们似乎做得也不够，诗词创作群体本身存在许多问题。如俗作泛滥、泥古不化、缺乏创新等。有的人满足于发表，或满足于语言精练、平仄协调、对仗工稳、押韵自然等作诗的一般要求，创作作品无数，但能被人们传诵的微乎其微。要想写出上乘之作，应进一步追求语言精美、情思隽永、形象鲜活、格调高雅、有独创新意、艺术个性，这才可望达到思想性与艺术性高度统一，努力创作出合乎时代要求，感情真、思想新、格调高、见识广、语言新、诗味隽永的、深受人民大众喜爱的作品。

（2）社团刊物质量参差不齐

总体上，有特色的社团刊物比较少。如一些县或乡镇、街道、企业办的诗词刊物，因人手、财力、办公条件等各方面的原因，作品质量低，且印刷、装帧较为粗糙。缺乏创新精神，内在发展动力不足。或者成为老年人自娱自乐的园地，难以吸引年轻读者的目光。

诗词社团刊物，应力推诗词精品，吸引人才，走创新之路。也有一些从内容到装帧都较好的刊物，除刊登作品外，也登诗论文章等，既指导创作，又注重普及与提高并重，使刊物走向更高的层次，更高的水平。

（3）佳作的认知度及推介力度不够

一方面，缺少权威机构，缺乏公认的佳作。尽管有各种诗词奖项，但奖项的权威性亦受到质疑或难以被大众广泛接受、认可，如以职务名气定作品之优劣，较少推出新人和实力诗人等。另一方面，即使有佳作产生，也缺乏推介渠道。公开出版的刊物数量有限、版面有限。内部刊物由于地域性、内部垄断等原因，传播渠道相对狭小，传播力度不够。不知名的新作者、年轻作者的力作，很难得到推介。渠道弱化，诗词作品推向市场少，无力打造精品佳作及进一步传播推广。

四、促进诗词社团健康稳步发展的建议

（一）加强基层诗词社团建设，完善组织

1. 管理上逐渐完善

面对不均衡性，对于一些诗词不发达的省份，可由临近省市带动，或主动"取经"学习，进行先进经验交流，使其逐渐由冷变热。以点代面，实现全面的普及。逐渐克服多头管理带来的弊端，为诗词"正名"，如并入教育系统等，与学生素质教育密切配合，逐步实施。有系统、有步骤地培育诗词后备力量。

诗词作为国粹，承载了中国特有的民族精神，应给予保护，加大推介力度。当代社团经过萌芽、发展，到今日的逐渐壮大，积累了一些宝贵的经验。诸多方面，也有待改善，如诗词与大众文化普及，以民为本，文化亲民、惠民，提供公共服务等。

面向社会，调动整个社会（社团组织）从事诗词文化建设的积

极性。逐渐形成全民参与、各方支持的有利格局，倡导重文化、重创新的时代风尚。

2. 站在民族文化复兴的高度不断探索和创新

诗词文化持续发展，需要从总体上考量，设计较高层次的目标和振兴诗词的有力措施，正确引导，促进其稳步发展。诗词文化复兴，可借鉴其他艺术门类。如设立最高荣誉奖等文化激励，逐步确立和稳固当代诗词在中国文学史和诗歌史上的地位。

（二）各方积极配合，推进诗词精品战略

1. 社团：引领市场，把握方向

立足全局，为未来发展谋划。加强诗词队伍建设，积极发展会员，吸引更多的诗词作者和诗词爱好者加入进来。诗词社团要进一步转变工作作风，指导全市各（县）区、乡镇街道、企业等建立健全各级诗词社团，增强联系。到各分会、团体会员单位参加活动，面对面交流。

及时了解各地动向，可以省市为单位，对广布于本省市的诗词社团的变化，及时了解情况，进行动态管理。社团刊物间，纵向联系较多，省与省之间诗词社团联系不太多，往往因地缘相近关系相对亲密一些，应加强横向联系，多交流，多合作。

精品立足。大力推进诗词精品，采取诗赛、评稿等方法。指导社团成员、作者，确立精品意识，积极创作精品，精益求精。加大对地方诗人、新人的推介力度。

表现时代精神，推动时代向前发展，是诗词应有的文化功能。社团要有创新精神，集思广益，因地制宜，去引领当地的市场。社团组织的生命力在于活动，理论学术、研讨等活动，是提高诗词质量的重要措施。联办诗词竞赛、研讨会、培训等活动，以活动求发展，以活动扩大影响力。

2. 作者：创作出好作品

强大诗词队伍。不断提升创作水平，出好作品。有好作品，诗词才有市场、有受众，为社会民众所喜闻乐见。笔墨当随时代，作品要有时代精神。没有创新就没有生命力，要很好地继承、创新。不断学习、超越自我，克服公式化、概念化、泥古仿古的诗词写作方向，以及非诗写作。诗词作者也理当补课，博涉群经子史，厚植根基，共同为促进中华文化的复兴，贡献自己的绵薄之力。

3. 刊物：力推精品

明确办刊思想和宣传思想文化工作的重要性，服务大局，注重社会效益。各地的诗词刊物，不登或少登平庸、一般化的作品。进行精品刊物评选，落实办刊措施与宗旨，联合办刊等。积极办好诗词刊物，使刊物比较厚重，具传播、收藏意义和价值，发挥宣传作用，以教育引导群众，影响社会。

（三）提高诗词社团的影响力和社会认知度

1. 逐步确立当代诗词在公众中的形象和美誉度

学习、传承诗词这一中华五千年的优秀文化，是一项繁杂而系统的工程。需要全民参与，社会重视，逐渐形成爱诗词、读诗词、学诗词、写诗词的良好氛围，尤其是在青少年学生中，与素质教育、人生观的确立等，结合工作，落到实处。

加强诗词的辐射影响力，主动提升社会地位、社会认知度。密切联系基层群众，扩大群众基础，团结更多的诗词作者和诗词爱好者。大力开展诗词教学，创新学习形式，激发学习兴趣，提高学习效果和创作水平。编印、出版分级教材、选本。分层面，有适合诗词读者各有侧重的读本和书籍。

加大普及力度，推行诗教。采取诗词入校、建立诗词之乡、诗词之市、诗教先进单位等措施。诗词"入史、入校、入奖"，"诗教"及"诗词之乡"品牌，真正落实，不流于形式，教育人、培养人，配合现行教育体制改革，诗教将有实质性的成果。

与素质教育、国学教育、新诗、楹联书画等艺术的结合。如与学生素质教育结合，江苏高邮市川青中心小学芦花文学社做了有益的尝试。1991年秋，高邮市川青中心小学，自发地在学生中组建了芦花文学社，配合语文教学改革，指导学生读诗写诗，其取得的成绩和经验是：①学校领导重视，因势利导，调动师生教诗、学诗的积极性。②指导学生读诗、写诗，配合作文教学改革，向素质教育转轨。教读脍炙人口的优秀诗篇，喜闻乐见，易记易诵，提高学习情趣、欣赏水平，提高作文教学的效果。要讲一点格律知识，训练创作，培养兴趣，指导熟读、朗诵、吟唱，体会到诗歌的语言美、音韵美，使学生受到诗的熏陶。③把学古诗延伸到课外、校外去，争取得到全社会关注和家长支持。延伸到课外，就是利用早读、班会、课外活动和兴趣小组等，着重开展读古诗活动。准备选编古诗一百首，作为学生课外阅读。推荐小诗人作品向外发表，调动他们的创作积极性，争取市报、市电台等媒体，相继做了报道，让人们多了解，赢得全社会关注。与家教结合，争取家长的支持。④扩大对外交流，形成诗教的良好态势。根据"芦花"的成长全过程和各地诗教情况的交流，让诗词进入中小学校园，培养娃娃诗人，既是必要的，也是可行的。

2. 注重社会效益，提高影响力

注重整体布局，减少低层次重复，减少同质化，提倡个性、创新。努力成为物质文明、精神文明的参与者与创造者。诗词社团应积极与当地文化兴市（县、乡、镇）等目标相结合，让诗词尽快融入现代社会，在推进经济社会协调发展、提升全民素质和加强思想道德建设中发挥出重要作用，彰显其自身价值。

加强地域文化（文化遗产、非物质文化遗产）的保护，在地方特色上下功夫，各地主动挖掘其先天优势，如建立历代诗人及其作品陈列馆、石碑长廊、地区诗书画院等，深入挖掘、提炼民族文化、边塞文化、生态文化，鼓励民间力量投入诗词建设。

增强诗教力量、巩固成果。在各地建立诗词普及教育基地，开展诗词竞赛和研讨活动，以及开展"诗词文化辅导站"，节日、假日诗词文化学习班，中小学生吟诗、赛诗会等，增强凝聚力、吸引力，利用社团刊物的宣传作用，争取企、事业单位的关心、支持，获得普遍重视，不断提高影响力。

3. 基层诗词社团刊物间的沟通交流

对各地差异性进行分析，取长补短，发挥优势，互相学习借鉴，经验交流，获得良性发展。加强同外地诗词组织的交流联系，增强与兄弟诗词组织的友谊和感情。通过联办、协办，跨地区联合办刊、采风、讲座等多种方式，提升知名度、扩大诗词社团影响力，也有利于诗词的普及与推广。

4. 逐步建立激励机制

表彰精品，对诗词作出贡献的个人和单位予以表彰。如省市级对县、乡镇级社团的表彰，工作的肯定；社团对其优秀成员的表彰，创作成绩的肯定；教委对大中小学诗教先进的表彰，成功经验交流等，肯定成绩，树立楷模。

提高和培养编辑素质，进行专业培训。加强团结，调动各诗词作者的积极性，团结更多的诗词作者，凝聚力量，促进精品产生，鼓励精品，以质取稿，形成氛围。

实施"名家工程"、推出"实力诗人"等，对诗词创作成绩突出者的充分肯定，感谢其对诗坛所做的贡献，为诗坛树立榜样，确立其诗史上的地位。向社会的展示亮相，展示当代诗人、词家的风采、情怀、追求、成就。充分利用报刊、电视、广播、手机短信、互联网等大众媒体，进行广泛宣传。

（四）深入研究，促进当代诗词社团发展

1. 精品、资料的收集、整理。

对诗词经典作品及其作者，进行梳理、编辑。探寻当代诗词的内在发展规律，反映当代诗词现状。要真正全面反映近现代的期刊史、社团史，离不开大量的诗词文献资料的整理。填补现当代诗词在文学史上的空白，指导和促进当前的诗词创作。

2. 创作与研究并重，加强学术研究与交流

加强诗词的学术研究力度，认真挖掘传统诗词的文脉和资源，整理出版现代著名诗人的作品。珍视近百年诗词文学遗产，抓重点，求完整，以史料价值和影响较大者为重点，分阶段、有步骤地实施。壮大研究力量，进行专题研究。如少数民族诗词，当代诗词与书法、绘画、音乐等的融合，诗词服务于社会的有益实践等。当我们撰著当代

诗词史时，文学社团史是必须解决、绕不开的课题。诗词社团文献的收集整理，将为文学史的著述建设坚实的史料库。

3. 探寻当代诗词发展规律，健康有序发展

研究当代诗词社团的发展脉络和规律，探讨当代诗词社团、诗词队伍状况，谁在写、写什么、怎么写，以及当代诗词的宏观走势与发展方向等。

当代诗词社团众多，对其进行整理，是一项系统而长期的工作。随着资料掌握的增多和诗词研究的深入，对社团及刊物研究力度的逐渐增强，将理出更清晰的脉络，得出更多有益的启示，为诗词事业健康发展奠定坚实的基础。必将更好地指导诗词社团和刊物，得到长足的发展，发挥出更大潜力，更好地传承与创新，为文化大发展、大繁荣贡献自己的力量。